# DIE GEJAGTE VON TERRA

## KÖNIGREICHE VON HAVEN

MILA YOUNG

# CONTENTS


KAPITEL EINS   1

KAPITEL ZWEI   19

KAPITEL DREI   35

KAPITEL VIER   47

KAPITEL FÜNF   59

KAPITEL SECHS   75

KAPITEL SIEBEN   85

KAPITEL ACHT   96

KAPITEL NEUN   112

KAPITEL ZEHN   128

KAPITEL ELF   137

KAPITEL ZWÖLF   147

KAPITEL DREIZEHN   156

KAPITEL VIERZEHN   168

KAPITEL FÜNFZEHN   184

KAPITEL SECHZEHN   194

KAPITEL SIEBZEHN   205

KAPITEL ACHTZEHN   221

KAPITEL NEUNZEHN   231

KAPITEL ZWANZIG   243

KAPITEL EINUNDZWANZIG   252

KAPITEL ZWEIUNDZWANZIG   262

KAPITEL DREIUNDZWANZIG   270

KAPITEL VIERUNDZWANZIG   283

*Über Mila Young*   295

# WIDMUNG

*An all meine wundervollen Leser, die mich seit meinem ersten Buch der Königreiche von Haven Serie unterstützt haben. Dies ist für euch...*

## Die Gejagte Von Terra

Ein Märchen neu erzählt. Königreiche von Haven.

**Rotkäppchen. Drei große böse Wölfe. Eine giftige Verschwörung.**

Scarlet, eine Heilerin, lebt im Wald zurückgezogen umgeben von Menschen zur einen Seite und von Wölfen zur anderen. Aber als sie ein wildgewordener Wolf angreift, wird sie von einem anderen Rudelmitglied gerettet, welches sie tief in seinen Bau mitnimmt um Scarlet ihre Heilkräfte an einem verletzten Alphawolf wirken zu lassen.

Die Wölfe des Waldes werden von einer mysteriösen Krankheit befallen und Scarlet ist ihre letzte Hoffnung. Einem Rudel unterschiedlichster Charaktere ausgeliefert muss Scarlet ihren Verstand und ihre Magie einsetzen um zu überleben und die Wölfe von diesen seltsamen Krankheitserscheinungen zu heilen… Alles während sie gegen eine überwältigende Anziehungskraft zu nicht einem sondern drei Alphawölfen kämpft.

Hexen, Wölfe, Magie und Liebe verflechten sich in einem aufregenden Mysteryroman der sein eigenes, einzigartiges, 'Wenn sie nicht gestorben sind…'-Ende findet.

*Jedes neu erzählte Märchen ist ein eigenständiges Buch mit einem glücklichen Ende!*

Die Königreiche von Haven lagen über Jahre hinweg im Krieg. Verzweiflung herrschte über das Land sowie auch seine Bewohner. Um dem Töten und der Zerstörung ein Ende zu bereiten wurde das Reich in sieben Königreiche aufgeteilt, eines für jede Rasse, beherrscht vom Adel, der damit betraut wurde die Waffenruhe zu wahren. Über Jahrhunderte hinweg erhoben sich Königreiche und fielen, die Mächte der Regierenden nahmen zu und schwanden. Und der Frieden zwischen den Ländern bestand. Aber die Korruption wuchs, brachte Dunkelheit über die Königreiche und es drohte die Rückkehr von Krieg und Leiden nach Haven.

# KAPITEL EINS

„Scarlet, schau ihn dir an." Bee stieß mir in die Rippen.

Ich biss die Zähne zusammen, während ich das Vorratsglas mit Kamille vom Regal nahm und von der einen in die andere Hand gleiten ließ. „Verdammt nochmal."

Bee hatte wahrlich die spitzesten Ellbogen in allen sieben Königreichen von Haven. Ganz gleich, wie oft ich auch protestierte, sie bestand darauf, mir jedes Mal in die Seite zu stoßen, wenn sie etwas zu sagen hatte. Es war nicht ihre Art, meine Aufmerksamkeit zu erlangen, indem sie mir einfach auf die Schulter tippte, nein, sie musste mir wehtun. Ich wirbelte herum und mein Blick fiel durch die Bogenfenster meines Ladens nach draußen. *Reiß dich zusammen, Scarlet!*

Ein hochgewachsener Mann stapfte aus den Wäldern, seine Arme wippten überschwänglich auf und ab. Seine Brust stand kraftvoll heraus, er hielt sein Kinn hoch und so dauerte es keine zwei Sekunden, bis ich ihn durchschaut hatte. Schon so viele seinesgleichen hatte ich beim

Verlassen des Palasts der Priesterin beobachtet. Wachmänner, eingebildet und auf Streit aus, die sich, ohne dafür zu bezahlen, alles nahmen, was sie wollten.

Aber trotz allem trug er keine Uniform, sondern war eher seltsam gekleidet. Eine knielange graue Tunika, weder Hose noch Stiefel. Meine Güte, seine Beine waren so stark wie Baumstämme.

„Wer möchte darauf wetten, dass seine Muskeln nicht echt sind?", sagte ich. Ich hatte von Menschen gehört, die sich der Magie bedienten, um ihre Statur zu stärken. In den Territorien war dies der letzte Schrei.

Bee sah mich mit steifer, ungläubiger Miene an. Sicher lag es an ihren geflochtenen, roten Zöpfen und ihrer elfenbeinfarbenen Haut, dass die meisten Menschen sie als eine Schönheit bezeichneten und dabei immer ihre großen, grünen Augen betonten. Aber die wahre Bee war auch zäh. Einmal konnte ich mitansehen, wie sie einen Bären mit nur einem einzigen Blick vertrieb. Es gab einen Grund dafür, warum die meisten Dorfbewohner von ihr Abstand hielten. Ja, es mochte vielleicht etwas damit zu tun haben, dass Bee vehement darauf bestand, dass ein Großteil der Leute ungebildete Schweinezüchter waren—ihre Worte, nicht meine—aber nunja, sie gehörte meinem engsten Freundeskreis an und schaute oft in meinem Laden vorbei. Ich genoss ihre Gesellschaft, auch wenn sie manchmal nicht wusste, wann sie besser ihren Mund halten sollte.

„Wie können die nicht echt sein?" Ihr Blick wandte sich von dem Mann ab und schweifte zurück zu mir. „Er trägt keine Hose. Wie könnte er da was aufpolstern—?" Dann wurden ihre Augen immer größer und ihre Lippen spitzten sich zu einem verschmitzten Grinsen. „Du unanständiges Mädchen, Scarlet. Ich hätte nie gedacht, dass so was in dir steckt." Sie haute mir auf den Arm, ihre

Stärke machte mir Angst, besonders da sie mir mit ihren nur knapp eins sechzig gerade an die Nasenspitze reichte.

„Worüber sprichst du?" Ich lehnte mich lässig gegen die Theke und schob einige Schüsseln mit Teeblättern neben meine Keramiktassen, die ich mit den verschiedenen Mondphasen bemalt hatte. Ich nannte sie meine Mitternachtskollektion und Stammkunden kauften gerne jedes Mal eine weitere Tasse, wenn sie ihre üblichen Heilkräuter bei mir erworben. Wenn ich doch bloß mehr Zeit hätte, ich würde am liebsten die ganze Zeit malen.

„Du redest von seinem Schwanz oder etwa nicht? Und ja…" Bee blickte nach draußen. „Wenn der Wind so gegen seine Kleidung steht, deutet es dort definitiv auf eine anständige Ladung in seinem Magazin hin." Bee wackelte mit ihren Augenbrauen und brach in Gelächter aus.

Blut schoss in meine Wangen. Man sollte denken, dass ich mich an Bees Wortwahl gewöhnt hatte, schließlich war das normal bei ihr. „Ich habe nicht über seinen… Schritt… gesprochen."

Bee stemmte ihre Arme in die Hüften und vergrub ihre Finger in dem Stoff ihres langen, blauen Tunikakleids. Ihr Gewand hatte einen V-Ausschnitt und kleine, feine Knöpfe zierten die Vorderseite. Ich war neidisch auf ihre wehenden Ärmel und musste mir wirklich mal Gedanken über meine Garderobe machen. Meine schwarze Hose und die seegrasgrüne Bluse unter einer Lederweste und einem Gürtel ließen mehr an einen Räuber erinnern. Bei der Auswahl meiner Kleidung hatte ich aber eher dem Tragekomfort den Vorzug gegeben. An den meisten Tagen schleppte ich Kisten bei der Arbeit und ein Rock würde da nur störend sein.

„Nun sag es schon, Scarlet." Bee ließ nicht locker. „Schwanz. Prügel."

Ich rollte mit den Augen, solche Worte machten mir

doch nichts aus… Zumindest, solange ich sie nicht laut aussprechen musste. Daran gab ich meiner Großmutter die Schuld, die mich dazu erzogen hatte, weder zu fluchen noch mich vulgär auszudrücken. Gott hab sie selig.

„Penis." Bee leckte sich über ihre Lippen. „Blasen."

Eine quietschende männliche Stimme meldete sich hinter Bee. „Igitt." Santos kam mit mehreren Kisten aus der Vorratskammer. „Ich kann euch da hinten hören. Das nennt man sexuelle Belästigung von Männern."

Ich stöhnte, angewidert weil Santos unser Gespräch mitgehört hatte und Bee drehte sich zu meinem achtzehnjährigen Lehrling um. Er hätte mit seiner zarten Statur, den rasierten Haaren und seiner fehlenden Reife aber auch als vierzehn durchgehen können. Aber ganz ehrlich, waren Bee und ich da nur einen Deut besser?

„Hey, Männer reden doch die ganze Zeit so über Mädchen", sagte Bee. „Wo ist da der Unterschied?"

Santos stellte die drei Kisten mit Tabakblättern auf dem Ende der Theke ab. „Ihr zwei seid zu alt, um über so etwas zu reden und außerdem ist das widerlich."

„Alt?" Bees Stimme erhöhte sich. „Wir sind nur ein Jahr älter als du." Sie drehte sich mit einer hochgezogenen Augenbraue zu mir um und wartete darauf, dass ich etwas sagte. Ich zuckte mit den Schultern.

„Das ist schon okay, Santos", sagte ich. „Wir beißen uns auf die Zungen, wenn dir das unangenehm ist." Er arbeitete so hart und ich durfte ihn keinesfalls verlieren. Seit einem Jahr arbeitete er nun schon für mich und hatte gerade all die Namen der getrockneten Pflanzen gelernt, die wir verkauften.

„Ist schon in Ordnung." Er schaute nicht in unsere Richtung, stattdessen öffnete er die erste Kiste und füllte Hände voller Tabak in kleine Beutel um.

Ich ging zum gegenüber liegenden Ende der Theke. Bee folgte mir und hatte wahrscheinlich schon einen ihrer schlauen Kommentare über Santos auf den Lippen, aber ich kam ihr zuvor, um das Gespräch in eine andere Richtung zu lenken. „Wie kommt es, dass du nicht deine neuen Stiefel trägst, die ich dir zur Weihnachten geschenkt habe?"

Bee rümpfte die Nase. „Ich möchte sie nicht schmutzig machen, da ich sie zum Dorffest tragen werde. Vielleicht lerne ich einen getarnten Prinzen kennen. Außerdem lebst du im Wald, überall ist Schlamm und—".

Das Klingeln der Glocke an der Vordertür unterbrach sie.

Wir schauten alle auf, als *Herr Hosenlos* eilig und völlig außer Atem mit roten Wangen in das Geschäft stürmte.

„Ich brauche Hilfe", keuchte er.

Die Aufmerksamkeit des Neuankömmlings konzentrierte sich nun auf die drei Augenpaare, die ihre Blicke auf ihn richteten… meiner senkte sich auf seine Beine und obwohl ihn die Tunika bekleidete, konnte ich seine gute Ausstattung erahnen. Ich versuchte mich aber auf die rote Blutung zu konzentrieren, die an seiner Hüfte durch die Tunika quoll. Wie hatte er sich verletzt? Hat ihn ein Tier angegriffen?

*Herr Hosenlos* korrigierte sofort seine Haltung und warf sein rabenschwarzes Haar über die Schulter, sein Blick schweifte von mir zu Bee und blieb an ihren weiblichen Rundungen kleben.

Okay, er war wirklich ein Frauenschwarm. Das war ein weiterer Punkt für Bee gegen Santos in diesem chauvinistischen Wettkampf Frauen gegen Männer. Der Neuankömmling hätte zumindest so viel Anstand an den Tag legen können, seinen Blick auf Augenhöhe zu halten.

Bee öffnete ihren geflochtenen Zopf und entwirrte

lasziv ihr Haar. Ich stupste sie an und hob meine Augenbraue.

„Komm schon Scarlet, fange mal an ein wenig zu leben", flüsterte sie mir zu. „Du bist viel zu behütet."

Ich schob eine meiner Locken hinter mein Ohr. Als ‚Braun wie ein Reh' hatte meine Großmutter mein Haar mal beschrieben. Daran war nichts Begehrenswertes. Vielleicht war der Grund dafür, dass ich nie die Aufmerksamkeit eines Mannes erlangt hatte ja, dass ich immer auf der sicheren Seite blieb.

Mein Blick fiel wieder auf das Blut des Neuankömmlings. Hatte ein Mensch mit Pfeil und Bogen auf ihn geschossen? Ich kam hinter der Theke hervor. „Geht es Ihnen gut?"

Er war mindestens eins achtzig groß, mit einem markanten Kiefer und musterte mich, als wäre ich ein Tier, dem er im Wald begegnen könnte.

„Sie sind verletzt", fuhr ich fort.

Er sagte kein Wort, sein Blick schweifte durch das Zimmer und kam auf dem Fenster hinter ihm zur Ruhe. „Es geht mir gut." Während er so dastand, quollen Bluttropfen unter seiner Tunika hervor und rollten an seinem Bein herunter.

„Das glaube ich nicht", platzte es aus Bee heraus. „Wenn Sie also kein Mutant sind, der blutet anstatt zu schwitzen, dann versauen Sie gerade Scarlets Fußboden."

Er starrte mich an und ich konnte diesen Hauch von Verzweiflung in seinen Augen erkennen. Es war dieser Ausdruck, den ich damals auch in den Augen von Santos gesehen hatte, als ich ihn vor weit über einem Jahr kennenlernte. Er hatte in den Straßen geschlafen, war blass und abgemagert gewesen. Nach Hilfe zu fragen war manchmal eins der schwersten Dinge überhaupt.

„Kommen Sie", sagte ich. „Lassen Sie uns ins Hinterzimmer gehen und ich bringe Ihnen zur Beruhigung Ihrer Nerven einen heißen Tee." Ich behielt den Feldweg draußen und die Wälder in der Ferne im Blick, sollte irgendwas Verdächtiges auftauchen. Mein Laden befand sich tief im Wald, am Rande der Zivilisation, daher konnte ich sehr oft seltsame Dinge beobachten. Jetzt aber war alles ruhig.

Es war erst wenige Wochen her, als mitten in der Nacht ein gut gebauter Mann mit freiem Oberkörper vor meiner Tür stand und nach ganz besonderen Kräutern zur Heilung eines Schwerkranken fragte. Vor diesem Ereignis gab es einen weiteren Vorfall, bei dem noch ein Mann mit zerrissener Kleidung und blankem Hintern an meiner Tür klopfte.

Einer der Bewohner von Terra hatte meine *Kräuter-Schatztruhe* mit nur einem Stern am schwarzen Brett unseres Dorfes bewertet. Die Priesterin, die über das Terra Königreich in Haven herrscht, hatte dieses neue System eingeführt. Sie nannte es die <u>Kundenzufriedenheitstafel</u> und bestand darauf, dass es den Bewohnern dabei helfen sollte, das beste Geschäft für ihre Bedürfnisse auszusuchen.

So befand sich jetzt also diese Rangliste öffentlich für jeden zugänglich in der Dorfmitte und irgendein Neider bewertete mein Geschäft immer wieder mit nur einem Stern. Beobachtete mich diese Person und fielen ihr die unbekleideten Männer an meiner Türschwelle auf? Kein Wunder, dass meine Umsätze in der letzten Zeit zurückgegangen waren!

*Herr Hosenlos* spottete und verschränkte seine Arme vor seiner starken Brust, bevor er zuckte und sie dann senkte.

„Möchten Sie also etwas kaufen oder—?"

Ich warf Bee einen Blick zu, als ich ihr ins Wort fiel, und drehte mich dann zu dem Fremden um. Ich konnte die

Verzweiflung förmlich spüren. Jemand musste das Eis brechen und ihm Hilfe anbieten. Als meine Großmutter in hohem Alter starb, hatte ich alles verloren. Sie war mein Fels in der Brandung, meine Familie und ohne ihre Unterstützung, ihre wärmenden Suppen oder ihre Umarmungen wusste ich nicht, wie es weitergehen würde. Sie zog mich groß, nachdem meine Eltern von einem Rudel Wölfe überfallen wurden. Bee bot mir damals ihre helfende Hand an, unterstützte mich dabei wieder einen Sinn im Leben zu finden und jetzt würde ich genau das für diesen Mann auch tun.

„Kommen Sie mit mir", sagte ich. Seine Schritte hallten hinter mir, während er mir in Richtung Hinterzimmer folgte. „Hol dem Herrn einen Stuhl, Santos. Ich werde ihm etwas Tee bringen." Dieser sollte ihn beruhigen und seine Schmerzen lindern. Vielleicht würde er so auch auftauen und uns verraten, wie er verletzt wurde.

Ohne auch nur eine Miene zu verziehen, verschwanden die beiden Männer im Hinterzimmer. Bee schüttelte den Kopf und warf mir einen Blick zu.

„Sei still", sagte ich.

Ich eilte zum Kessel mit dem kochenden Wasser, den Santos für Kostproben aufgesetzt hatte. Vom Regal an der Wand hinter mir nahm ich eine Dose Baldrian und eine mit Pfeilwurz. Das Regal war bestückt mit Teetassen, Kerzen und weiteren Teedosen. Zwischen die aromatischen Düfte mischte sich ein Hauch von Kamille und meine Schultern begannen sich zu entspannen.

Bee lag mir in den Ohren und die Verspannung kam zurück. „Was ist, wenn er ein Wachmann ist? Du willst doch nicht die Aufmerksamkeit der Priesterin auf dein Geschäft ziehen? Du weißt doch, dass sie Magie verabscheut. Das ist auch der Grund dafür, weshalb ich meine

Zaubersprüche nur im Keller meines Hauses spreche, damit mich nie jemand verdächtigen kann."

„Ich betreibe einen ganz gewöhnlichen Teeladen", flüsterte ich, während ich meine Handfläche über den Teebeutel senkte.

Bee ergriff mein Handgelenk und riss meine Hand in die Höhe. Funken weißer Energie tanzten zwischen meinen Fingerspitzen. „Natürlich, das soll also ganz gewöhnlich sein?"

Ich hatte schon immer die Gabe, Pflanzenwirkstoffe zu verstärken und meine Großmutter lehrte mich, wie ich die Kräfte nutzen konnte, die mich ihrer Aussage nach mit der Natur verbanden.

„Es ist gar nichts", log ich sie an, wohl wissend, dass die über die menschlichen Distrikte herrschende Priesterin alles Übermenschliche verbot. Verstöße wurden mit lebenslanger Gefangenschaft bestraft. Jedes der sieben Territorien von Haven beherbergte eine Spezies, von Wolfswandlern in einem benachbarten Territorium, bis hin zu Meerjungfrauen. Es ging sogar ein Gerücht von einem Mädchen mit magischem Haar umher. Ja, eines Tages würde ich Haven erkunden, aber bis dahin blieb ich mit den anderen Menschen in Terra, den Anschein erweckend, wir wären die Reinen und alle anderen die Seltsamen… Jedenfalls laut unserer herrschenden Priesterin. Außerdem war es verboten, Terra zu verlassen oder Fremde einzulassen. Gestaltenwandler oder Eindringlinge, die von Wachen innerhalb der Grenzen von Terra festgenommen wurden, verschwanden auf mysteriöse Weise nach ihren Vernehmungen.

„Scarlet, mach dir doch nichts vor. Ich habe gehört, dass die Priesterin sogar Geschäfte wie die Bäckerei infiltriert hat, mit der Überzeugung, etwas könnte nicht mit rechten Dingen zugehen, da die Brote so schmackhaft seien. Die Bäckerei müsse sicher Zauberei betreiben."

Nervös klangen ihre Worte in meinen Ohren nach, aber ich glaubte fest daran, dass die Hilfsbedürftigen von meinem Tun profitierten. Ich vertraute auf meine Gabe, die Wirkung der Kräuter verstärken zu können, sodass sie bei Anwendung ihre volle Kraft entfalten konnten. Wenn Kamille jemanden beruhigen sollte, versetzte ich sie in einen tief entspannten Zustand, damit sich ihre Ängste in Luft auflösten. Was sollte daran falsch sein?

„Wir werden vorsichtig sein", lenkte ich ein.

Bee nickte. „Eine kluge Idee. Ich spiele die böse Vollstreckerin und du die sanfte Richterin."

„Wie bitte? Nein, warte."

Bee war bereits flinken Fußes auf dem Weg nach hinten. Ich wandte mich schnell vom Tee ab und eilte ihr hinterher.

Santos betrat den Verkaufsraum und konzentrierte sich direkt auf die Kiste mit den getrockneten Tabakblättern.

„Wir werden für eine Weile im Hinterzimmer sein", sagte ich.

Er nickte. „Ich habe alles im Griff." Er war nicht im Geringsten beunruhigt. Aber schließlich gab es für ihn keinen Anlass anzunehmen, dass es sich hier um etwas anderes als einen Mann in Gefahr handelte und er wusste auch nichts von meinen Kräften.

Als ich das Hinterzimmer betrat, fand ich Bee vor, wie sie sich über *Herrn Hosenlos* beugte und ihren Zeigefinger in seine Brust bohrte. „Wo ist Ihre Hose? Dies hier ist ein anständiges Geschäft."

„Bee. Gib dem Herrn etwas Raum zum Atmen." Ohne auch nur auf eine Antwort zu warten, griff ich nach meiner Medizinkiste im Regal und klappte den Deckel auf. „Jetzt untersuchen wir zuerst Ihre Wunden."

„Wie haben Sie sich verletzt, hmm?" Bee stand noch immer mit in die Hüften gestützten Händen über ihn gebeugt. Meine Güte, dieses Mädchen sollte wirklich eine Ausbildung beim Wachschutz machen.

„Ich bin nicht gekommen, um Ihnen Schaden zuzufügen. Sie können sich entspannen." Er hob die Tunika und stopfte den Stoff unter seine Achsel.

Mein Blick traf seinen Unterkörper wie eine rollige Katze. Zu meiner Überraschung aber trug er eine schwarze Unterhose.

Bee stöhnte.

Er zog unter Schmerzen den Hosenbund, der sich in die Wunde schnürte, auf die Seite und ich zuckte bei dem Gedanken daran zusammen, welche Qualen er verspüren musste.

Über seine Rippen verliefen drei tiefe Kratzer, die durch Krallen verursacht wurden und überall war Blut.

„Du heiliger Pilz", rief ich aus. „Welche Kreatur hat Ihnen das angetan?"

Er warf mir mit erhobener Augenbraue einen seltsamen Blick zu, so als würde er vor mir zurückweichen, wenn ich auch nur versuchte, ihn zu berühren.

"Verdammt nochmal, Scarlet. Da braucht man schon heilige Scheiße und keinen heiligen Pilz", sprudelte es aus Bee heraus. „Aber ganz im Ernst, Fremder." Sie drehte sich wieder zu ihm um. „Das ist schlimm. Die Art von schlimm, an der Sie sterben können. Reden Sie, wenn Sie möchten, dass meine Freundin Ihnen hilft."

Bee war die Königin der Übertreibung. Der Mann hatte lediglich ein paar Kratzer und würde es überleben. „Bring mir eine Schale kochendes Wasser", bat ich sie, denn Taktgefühl war keine ihrer Stärken. Ich nahm ein altes Handtuch aus dem Schrank und fing an, die Gegend um seine

Wunden herum zu säubern. Sie mussten nicht genäht werden.

„Hören Sie nicht auf sie", sagte ich zu *Herrn Hosenlos*. „Wie heißen Sie?"

„Es ist besser, wenn Sie dies nicht wissen." Er sah mir nicht in die Augen, sondern schaute sich im Zimmer um, fast so als bemühte er sich, beschäftigt auszusehen. Ja, genau das waren die Warnzeichen, die Bee erwähnt hatte.

„Hören Sie zu", fing ich an. „Ich helfe Ihnen gerne, aber bringen wir uns damit in Gefahr? Stehen Sie im Dienste der Priesterin?"

Er runzelte die Nase. „Um Himmels Willen."

Bee kam mit der Schüssel Wasser zurück, stellte sie auf dem Tisch ab und ich wusch darin das mit Blut durchtränkte Tuch aus, bevor ich damit weiter seine Wunden reinigte.

„Wo kommen Sie her?", fragte ich ihn. „Aus den Bergen? Den Wolfshöhlen? Oh, sind Sie vielleicht einer dieser Wüstenbewohner?" All diese Gedanken schossen mir durch den Kopf. Die menschliche Welt bestand aus einem riesigen Dorf mit einigen hunderttausend Menschen, umrandet von einzelnen Bauernhöfen. Doch dieser Mann war kein Einheimischer. Ihn umgab ein Dunst, den jedes Mädchen aus Terra bereits erschnüffelt hätte, insbeson- dere wenn er Single war. Daher hätte ich sicher auf den monatlichen Dorftreffen von ihm gehört. Jene Versamm- lungen, auf denen die Priesterin uns an unser Streben nach Reinheit erinnerte, gefolgt von den Berichten über die jüngsten Infiltrationsversuche unseres Territoriums von anderen Gruppen. Besonders zu betonen wären hier die Wölfe östlich von uns, Terras Todfeinde. „Barbaren, die alles angreifen, was sich bewegt", so nannte die Priesterin sie.

„Ich komme nicht aus Terra." Er saß erhobenen

Hauptes vor mir, als hätte er nichts zu verbergen. Sein Geständnis überraschte mich ganz und gar nicht, denn es war nicht das erste Mal, dass sich jemand hilfesuchend nach Terra schlich. Andersrum taten die Menschen hier genau das Gleiche. Sie ließen unser Land für andere Welten zurück, aus unterschiedlichen Gründen, wie sich in einen Löwenwandler zu verlieben. Jedenfalls war es einer Buchhändlerin aus dem Dorf so ergangen.

„Sind die Wachen hinter Ihnen her?", fragte ich weiter.

Bee warf mir diesen Blick zu, *ich habe es dir doch gesagt.* Wenn man sich jedoch an die Regeln hielt, war Terra ein größtenteils sicherer Ort.

„Nein. Da war ein Wolf. Eigentlich hat mich sogar ein ganzes Rudel gejagt."

„Hier in Terra?", fragte ich erstaunt, während ich das Handtuch auswringte und mich wieder seinen Wunden widmete. Ich verteilte eine Mixtur aus vorbereiteten Antiseptika auf seinen Verletzungen und er verzog nicht eine einzige Mine dabei.

„Nein. Es war im Wolfsterritorium, im Bau. Ich war auf der Durchreise und nahm eine Abkürzung durch das Wolfsland und das Ihre." Er legte eine Pause ein und wischte sich über den Mund. „Aber ein bösartiges Rudel spürte mich auf und begann mich zu jagen. Ich kam kaum mit meinem Leben davon, bevor sie mir die Hose vom Hintern gerissen haben."

Bee brach in Gelächter aus und sie musste ihren Bauch vor Lachen halten. „Sind Sie sicher, dass es nicht ein Rudel Wölfinnen war?"

Er setzte sich gerade auf. „Mädchen werfen sich mir ständig an den Hals, daher vermute ich, da ich angegriffen und nicht vernascht wurde, dass es sich um männliche Exemplare gehandelt haben muss."

Während ich versuchte das Kichern in meinem Hals zu

unterdrücken, versorgte ich seine Wunden mit einer sauberen Kompresse, wickelte den Verband um seinen Oberkörper und verknotete die Enden. „So—."

Der schrille Klang eines Horns durchstieß die Luft draußen und ich blieb wie angewurzelt stehen.

„Scheiße", fluchte Bee. „Das sind die Wachen." Sie packte *Herrn Hosenlos* an der Schulter. „Sie sagten doch, dass Sie nicht verfolgt werden."

Sein Gesicht lief kreidebleich an und er sprang auf seine Füße. So stand er über uns und sein Gewand fiel über seine Hüften. „Das werde ich auch nicht. Aber ich muss jetzt gehen."

„Warten Sie, Sie sind doch verletzt, und—".

Er legte seine Hand auf meinen Mund. „Ruhig."

Ich stieß seinen Arm weg. „Entschuldigung, aber für wen halten Sie sich eigentlich?"

„Gibt es einen Hinterausgang?", fragte er mit tiefer Stimme, in der die Panik mitschwang.

Bee stand im Türdurchgang. „Nun sagen Sie uns was los ist und wir werden Sie gehen lassen."

Der Mann lachte tief und rau, es war nahezu angsteinflößend. „Mädels, ihr könnt mir den Weg nicht versperren. Ich gebe euch aber diese Vorwarnung, da ihr mir geholfen habt. Es ist ein Krieg unter den Wölfen ausgebrochen. Ein jeder Kampf durchbricht zwangsläufig die Grenzen zu anderen Ländern. Ich wurde genau an der Grenze zu Terra angegriffen."

„Aber an unseren Grenzen wächst doch Wolfseisenhut. Das sollte die Rudel fernhalten", rief ich ihm hinterher, als er an mir vorbei stürmte und Bee aus dem Türdurchgang hob, als wäre sie eine Puppe. Dann rannte er davon, schneller als es jemandem seiner Größe möglich sein sollte.

Santos betrat den Verkaufsraum. „Wo will er in solch

einer Eile hin?"

Bee und ich tauschten Blicke aus und Furcht durchdrang meinen Körper. Ich sah durch die beiden vorderen Fenster und konnte zwei Wachen in Uniform erspähen, die nach links abbogen. Ich hoffte inständig, dass *Herr Hosenlos* entkommen konnte. Es war schon öfter vorgekommen, dass ich mitansehen musste, wie sie Eindringlinge in Terra jagten. Wenn ich mich bemühte nicht weiter aufzufallen, würden sie mich und mein Geschäft in Ruhe lassen. „Er war also nicht aus Terra", stellte ich fest. „Kein Wunder, dass die Wachen hinter ihm her sind."

„Er ist verrückt." Bee klinkte sich bei mir ein und führte mich zurück in den Verkaufsraum. „Du solltest mal ernsthaft über ein Schloss an deiner Tür nachdenken und nur Leute hereinlassen, nachdem du sie dir gründlich durch das Fenster angesehen hast."

Ich nickte. Sie hatte ja Recht, aber die Warnung von *Herrn Hosenlos* hallte in meinem Hinterkopf wider und ich konnte sie nicht ignorieren. Es war nicht das erste Mal, dass die Wölfe versucht hatten, ein Territorium für sich zu beanspruchen. Schon vor meiner Zeit sind sie in unser Land eingefallen und auf beiden Seiten verloren hunderte Unschuldige ihr Leben.

„Denkst du, die Priesterin weiß von dem Wolfskrieg?", fragte ich.

„Mit Sicherheit. Es ist schließlich ihre Aufgabe. Ach, richtig." Ihre Augenbraue spitzte sich. „Die Kontrolle über uns alle scheint wichtiger zu sein. Wie auch immer, ich sollte mich auf den Heimweg machen, bevor die Sonne untergeht. Hast du noch Wolfseisenhut?"

Es dauerte einige Sekunden, bis Bees Worte bei mir Anklang fanden, da ich in Gedanken noch bei den sich bekriegenden Wölfen und dem halbnackten Fremden in meinem Geschäft schwebte, der uns nicht mal seinen

Namen genannt hatte. Vielleicht war das Schloss an der Tür doch kein so schlechter Rat, um uns vor den verrückten Kunden zu schützen.

Bee stocherte mit ihrem Finger in meinem Arm herum. „Hallo, Scarlet, hörst du mir zu?"

Noch zitternd eilte ich zur Theke und schob den Vorhang zur Seite, der die gefährlichen Zutaten verbarg. Wolfseisenhut war giftig und daher bewahrte ich ihn außer Sichtweite auf. Ich knallte den Vorratsbehälter auf den Tisch, aber er war leer. Nur ein paar Staubkrümel tummelten sich auf dem Boden des Behältnisses. „Ich würde sagen, wir haben ein Problem."

Bee fasste sich an die Hüften. „Ich dachte, nur ich kaufe das Zeug?"

Ich kratzte mich am Kopf und dann fiel mir wieder ein, was damit geschehen war. Santos kam mir aber zuvor und während er zum Hinterzimmer lief, rief er: „Letzte Woche hast du es dieser Mixtur hinzugefügt, mit der du die Vogelkacke von den Fenstern geputzt hast."

„Kacke?" Bee schritt zur Tür und wieder zurück an meine Seite. „Aber ich brauche es diese Woche. Ich wandere hoch in die Berge um einen Kunden zu sehen und ich nahm an, du hättest noch genug." Sie kam näher und flüsterte. „Mein Kunde gibt an, man hätte ihn mit einem Fluch belegt und ich benötige Wolfseisenhut, um ihn zu brechen."

Bee praktizierte nur im Geheimen Magie und war lediglich außerhalb Terras für ihre Fähigkeiten bekannt. Hier in Terra würde die Priesterin sie sofort einsperren, wenn dies bekannt werden würde und daher nahm Bee meistens Aufträge in anderen Territorien an.

„Es tut mir leid, ich wollte meine Bestände ja auffüllen. Einige andere Vorräte neigen sich auch dem Ende zu. Wann sagtest du, brauchst du es?"

Santos kam mit der Schüssel mit dem heißen Wasser und dem blutigen Handtuch zurück und war damit auf dem Weg zur Vordertür, um den Inhalt draußen zu auszukippen.

„Morgen." Bee spielte mit einer ihrer roten Locken, die ihr auf die Schulter hingen.

„Zum Kuckuck, das ist bald." Ich eilte zur Vordertür, um sie für Santos aufzuhalten.

„Es tut mir sehr leid, Scarlet. Ich habe den Auftrag erst heute Morgen angenommen."

Santos unterbrach uns. „Ich kann etwas davon sammeln gehen." Er hatte diesen bittenden Hundeblick, als wollte er schon immer unbedingt auf eine Exkursion gehen.

Sein Angebot schmeichelte mir sehr, aber ich konnte ihn nicht gehen lassen. „Nein, es ist schon in Ordnung. Diese Pflanze ist gefährlich und ich möchte nicht, dass dir etwas geschieht." Außerdem hatte ich festgestellt, dass die Intensität der Pflanzen wahre Wunder wirkte, wenn ich meine Magie an ihnen anwendete, solange sie noch frisch waren.

„Wenn dir das zu viele Umstände bereitet, kann ich meinen Kunden fragen, ob wir den Termin auch verschieben können", sagte Bee, während sie eine Haarsträhne um ihren Finger wickelte. Das tat sie immer, wenn sie nervös war. Sie und ihr Vater hatten finanzielle Probleme und ihre Aufträge trugen dazu bei, dass sie nicht völlig untergingen. Ich wollte ihnen nicht noch mehr Kummer zumuten.

„Du weißt, ich würde alles für dich tun", ermutigte ich sie.

Sie kam angerannt, erdrückte mich nahezu mit einer festen Umarmung und ihr Parfüm aus Zitrus und Vanille umgab mich. „Danke, und ich werde auch immer für dich da sein."

„Aber sicher!" Ich kicherte und Bee lockerte ihre Umarmung.

„Okay, ich muss gehen. Papa stellt heute eine seiner Erfindungen fertig und ich habe ihm versprochen, zu assistieren. Sehen wir uns morgen? Soll ich morgens vorbeikommen?", fragte sie mich.

„Ach was, ich komme bei euch vorbei", schlug ich vor. „Du sagst doch immer, ich verbringe zu viel Zeit in den Wäldern und zu wenig in Gesellschaft." In den letzten Wochen arbeitete ich an dem Rezept einer Salbe für ihren Vater, der an Gelenkschmerzen litt, und plante sie heute Abend fertig zu stellen, um ihn morgen damit zu überraschen.

Bee umarmte mich ein weiteres Mal und küsste mich auf die Wange. Sie flüsterte in mein Ohr: „Penis." Kichernd nahm sie ihr Päckchen von der Theke, spazierte nach draußen und winkte Santos zum Abschied zu, bevor sie über den Feldweg durch die Wälder verschwand.

Santos kam zurück nach drinnen. „Ja, ich passe auf das Haus auf, während du unterwegs bist. Und ich verspreche dir, keine Teebeutel zu mischen und nur Bestellungen anzunehmen, wenn jemand wirklich etwas benötigt."

„Du kennst mich einfach zu gut." Ich holte meinen Mantel und meinen Beutel von hinten. Es schien, als würde ich in letzter Minute noch einen Ausflug in die Wälder machen. Beklemmung begleitete mich und sie erinnerte mich an die Worte von *Herrn Hosenlos* über die Wölfe, die einen Krieg führten. Also nahm ich mir eine frische Flasche Zitrusfluch, gemischt mit Wasser, mit. Das Spray würde alle Angreifer von mir fernhalten und, wenn ich es ihnen in die Augen sprühte, sie zeitweise erblinden lassen, was mir ausreichend Zeit zur Flucht verschaffte.

# KAPITEL ZWEI

Ich trat über die Schwelle nach draußen, schloss die Ladentür hinter mir und warf mir meinen roten Umhang um die Schultern. Ein Blick nach rechts, ein Blick nach links. Mein Haar kitzelte im Nacken, als ich den Kopf drehte. Keine Spur der Wachmänner. Es wurde jetzt wirklich Zeit, den Wolfseisenhut zu sammeln. Da es bereits später Nachmittag war, würde ich, wenn ich mich beeilte, zurück sein, bevor die Sonne unterging. Warum aber konnte ich mich nicht bewegen? Noch immer spukten die Worte von *Herrn Hosenlos* in meinem Kopf umher. Ich hatte die Flinte nicht ins Korn geworfen, als meine Großmutter verstorben war. Weder hatte ich Angst, noch bin ich geflohen, als die Dorfbewohner darauf bestanden, dass ich das Werk des Teufels vollbrachte. All das nur, weil ich darauf beharrte, dass Kräutertees manche Krankheiten heilen konnten. Glücklicherweise hatte die Priesterin weder eine Untersuchung noch einen Prozess gefordert. In Anbetracht dessen also würde mir ein Mann, der seine Hose an Wölfe verloren hatte, keine Angst einjagen.

Meine Großmutter sagte immer, wer ein sanftes Herz in einer grausamen Welt hat, beweist Mut, nicht etwa Schwäche. Dieses Motto hatte mich durch die harten Monate nach ihrem Tod und dem Erben ihres Geschäfts begleitet.

Vor mir küsste das Sonnenlicht die Wipfel der riesigen Buchen, deren Stämme mit saftigem Moos bewachsen waren. Ich rieb meine Arme und kämpfte gegen den Schauer, der sich in meine Knochen geschlichen hatte, an. Die Felder schimmerten in Braun und Grün. Ein Trampelpfad schlängelte sich in Richtung des Waldes, der nur noch knapp zehn Meter vor mir lag.

Mein Blick schweifte nochmal zurück und ich winkte Santos durch das Fenster zu, während er fleißig weiter den Tabak abpackte. Mein Rucksack wippte im Takt meines Schritts.

Die Bäume nahmen mich in ihrer Mitte auf, als ich den Wald betrat. Der Himmel verschwand und ein Rotkopfspecht jagte zwischen den Ästen nach Insekten. Ein Eichhörnchen hielt auf seinem Weg den Baum hinauf inne und starrte mich an. *Niedlich.* Einige Blätter fielen tanzend von den Baumkronen zu Boden und alles an dieser Landschaft erinnerte mich an Zuhause. Sicherheit. Gewohnte Umgebung. In der Ferne konnte ich einen gurgelnden Fluss hören, was in meinen Ohren wie ein Flüstern klang. Als Kind nahm meine Großmutter mich zum Wandern und Jagen mit, sie brachte mir das Überleben in der Wildnis bei und zeigte mir die Freiheiten, die ein solches Leben bot.

Trotz allem lag mir diese nagende Sorge bezüglich der Wölfe in unseren Wäldern immer noch schwer im Magen. Ich zog meinen Umhang fester um meine Schultern und legte einen Zahn zu. Die Luft um mich herum wurde still, lediglich ein Vogel sang noch hier und da. Der hölzerne

Geruch beruhigte mich, aber die quälende Unsicherheit blieb und verlangte, dass ich nach Hause zurückkehrte.

Aber was war mit Bee? Wenn das Pflücken von Wolfseisenhut für sie Bezahlung bedeutete, mit der sie aushelfen konnte, Essen für sich und ihren Vater auf den Tisch zu zaubern, konnte mich nichts davon abhalten.

Als der Boden unter meinen Füßen abfiel, wurde auch mein Schritt langsamer. Der trockene Waldboden unter meinen Stiefeln gab nach und ich ruderte nach hinten. Ich bekam einen tiefhängenden Zweig zu fassen und zog mich wieder auf die Beine. „Scheiße!" Schon einmal war ich diesen Hügel heruntergerutscht und lief wochenlang mit blauen Flecken herum.

Ein kleiner Bach sprudelte im Tal und die Strahlen der Sonne wärmten meine Schultern. Verzaubert vom Duft der Tannennadeln hüpfte ich von Stein zu Stein über den Bach.

Vor mir erstreckte sich ein üppiger Teppich aus Kräutern, der den Wald durchzog und von Sonnenlicht durchflutet war. Eine Reihe Wolfseisenhut verlief entlang der kompletten Grenze von Terra zum Bau, in dem die Wölfe lebten. Bereits vor Jahrzehnten hatten Menschen die Pflanzen ausgesät, um die Wolfsartigen davon abzuhalten, unser Land zu betreten. Dieser Pflanzengürtel reichte mir bis zu den Achseln und war mit langen, dunkelvioletten Blüten übersät, jede einzelne geformt wie ein Helm. Vereinzelt gab es auch gelben Wolfseisenhut, der viel kraftvoller war.

Das Brechen eines Zweigs zu meiner Linken weckte meine Aufmerksamkeit.

Ich zuckte zusammen und wirbelte in Erwartung eines Rehs herum, aber dort war nichts. „Hör auf so ein Feigling zu sein." Im Wald bewegte sich alles, von Tieren bis hin zur

Vegetation. Ob die Wölfe wohl über den Wolfseisenhut gesprungen sind, als *Herr Hosenlos* vor ihnen geflohen ist und sie ihm folgten? Unwahrscheinlich, das hatten sie seit Jahren nicht getan, warum sollten sie also jetzt riskieren, davon krank zu werden? Es ergab keinen Sinn, außerdem waren Wölfe nachtaktiv. Sie jagten bei Nacht, nicht über Tag. *Meine Güte, entspann dich.*

Tief atmete ich aus und widmete mich wieder den Sträuchern. An ihnen vorbei blickte ich auf die Bäume in der Umgebung des sogenannten Baus, der Heimat der Wölfe. Der Wald war dicht, die Bäume standen wie Soldaten, bereit für den Krieg, und die Sonne durchbrach kaum ihre Kronen. Jedes Mal, wenn ich hier war, könnte ich schwören, dass mich jemand beobachtete. Schließlich schlich ich auch nahe der Grenze zwischen unseren beiden Territorien umher. Der Wolfseisenhut hielt sie zurück... Trotzdem pochte der Puls in meinen Venen, als hätte ich einen Fehler begangen.

Ich weigerte mich, an irgendwas anderes als die Pflanzen zu denken und kramte in meinem Rucksack nach den Stoffhandschuhen, die ich überzog, um zu verhindern, dass Wolfseisenhut meine Haut berührte. Rissige Haut oder kleine Wunden bei Mensch oder Wolf absorbierten das Gift des Wolfseisenhuts, welches Wölfe tötete und Menschen sehr krank machte. Außerdem kramte ich das Säckchen hervor, in dem ich den Wolfseisenhut verstaute, um ihn getrennt von meinen anderen Kräutern aufzubewahren.

*Okay, es ist an der Zeit anzufangen.* Ich rupfte die erste Pflanze aus dem Boden und klopfte die Erde aus den Wurzeln. Ein Schnitt an der Basis, den Rest der Pflanze schmiss ich weg, da ich nur die Wurzel benötigte. Mit einem einzigen Gedanken konzentrierte ich meine Kräfte und sanfte Energie strömte durch meine Arme. Weiße Funken hüpften von meinen Fingerspitzen, durch meine Handschuhe hindurch, und wirbelten um die Knolle. Ich legte die Wurzel in das Säckchen und sammelte weitere drei an verschiedenen Stellen, um eine Ausdünnung der Barriere zu verhindern. Noch zwei Stück. Bee bestand immer auf sechs Stück für ihre Zaubersprüche, da ich aber sowieso schon hier war, konnte ich direkt meine Vorräte auffüllen. Ich kletterte zwischen den Sträuchern umher, auf der Suche nach den gelben Exemplaren inmitten hunderter violetter Blüten, als ein lautes Krachen in der Nähe ertönte.

Ich erstarrte.

Dann kreischte jemand.

Wie festgefroren blieb ich auf der Stelle stehen und klammerte mich an den Rucksack in meinen Händen. *Was war das?*

Zweige und Blätter zitterten im Wind, knirschten und raschelten.

Noch ein Aufschrei. Lauter. Ein Tier in Not? Ich packte meine Sachen zusammen, fädelte meine Arme durch beide Träger des Rucksacks und bahnte mir den Weg in Richtung des Geräusches. Ja, genau das Gegenteil von dem, was ich tun sollte, aber das Geräusch würde mich noch wochenlang verfolgen, wenn ich nichts dagegen tun würde. Vor meinem inneren Auge sah ich ein verletztes Reh mit einem gebrochenen Bein in der Falle eines Jägers. Ich ertrug es nicht, ein verletztes Tier zu sehen und würde es wenn möglich heilen.

Oder wurde es vielleicht von einem Wolf angegriffen?

Auf meiner Wange kauend hielt ich inne und entledigte mich meiner Handschuhe, die ich in meinen Rucksack stopfte. *Was sollte ich tun?* Ich lief los und blieb wieder stehen, mein Blick schwankte von einer Seite zur anderen.

Aus welcher Richtung kam es? Mein Zuhause befand sich zu meiner Linken.

Ein weiterer Aufschrei, definitiv ein menschlicher Ausruf. Ich hielt mich rechts, zielstrebig in Richtung jener Person, die in Schwierigkeiten steckte. Hatten Wölfe jemanden eingekesselt?

Als ich näherkam, konnte ich in der Ferne Bewegung zwischen den Bäumen erkennen. Ein Mann war auf seinen Knien und eine weitere Person peitschte ihn aus. Das Opfer schrie und mein Atem stockte.

*Was ging hier vor sich?* Ich fischte das Messer aus meinem Stiefel und kroch näher heran. Ich nutzte die massiven Baumstämme, um meinen Annäherungsversuch zu verbergen.

Das Schluchzen hallte wider und mein ganzer Körper war von Gänsehaut bedeckt. Ich presste meinen Rücken gegen einen Baum, der doppelt so breit wie ich war, und mein Herz pochte, als ich jedem einzelnen dumpfen Schlag lauschte. Jedem Winseln, jedem Kreischen.

Aus meinem sicheren Versteck lugte ich heraus. Mindestens viereinhalb Meter von mir entfernt stand eine dünne, schlaksige Gestalt, von Kopf bis Fuß und mit Handschuhen komplett in Schwarz gekleidet. In ihrer Hand hielt sie einen von Blättern befreiten Zweig, der bereits ausgetrieben hatte. Ich kniff die Augen zusammen um einen besseren Blick auf ihr Gesicht zu bekommen: eine lange spitze Nase, schroffe Wangenknochen und dünne Lippen, die sich zu einem Grinsen verzogen.

Die Priesterin?

Haare so schwarz wie die Nacht, zu einem strengen Pferdeschwanz zurückgebunden. Ich erschauderte, als sie lächelte und das Foltergerät über den Rücken des armen Mannes zog. Sie präsentierte sich vor den Dorfbewohnern als eine Lady, die mit sechzig Jahren bereits eine helfende

Hand beim Erklimmen der Stufen ihres Podiums benötigte. Nichts desto trotz hatte ich schon von den Gerüchten gehört, dass sie gerne Menschen quälte. Aber schließlich kursierten alle möglichen Lügen über sie, von Geschlechtsverkehr mit Aliens, bis hin zum allabendlichen Baden in Milch. Okay, vielleicht war Letzteres nicht so weit hergeholt, aber auf jeder Dorfversammlung machten weitere Gerüchte die Runde. Daher schenkte ich ihnen keine Beachtung mehr. Aber… was, wenn die Gerüchte in Bezug auf die Priesterin stimmten? Wenn über jemanden unangenehme Dinge verbreitet wurden, pflegte Groß-mutter immer zu sagen, dass es keinen Rauch ohne Feuer gäbe.

Hinter der Priesterin standen mindestens zehn weitere, über Sträucher gebeugte Personen. Was ging hier vor sich?

„Wirst du je wieder mir gegenüber ungehorsam sein?" Ihre schrille Stimme klingelte in meinen Ohren.

Unfähig mich zu bewegen stand ich dort, wie festge-froren. Ich musste hier weg, ohne auch nur ein einziges Geräusch zu machen. Soweit ich wusste, hätten das durchaus abartige Sexspielchen sein können. Widerlich.

„Zurück an die Arbeit. Hat sonst noch jemand ein Problem damit, Wolfseisenhut anzufassen?", schrie sie laut.

Bei ihren letzten Worten erstarrte ich. Warum würden sie mit dieser Pflanze hantieren? Ich meine, ich hatte einen triftigen Grund, die Priesterin aber hieß Magie oder das Heilen mit Kräutern nicht gut. Sammelte sie das Zeug um daraus ein Gift zu gewinnen? Hatte ich etwas falsch verstanden? *Richtig,* wie beispielsweise das Auspeitschen der Arbeiter mit einem Zweig.

Unfähig, mich selbst davon abzuhalten, riskierte ich noch einen Blick auf die Priesterin. Ich musste heraus-finden, was die anderen taten, denn es konnte eine Erklärung dafür sein, warum *Herr Hosenlos* von Wölfen angegriffen wurde. Ich lebte außerhalb des Dorfs und falls Gefahr drohte, musste ich mich selbst verteidigen.

Mein Blick wanderte von einem Baumstamm zum nächsten und blieb an ihr hängen, wie sie die zehn in schwarz gekleideten Menschen überwachte. Jeder trug Handschuhe und einen Mundschutz. Sie trugen voll ausgewachsene Wolfseisenhutpflanzen über die derzeitige Grenze aus Sträuchern und liefen in Richtung des Wolfsgebiets. Sie betraten die dunklen Wälder, in denen für jeden der Zutritt verboten war. Ich schnappte nach Luft. Sofort hielt ich mir die Hand vor meinen Mund, weil ich ein so lautes Geräusch von mir gegeben hatte und verschwand wieder hinter dem Baum.

Was machten sie da?

Hinter mir knackte ein Zweig.

Ich drehte mich um. Ein Wachmann hatte sich von weiter weg angeschlichen und mich entdeckt.

*Heilige Mutter Gottes.*

Dieser muskulöse Mann ohne Haare trug eine graue Uniformjacke mit einer Doppelreihe goldener Knöpfe. Er zeigte mit seinem Finger auf mich, als wäre ich eine Zweijährige, die von ihrer Großmutter zurechtgewiesen wurde, und eilte heran.

Die Angst schnürte meinen Magen zusammen und ich war mir nicht sicher, ob ich mich bewegen konnte, selbst wenn ich wollte. Es gab Geschichten, die davon handelten, wie die Priesterin Menschen wegsperrte, die sie der Spionage bezichtigte. Sie schätzte ihre Privatsphäre und verdächtigte jeden, etwas Falsches zu tun.

Der Wachmann fletschte knurrend seine gelben Zähne und seine Augenbraue bog sich, als ob ich gerade seinen Tag ruiniert hätte, indem meine Anwesenheit ihn dazu zwang, seine Arbeit zu verrichten.

Er griff nach dem langen Messer an seinem Gürtel. Auf

diese Art entledigten sich die Wachmänner einer jeden Person. Erst aufschlitzen, dann Fragen stellen. Sie hielten sich an das Gesetz der Priesterin und setzten es entsprechend ihrer Anordnungen durch.

*Himmel, hilf mir.*

Ich wippte auf meinen Fersen hin und her und wirbelte dann um den Baum herum in Richtung der Priesterin und ihren Arbeitern. *Klar, Scarlet, renne direkt in die Arme der Verantwortlichen.* Adrenalin beherrschte meine Entscheidungen, daher war Logik kein Teil des Plans mehr.

Ich hechtete über einen Stamm und rutschte über trockene Blätter, mit meinen Armen nach Gleichgewicht wedelnd. Vor Schmerzen zuckte ich zusammen, als ich auf meinem Rücken landete. Ich fühlte mich nicht etwa hilflos, aber diese Erfahrung jagte mir den puren Schrecken ein. Angst ließ mein Herz zu Stein werden und ich begann zu taumeln. Ich würde mit Ratten, die meine Zehen anknabberten, in einer fensterlosen Zelle enden. Als ich zu einem Sprint ansetzen wollte, erschien vor mir ein weiterer Wachmann und dasselbe Problem befand sich auch zu meiner Linken. Flucht gab es nur zu meiner Rechten. Genau dort, wo die Priesterin stand.

Sie drehte sich zum Grund für die Unruhe um—mir.

Auf der Stelle trat ich von einem Bein auf das andere, Terror hatte seine eisigen Arme fest um mich geschlungen und in meinem Kopf hörte ich Großmutter ein Lied singen. Sie sang darüber, sich den Problemen zu stellen, wenn man in Schwierigkeiten geraten ist. So, als ob Wegrennen doch nicht die Antwort war. Die Niederlage zuzugeben aber war die schlimmste Entscheidung, die man treffen konnte.

Meine Gedanken drehten sich im Kreis, schwankend zwischen Aufgeben und dem Versuch einer Erklärung, dass die Flucht ein Fehler war, bevor sie mich in eine Zelle sperrten. Die Priesterin würde vermuten, dass ich sie beim strafbaren Betreten von Wolfsterritorium beobachtet hatte, was auch Hoheiten wie ihr untersagt war. Zur Hölle, einst bestrafte sie einen Mann, der sie bei der Verrichtung ihres morgendlichen Geschäfts in den Wäldern überrascht hatte. Der arme Kerl war einige Tage später auf mysteriöse Weise verschwunden. Ja, jedem war klar, wenn man Abstand von ihr hielt, war man in Sicherheit. Aber jetzt war ich mir sicher, etwas beobachtet zu haben, das nicht für meine Augen bestimmt war.

"Holt sie euch", brüllte sie.

In der Nähe knirschte von Stiefeln zertretener Waldboden und ein Windstoß zog vorbei, der noch mehr Laub aufwirbelte. Ein Schwarm Vögel zwitscherte über uns und erhob sich aufgeschreckt aus den Baumkronen in die Lüfte.

*Es tut mir leid, Großmutter.* Ich stürmte in Richtung der Priesterin und tänzelte um sie herum.

Ihr Mund blieb offenstehen, die Augen vor Verblüffung weit aufgerissen.

Unsere Gewänder streiften aneinander und mit gerunzelter Nase verließ ein ungewolltes Brummen ihre Brust. Wo kam das denn her?

Ganz klar, allein schon ihr Anblick beim Aussprechen meines Namens, *Scarlet,* ließ meine Instinkte wachwerden. Sie hatte mein Geschäft bereits in der Vergangenheit aufgesucht, auf der Suche nach einer entspannenden Teemixtur, so nannte sie es jedenfalls. Ihre Stimme klang wie die einer angreifenden Viper, als sie den Laden betrat und ich hätte schwören können, sie würde augenblicklich meine Verhaftung anordnen. Wochen später erfuhr ich, dass sie meinen Tee liebte. Nun zweifelte ich aber daran, dass sie so verständnisvoll sein würde. Nicht nachdem ich ihr Tun beobachtet hatte.

„Haltet sie auf!", brüllte die Priesterin erneut.

Ich torkelte um sie herum, aus ihrer Reichweite heraus. Ein Luftzug zischte vorbei, als sie mit dem Zweig nach mir schlug.

Keiner ihrer Arbeiter bewegte sich. Ein beißender Schweißgestank, wie ich ihn noch nie gerochen hatte, und der Geruch nach etwas Metallischem betäubten meine Sinne. Der Gestank kam von einem ihrer über einen Strauch gebeugten Arbeiter, die gezackten Striemen auf seinem Rücken klafften offen und Blut strömte heraus. *Scheiße!*

Mein Adrenalin schoss ein, als ich in Richtung des Wolfseisenhutwuchses sprintete, im Unklaren darüber, wo ich hinlief und weshalb ich dies für eine gute Entscheidung hielt. Ich donnerte durch die Büsche, zertrampelte sie und rannte in den Wald, hin zu der Stelle, zu der ich die Anderen mit den Pflanzen hatte laufen sehen.

Im Wald des Baus umhüllte mich eine furchterregende Stille und Kälte verbiss sich in meinem Fleisch.

„Jetzt schnappt sie euch schon", schrie die Priesterin. „Ich will, dass ihr sie einfangt."

Die Ereignisse des heutigen Tages überschlugen sich in meinem Kopf. Im Grunde genommen machte ich einen Fehler nach dem anderen.

Wachmänner waren mir auf den Fersen und ich rannte an weiteren Arbeitern vorbei, die mich mit erschrockener Mine anstarrten.

Ich floh, duckte unter Ästen durch, sprang über Tannenzweige und schlug Haken nach rechts und links, um meine Verfolger abzuwimmeln. Keinesfalls hätte ich heute zum Wolfseisenhutsammeln losgehen sollen. Oder meine Nase in andere Angelegenheiten stecken sollen. Oder bleiben sollen, nachdem ich die Priesterin beim Auspeitschen eines Menschen beobachtet hatte. Jetzt grenzte es an Glück, wenn ich den heutigen Tag überlebte.

Um mich herum verschmolzen die Baumstämme mit dem grauen Hintergrund. Wo war ich? Aber nun musste ich fliehen und eine Lösung für meine Probleme konnte ich später noch finden.

Zwei der Wachmänner verfolgten mich noch immer und ihr Atem war schwer, also bog ich scharf links ab, wo die Böschung abfiel und legte noch einen Zahn zu. Nicht stehenbleiben. Nicht langsamer werden.

Mit meinem nächsten Schritt erwischte ich eine Senke und meine Zehenspitze blieb an einem toten Ast hängen. Meine Welt überschlug sich, als der Boden auf mein Gesicht zukam. Ich schlug auf und die Luft wurde aus meiner Lunge gepresst. Schreiend rollte ich den Abhang herunter. Blätter und Zweige piksten meinen Rücken, kantige Felsen bohrten sich in meine Seite.

Danach erinnerte ich mich nur noch daran, wie ich durch die Luft flog und sekundenlang diese Klippe angaffte, von der ich gestürzt war.

„Ach du scheiße!" Meine Arme ruderten, ich fiel schnell.

Meine Schreie verstummten in der mir entgegen strömenden Luft, die an meiner Kleidung und meinen Haaren riss.

Dann schlug ich auf dem Wasser auf.

Die Eiseskälte versenkte ihre Reißzähne in mir, sie ließ mich im tiefsten Inneren erstarren. Ich begann mit den Beinen zu strampeln, als sich die Kälte wie mit erdrückendem Griff um meine Lungen legte und den letzten Rest Sauerstoff herausquetschte. Noch war ich nicht bereit zu sterben.

Als mein Kopf die Wasseroberfläche durchdrang,

schnappte ich nach Luft. Wellen spritzten mir ins Gesicht, während die Strömung mich stromabwärts trug.

Die Gischt peitschte mir entgegen und wie ein Hund paddelte ich panisch, während ich eine Menge Wasser schluckte. Plötzlich durchfuhr mich ein elektrischer Stromschlag. Ich verkrampfte und mein Kopf wurde unter Wasser gezogen.

Die Zeit verging rasch und Panik hämmerte von innen gegen meinen Brustkorb. Man würde mich niemals finden und sicher annehmen, ich wäre wilden Tieren zum Opfer gefallen. Als meine Beine aber wieder anfingen wie von Nadeln gestochen zu prickeln, begann ich erneut zu strampeln, der auf der Wasseroberfläche glitzernden Sonne entgegen, und rang gierig nach Luft, als ich sie durchbrach.

Bäume wuchsen an beiden Ufern der Stromschnellen, meine Gedanken aber waren wie betäubt, während ich gegen das Wasser kämpfte. Ein großer Felsen ragte aus den Wellen heraus und ich klammerte mich an ihm fest. Meine Finger versuchten Halt zu finden und ich umschlang ihn mit beiden Beinen.

Jeder Atemzug zitterte auf dem Weg in meine Lunge und die Kälte hatte mich eingehüllt. Mein Blick fiel zurück auf die Klippe, von der ich gestürzt war. Sie war so hoch, ich hätte tot sein können. Aber es gab keine Spur der Wachmänner mehr. Vielleicht gab es doch ein gutes Ende. Ja richtig. Ich war verloren im Bau.

*Ja Scarlet, die perfekte Art sich selbst umzubringen. Zwar hat die Priesterin dich nicht lebenslänglich eingekerkert, dafür werden die Wölfe dich jetzt in Stücke reißen.* Ein lähmender Schmerz machte sich breit und jede Faser in mir zuckte vor Eile, endlich zu fliehen, irgendetwas zu tun.

Unter allen anderen Umständen hätte ich diesen Ort geliebt. Die wärmende Sonne auf meinem Kopf, das üppige Grün und die schneebedeckten Berggipfel in der Ferne.

Mit Ausnahme dessen, dass ich mich jetzt in einem Teufelskreis aus Problemen befand.

Jetzt würde die Priesterin sicher mein Geschäft aufsuchen, um auf mich zu warten, oder schlimmer noch, Santos verhaften. Ich bin irgendwo im verbotenen Land gestrandet—dem Bau—mit Wölfen die sich scheinbar bekriegten. Oh, und ich war nass bis auf die Knochen und musste ans Ufer gelangen.

„Gute Arbeit, Scarlet. Was steht als Nächstes auf deiner To-Do-Liste? Jemanden umzubringen?" Alleine beim Gedanken daran schauderte es mir. Was stimmte nicht mit mir?

„Okay, jetzt musst du erst mal hier raus, trocknen und dir einen Überblick verschaffen", murmelte ich vor mich hin.

Es grenzte an ein Wunder, dass mein Rucksack noch auf meinem Rücken war.

Ich atmete durch und lauschte. Das Brausen eines Wasserfalls verriet mir, was ich jetzt zu tun hatte. Auf mich wartete der Tod, wenn ich nicht schleunigst aus diesem Fluss kam. Nicht weit von mir war ein weiterer Felsen und dann noch einer, nah am Ufer. Ich arbeitete mich an die Seite meines Felsens vor, stieß mich ab und ließ die Strömung mich zum nächsten Felsen tragen. Als ich endlich den dritten Felsen erreichte, verließen mich die Kräfte.

Die Strömung zog an mir vorbei und die Kälte ließ meine Waden verkrampfen. Aber die Rettung war nicht mehr fern. Mein Kopf pochte, jeder Zentimeter meines Körpers verlangte nach einer Pause. Ich durchschwamm den Fluss, um mich herum nichts als Wasser. Fast hatte ich es geschafft.

Ich biss die Zähne zusammen, spannte meine Muskeln an und kämpfte gegen den steten Sog an, der mich in Richtung des Wasserfalls ziehen wollte, um mich am Stück zu verschlingen.

Mit dem letzten Rest meiner verbleibenden Kraft machte ich lange Züge und kämpfte gegen die Fluten an.

Als ich beinahe das rettende Ufer erreicht hatte, erwachten zwar neue Lebensgeister in mir, doch ein Sog erfasste mich und riss mich mit sich. Ich schrie auf und schwamm noch stärker als je in meinem Leben zuvor. Immer gegen die Strömung, hatte ich mal gelernt, also trieb ich mich selbst an so hart ich konnte.

Meine Füße vergruben sich im Grund des Flusses, als ich es endlich ans Ufer geschafft hatte. „Zur Hölle."

Auf allen Vieren kroch ich heraus. Zitternd ließ ich mich auf die von erhabenen Tannen umgebene Lichtung fallen.

Jeder Zentimeter meines Körpers ächzte vor Schmerz. Von oben wärmten mich die Strahlen der Sonne. Als ich meine Augen schloss, ließ ich mich selbst für einen Moment glauben, dass ich in Sicherheit war, dass ich einen Weg nach Hause finden würde, dass meine Welt nicht auf Messers Schneide balancierte.

So verloren fühlte ich mich das letzte Mal nachdem meine Großmutter gestorben war. Meine Zukunft erschien mir düster. Vor meinem inneren Auge sah ich ihr Lächeln, wie sie mir immer in die Wangen gekniffen und versucht hatte, mir sechs Mahlzeiten am Tag zu füttern, weil ich zu dünn war. Mein Hals zog sich zusammen. Es gab so vieles, das ich ihr erzählen wollte, zum Beispiel wie gut das Geschäft lief oder von einer neuen Technik, die das Trocknen von Kräutern beschleunigte. Wann immer ich ein Problem hatte, konnte ich damit zu ihr kommen. Mein Fels in der Brandung. Jetzt... Ich wischte mir die Tränen aus dem Gesicht, die meine Wangen herunter kullerten.

Der Wind trug ein kehliges Knurren zu mir. *Zum Geier.*

Ich wollte die Augen nicht öffnen, um dann einen Wolf zu entdecken.

In meinem Kopf tanzte die Panik und ich konnte keinen klaren Gedanken fassen, wie ich etwa atmen, sprechen oder mich bewegen sollte. Mir stieg die Galle im Rachen hoch. Und wie aus dem Nichts kam es noch viel schlimmer.

# KAPITEL DREI

Das Knurren wiederholte sich, lauter, und es war direkt hinter mir. Ich blieb zitternd auf dem Gras nahe dem reißenden Fluss liegen. Ohne Zweifel—das Geräusch stammte von einem Wolf.

Wenn ich zurück ins Wasser sprang und mich den Wasserfall hinunterstürzte, wäre das sicher einfacher, als zerfleischt zu werden.

Mein Körper gefror zu Eis. Atmen war nahezu unmöglich. Langsam kämpfte ich mich auf die Beine, während meine Finger den Boden nach einem Stein absuchten. Als mir einer zwischen die Finger kam, umklammerte ich ihn fest, erhob mich und drehte mich um.

Das Zittern hörte auch nicht auf, als ich in die Augen eines Wolfs mit stahlgrauem Fell in knapp zehn Metern Entfernung blickte. Das Tier reichte mir bis zur Hüfte und hatte schon bessere Zeiten erlebt. Sein Fell war stumpf und hing schlaff an ihm herunter. Da hatte ich ja Glück, er sah mich als leichte Beute an und Hunger machte ihn sicher unaufhaltsam.

Ein Stein half überhaupt nichts gegen ihn.

„Ich bin keine Mahlzeit. Da sind kaum Muskeln an meinen Knochen." Ich schritt zur Seite, in der Absicht, zum Wald zu rennen, um auf einen Baum zu klettern. Was für eine Wahl hatte ich sonst?

Während der Wolf auf mich zuschritt, knurrte er erneut und legte seine Ohren flach an.

Meine Schritte bewegten sich seitlich, zurückweichend, und im Augenwinkel blickte ich zum Wald. Ein kleiner Baum mit tiefhängenden Ästen sollte kein Problem darstellen. Ich beschloss, nicht zu seinem Mittagessen zu werden, weder jetzt noch irgendwann.

Aus dem Schatten des Waldes erschienen drei Silhouetten und mir lief ein kalter Schauer über den Rücken. Wölfe trotteten in perfektem Einklang wie Krieger auf mich zu. Einer war schwarz mit cremefarbenen Pfoten, ein weiterer hatte graues Fell, durchzogen von weißen Strähnen, und der dritte war schneeweiß. Sie waren gut fünfzehn Zentimeter größer als die Kreatur, die zwischen uns stand. Gestaltenwandler?

Schweißperlen rannten meine Wirbelsäule entlang und das Pochen meines Herzens hallte in meinen Ohren wider. Ich drückte den Stein in meiner Hand fest, meine Finger waren um die harte Oberfläche geschlossen. Wie sollte ich sie alle vier besiegen?

Die Panik ließ meinen Magen verkrampfen. Bevor ich mir auch nur Gedanken machen konnte, was ich als Nächstes tun sollte, drehte ich mich um und rannte. In meinem Kopf war kein Platz mehr für rationelles Denken.

Aus meinem Mund kam ein abgewürgter Schrei.

Hinter mir konnte ich nur schweren Atem und Pfoten, die auf die Erde auftrafen, hören.

Ich rannte schneller als ich es je für möglich hielt

entlang des Flussufers. Die kalte Luft schlug mir ins Gesicht, zog an meinen Haaren und nahm mir den Atem.

Im Wald trampelte ich über den trockenen Boden, der unter meinen Füßen krachte und knackte.

*Tod. Nicht mit mir. Bitte, nicht mit mir.*

Eine verzerrte Symphonie aus Knurren und Grunzen ertönte hinter mir. Ich drehte mich um und sah die drei Wölfe kämpfen. Fochten sie gerade aus, wer von ihnen mich fressen durfte? Der weiße Wolf stürmte auf mich zu und wirbelte den Waldboden auf.

Mein Sprint wurde noch schneller, ich duckte unter Zweigen hindurch und trampelte über Büsche. Kleine Äste zerkratzten mein Gesicht und meine Arme. Alles tat mir weh.

Aus meinem Augenwinkel konnte ich eine Bewegung wahrnehmen. Ich drehte den Kopf und mein Magen sank mir in die Kniekehlen.

Der weiße Wolf sprang in großen Schritten neben mir her, nur einen Steinwurf entfernt. Er hatte seinen Kopf in meine Richtung gedreht und seine Zähne blitzten hervor.

Ich warf den Stein nach ihm, traf stattdessen aber einen Baumstamm. *Verdammt.*

Mit aller Kraft in meinen Beinen preschte ich voran, griff nach einem tiefhängenden Ast und schwang meine Beine nach oben.

Aber etwas schnappte nach meiner Hose, zog mich nach unten und ich verlor den Halt. Ich schrie und versuchte den Ast wieder zu fassen zu bekommen.

Stattdessen aber schlug ich auf dem Waldboden auf, landete auf meinem Hintern und krabbelte rückwärts.

Mein Leben zog vor meinem inneren Auge an mir vorbei. Wie wenig ich mit dem Geschäft erreicht hatte, wie ich nie den Wald als meinen sicheren Hafen oder Terra verlassen hatte. Bee war in ferne Länder gereist. Ich folgte immer nur den Regeln. Jetzt würde ich gefressen werden und es würde nie jemand davon erfahren.

Der weiße Wolf wich nicht von der Stelle, während seine beiden Freunde den Berg herunter in unsere Richtung trotteten. Was war mit dem ersten Wolf geschehen? Hatten sie ihn besiegt in dem Kampf um den Hauptpreis... Mich? Der graue Wolf kippte seinen Kopf zur Seite, musterte mich von oben bis unten und trat hervor. War er der Alphawolf?

Meine Füße zuckten und ich kämpfte gegen meinen Fluchtinstinkt an. Wie weit würde ich schon kommen?

Ich rutschte auf die Seite, um hinter dem Baum, an den ich lehnte, Schutz zu suchen, aber mein Rucksack war an einer Wurzel hängengeblieben. Das führte dazu, dass ich mich an den Zitrusfluch erinnerte. Die Träger meines Rucksacks glitten von meinen Schultern und ich steckte meine Hand hinein. Alle drei Wölfe beobachteten mich aufmerksam. Ob sie wohl dachten, dass ich etwas Essbares für sie hatte? Der letzte Apfel in meinem Rucksack würde die Biester nicht satt machen. Meine Finger umklammerten die kleine Flasche, die mit einem Korken verschlossen war, und ich zog sie heraus.

Der graue Wolf knurrte und schnappte nur wenige Zentimeter vor meinem Gesicht zu.

Schluchzend drehte ich mich zur Seite. „Okay, hört zu. Wenn ihr vorhabt, mich aufzufressen, dann sollten wir es hinter uns bringen, aber offensichtlich haben wir damit noch nicht mal angefangen...“ Ich schluckte und unsere Blicke trafen aufeinander, als sich etwas hinter seinen Augen zu verändern begann. Er schüttelte seinen Kopf und knurrte tief, so als versuchte er, zu kommunizieren. Das führte dazu, dass es aus mir herausplatzte: „Seid ihr alle Gestaltenwandler? Und wenn das der Fall sein sollte, naja, dann habt ihr eine unglaublich unfreundliche Art mich in eurem Land willkommen zu heißen." Unruhig durch die Panik, die meinen Rücken hochkroch, klemmte ich meine Knie unters Kinn.

Zwischen uns wurde es still, abgesehen vom Rascheln der Blätter und dem Gurgeln des Flusses. Worauf warteten die Wölfe? Versuchten sie mich zu hypnotisieren? Das zeigte jedenfalls keine Wirkung.

Der schwarze Wolf knurrte tief. Versuchte er den anderen mitzuteilen, dass sie angreifen sollten?

Als die anderen Wölfe mit einstimmten und ebenfalls zu knurren begannen, versteifte ich und rang nach Luft.

*Sei tapfer mein kleines Mädchen*—Großmutters liebster Spruch. Also bereitete ich mich darauf vor, bis zum bitteren Ende zu kämpfen und ballte meine Hände zu Fäusten.

Der graue Wolf zwinkerte und setzte zum Sprung an.

Schnell wie der Blitz wich ich zurück und zog meine Hand mit der Flasche hervor. Aber eine Wolfseisenblutwurzel hatte sich um den Korken der Flasche gewickelt. Beim Versuch, sie abzubekommen, ließ ich meinen Rucksack fallen und der Korken löste sich. Der gesamte Inhalt der Flasche spritzte heraus und traf den grauen Wolf im Gesicht. Ich warf die Flasche nach ihm.

Er stöhnte offensichtlich vor Schmerzen und wich kopfschüttelnd zurück.

Nebeltröpfchen meines Mittels tanzten durch die Luft und der schwarze Wolf musste niesen, während der weiße Wolf umher stolperte.

Ich sprang auf die Füße, drehte mich um und rannte.

Etwas Schweres drückte mich zu Boden. Ein Schrei durchfuhr meinen Körper wie eine Klinge. Mit Buckeln und Winden versuchte ich seinem Gewicht zu entfliehen.

Zitternd befürchtete ich, jeden Moment Reißzähne in

meinem Nacken zu spüren. Ich schrie auf, meine Finger versuchten irgendetwas zu fassen zu bekommen.

Aber anstatt mich zu beißen, ließ der weiße Wolf von mir ab und packte meinen Knöchel. Mein Überlebensinstinkt setzte ein und ich trat ihm ins Gesicht. Bedrohlich fletschte er die Lefzen.

Meine Zähne knirschten und meine Atemzüge waren schnell und laut.

„Hilfe!" Ich rupfte an Pflanzen und krallte meine Fingernägel in die duftende Erde.

Er zog mich wie eine Trophäe hinter sich her. Als einer der anderen Wölfe nach meinem zweiten Knöchel schnappte, krümmte ich mich und brüllte ihn lauthals an. Der graue Wolf trottete an meiner Seite, schüttelte noch immer den Kopf und seine Augen waren nun ganz rot... sicher kam das von meiner Mixtur.

„Bitte", flehte ich. „Ich gebe euch alles was ihr wollt, wenn ihr mich gehen lasst." In dem Moment, als der große Alphawolf nach meinem Gesicht schnappte, bekam ich einen faustgroßen Stein zu greifen. Sein fauliger Atem strömte mir übers Gesicht. Blutunterlaufene Augen starrten mich an, er schielte und schüttelte den Kopf. Doch bevor ich den Stein werfen konnte, gab mir der Wolf eine Kopfnuss. Das Bild vor meinen Augen fing an zu verschwimmen, wurde dann pechschwarz und das Letzte, was ich hörte, war ein angsteinflößendes Knurren.

---

Eine Tür fiel ins Schloss und ich öffnete meine Augen. Ich starrte in einem halbdunklen Raum an die Decke und ganz nah knisterte ein Feuer, dessen Wärme mich einlullte. So kann man es aushalten... zu Hause neben dem Feuer. *Moment!* Ich hatte keinen Kamin in meinem Schlafzimmer. Eine Flutwelle an Erinnerung brach über mich herein. Wie ich in die Wälder ging um Wolfseisenhut zu sammeln, wie die Priesterin Wolfseisenhut ins benachbarte Land umsiedelte und wie mich die Wölfe attackierten. Auch *Herr Hosenlos* kam darin vor. Ich erinnerte mich an seine Warnung, dass sich die Wölfe im Krieg befanden, und wie ich mich meisterhaft von einem Rudel Wölfen fangen ließ.

Das Zittern von vorhin schüttelte mich erneut durch. Dann mühte ich mich mit steifem Kreuz von dem langen Tisch herunter und hoffte, kein Geräusch dabei zu machen. Mist, die Wölfe hatten mich wie einen Braten aufgetischt. Sie mussten sich nur noch hinsetzen und ihr Abendmahl genießen. Ich tastete mich ab und schaute an mir nach unten. Ja, meine Kleidung hatte ich noch an, aber sie war nun trocken. Wie lange war ich bewusstlos?

Meine Schläfen fingen zu pochen an und ich rieb mir die Beule am Kopf, ein Andenken daran, wie der Wolf mich außer Gefecht gesetzt hat.

Das Zimmer war kaum dekoriert. Hölzerne Wände und noch mehr Holz an der Decke. Der Tisch stand in der Mitte und ein zerrissener Teppich war vor dem Feuer auf dem Hartholzboden ausgebreitet. Jemand hatte mit seinen Krallen die Enden des Teppichs ausgefranst. Keine Fenster, nur eine verschlossene Tür. Und in der Luft lag ein seltsam modriger Geruch. Es roch nach nassem Hundefell.

Mein Verstand konnte nicht begreifen, wo ich war und ich konnte keinen klaren Gedanken fassen. Ich drehte mich auf der Stelle, nichts kam mir bekannt vor. Starr stand ich nun da, mein Körper drängte mich jedoch zu rennen, um so viel Distanz wie nur möglich zwischen mich und die Wölfe zu bringen. Mir stockte der Atem und alles in mir schnürte sich zusammen. *Es ist an der Zeit zu gehen.* Ich steuerte auf die Tür zu, aber mein Fuß berührte etwas. Ich zuckte und sah nach unten. Es war nur ein Stapel Feuerholz, gegen den ich gestoßen war. Es gab keine persönlichen Gegenstände auf dem Kaminsims hinter mir oder Gemälde, die Aufschluss darüber gaben, wer hier wohnte. Hätte es Bilder von Familienmitgliedern gegeben, wäre es vielleicht meine Chance gewesen, an ihre sentimentale Seite zu appellieren.

Aber ich hatte den Verdacht, dass es sich hier um das Zuhause eines Wolfswandlers handelte. Alles was ich über sie gehört hatte, stellte sie als Wilde dar, die von der Hand in den Mund lebten und ihrem Alpha falls notwendig bis in den Tod folgten. Doch ich befand mich jetzt schließlich in einem Haus, welches jemand erbaut haben musste. Möglicherweise hatten die Gestaltenwandler Menschen entführt, damit diese ihre Häuser bauten? Dieser Gedanke ruhte schwer wie Blei auf mir. Was würden sie von mir verlangen?

Ich eilte im Zimmer umher, verzweifelt auf der Suche nach einem Ausweg aus diesem Haus.

Plötzlich erklangen Schritte an der Tür, die dann aufflog und gegen die Wand donnerte. Ein eiskalter Windzug erfasste mich.

Mir blieb das Herz im Hals stecken und ich stolperte rückwärts, als ein Mann das Zimmer betrat. Anfänglich fiel mein Blick auf seine blanken Füße, hin zu seinem nackten Oberkörper, dann betrachtete ich die gesamte kantige Gestalt, die vor mir stand. Wieso hatte mir nie jemand verraten, dass die Gestaltenwandler eine wahrlich göttliche Gestalt hatten? Hätte ich das gewusst, dann hätte ich mich vielleicht schon eher in ihr Territorium verirrt.

Ich starrte an ihm vorbei, einen langen Korridor entlang mit Wänden aus Holz und mehreren Türen. Was sich wohl in den anderen Zimmern befand? Opfer? Entführte Menschen?

Mein Blick blieb an dem roten Stoff um die Hüften des Mannes hängen, den er wie einen Rock trug. Es hatte etwas Vertrautes an sich. An dem seitlich zusammengerollten Stoff befand sich ein kleines Symbol in Form einer schwarzen Mondsichel. Genau wie jenes, dass Großmutter auf die Kapuze ihres Umhangs genäht hatte.

Ich kratzte mich am Hals und griff nach meinem Umhang, aber er war weg. Suchend sah ich mich im Zimmer hinter mir um. Einsam in einer der Ecken stand mein Rucksack. Die Wölfe mussten ihn eingesammelt haben, nachdem ich ihn im Wald fallen gelassen hatte. Eine nette Geste, vielleicht gab es doch noch Hoffnung, dass ich den Tag überleben würde.

Meine Aufmerksamkeit richtete ich nun wieder auf den Mann, der sich mit einem Teil von *meinem* Umhang bekleidet hatte. Das Blut schoss mir in die Wangen und ich stürmte auf ihn zu, aber er schlug die Tür zu und wir waren alleine in diesem Zimmer.

Aber jetzt war mir alles egal, ich war so geladen, als würde in mir ein Feuer von Kopf bis Fuß brennen.

„Wie kannst du es wagen?", sprudelte es aus mir heraus und ich riss ihm den Stoff vom Leib, der sich alleine durch meine Berührung löste. „Du hast dir meinen Umhang genommen? Wie *konntest* du nur?" Tränen schossen mir in die Augen, als ich auf den roten Stoff in meinen Händen blickte. Eine Leere breitete sich in meiner Brust aus. Ich hatte Großmutters Kleidung mit so viel Liebe behandelt und sie jetzt zerrissen in meinen Händen zu halten, brach mir das Herz. Es hat mich beinahe den Verstand gekostet, als sie gestorben war und immer, wenn ich ihren Umhang trug, gab es mir das Gefühl, sie sei immer noch bei mir.

„Meine Großmutter hat ihn mir gegeben", fauchte ich ihn an und fragte mich, ob ich ihn wieder zusammennähen konnte? Doch er wäre nie mehr derselbe. Mit der Hand wischte ich mir die Tränen aus dem Gesicht, hob mein Kinn und starrte auf den Pony des Mannes. Er war braun wie Kakao und endete knapp über seinen Augenbrauen. An den Seiten und hinten trug er sein Haar kurz. Seine sanften Augen musterten mich, fast so als hätte er Mitleid mit mir. Erst jetzt wurde mir bewusst, zu was es geführt hatte, als ich ihm den Stoff von den Lenden riss und genau aus diesem Grund wurde ich jetzt ganz rot.

Meine Knie zitterten beim Anblick seines Umfangs dort unten.

Natürlich hatte ich schon mal einen Freund, seine Ausstattung war aber normal groß… Obwohl, im Vergleich dazu war sie nicht existent, was diese Region betraf.

Der Gestaltenwandler begann zu lachen und seine steife Haltung entspannte sich, kein Zeichen peinlicher Berührtheit.

Ich schaute auf, überzeugt davon, dass ich knallrot wie eine Erdbeere war. „Was geht hier vor? Warum hast du meinen Umhang getragen und wo bin ich? Wo ist deine Kleidung?“

Er kam auf mich zu und ich wich zurück, klammerte mich an dem Stoff fest. Obwohl Angst meinen Verstand vernebelte, tanzten Schmetterlinge in meinem Bauch bei dem Gedanken daran, die muskulösen Kurven seines Oberkörpers zu berühren. Er strahlte eine gewisse Schönheit aus mit seiner kleinen Nase und seinem jugendlichen Charme. Er war nicht sehr groß gewachsen, hatte aber Muskeln, und zwar reichlich davon. Seine Wangenknochen betonten seine glänzenden Augen. Das Feuer spiegelte sich in seinen Pupillen und tanzte in alle Richtungen, wechselte seine Farben von Grau zu Grün. Wäre ich ihm irgendwo anders begegnet, dann wäre ich stehengeblieben, um mir diesen gutaussehenden Mann besser anzuschauen. Nun aber war ich verunsichert, ob ich fliehen oder ihn dazu überreden sollte, mich gehen zu lassen.

„Du musst dich vor mir nicht fürchten", sagte er mit honigsüßer und zugleich rauer Stimme. Es war das komplette Gegenteil von dem, was ich erwartet hatte.

„Das sehe ich nicht so." Ich straffte meine Schultern, um größer zu wirken, aber ich reichte nicht mal ansatzweise an die Größe des Fremden heran, der vor mir stand. „Bist du der Gestaltenwandler, der mich im Wald so grob behandelt und mir die Kopfnuss gegeben hat?"

Seine Mundwinkel hoben sich zu einem arroganten, triumphierenden Lächeln und er fuhr sich mit einer Hand durch seine kurzen Haare, was meine Aufmerksamkeit auf seinen sich anspannenden Bizeps lenkte.

„Wir bevorzugen es, uns ‚Jäger' zu nennen. ‚Gestaltenwandler' ist ein so *menschliches* Wort, sich auf alles was tierische Formen annimmt beziehend."

„Also *warst* du der graue Wolf?" Meine Stimme versagte.

„Nein, ich bin nicht grau. Das ist Dagen."

Ich nickte und biss mir auf die Wange. *Dagen.* Ist er der Alpha? „Was hast du mit mir vor? Kann ich gehen?" Aber gleichzeitig machte mir der Gedanke an zu Hause auch Sorgen, dank der Sache mit der Priesterin. Was war schlimmer? Sich gegen Gestaltenwandler zu verteidigen… Ich meinte ‚Jäger', oder eine wütende Herrscherin. Noch war ich mir nicht sicher.

„Nenn mich ‚Nero'. Und nunja",—er leckte sich über die Lippen wie ein Wolf, der seit Wochen nichts zu Fressen hatte—„es gibt da ein kleines Problem."

„Hmm." Mir gefiel nicht, wie die Dinge sich entwickelten und mir gefiel es auch nicht, mit Nero in diesem Zimmer gefangen zu sein—und wer weiß wo die anderen Wölfe sich herumtrieben? War ihr ‚kleines Problem' die

Unentschlossenheit, wer mich als erstes in Stücke reißen durfte? Großmutter aber hatte mir beigebracht, keine Angst zu zeigen, denn manchmal schlug die Zuversicht den Feind in die Flucht. Ich stopfte den Fetzen ihres Umhangs in meine Gesäßtasche.

Dann stellte ich mich aufrecht hin und ging auf den Mann zu, die Tür immer im Blick. „Nichts für ungut, viel Glück mit deinem Problem und Danke, dass ihr mich nicht gefressen habt. Aber ich muss nun gehen."

Obwohl mir der Schweiß auf der Stirn stand, bewahrte ich Haltung und ging an Nero vorbei. Meine Nerven lagen blank und es lief mir kalt den Rücken herab. Die Tür war in Sichtweite und ich griff nach dem Türknauf.

Nero lehnte sich mit der Schulter an die Tür, sodass sie sich nicht öffnen ließ. Er gähnte als ob das ein Spiel für ihn war… was, wenn es das wirklich war?

Ich zog am Türknauf, erfolglos.

„Kleines Lamm, du gehst nirgendwo hin."

„Wie heißt du?", fragte Nero, während er mich mit schweren Lidern beobachtete. Seine Stimme war tief und rau. Die Feuerstelle warf tanzende Schatten auf seine Wangen, die seinen wahren Gesichtsausdruck versteckten.

Aber ich würde mich von seiner verzaubernden Art nicht einschüchtern lassen oder von der Tatsache, dass er nackt vor mir stand. Trugen Wölfe keine Kleidung? Und ich hatte zu viele Geschichten gehört, um zu wissen, wenn ich vor einem Wolf wegrannte, würde er mich verfolgen. Also blieb ich standhaft und antwortete: „Scarlet."

Vielleicht konnte ich ihn zur Vernunft bringen und das würde mich davor bewahren, zum Abendessen zu werden. „Ich verspreche dir, niemandem von eurem geheimen Bau zu erzählen. Und…" *Denke nach.* Was könnte ich einem Wolf anbieten, der mich ansah, als ob ich seine nächste Mahlzeit war? „Kräuter. Ich bin eine Heilerin und…" Ich drehte mich zu meinem Rucksack um und eilte auf ihn zu.

Ich klemmte mir meinen Rucksack unter die Achsel und begann darin zu wühlen. Alle meine Kräuter waren in kleine separate Säckchen gepackt. Aber alles war vom Wasser durchnässt und stachelige Kräuter piksten mich in die Fingerkuppen. Es musste also etwas aufgegangen sein und wahrscheinlich war es sogar verdorben. Wieder stieg in mir diese Kälte hoch, als ich begriff, dass ich ihm wahrscheinlich nichts anbieten konnte. Es gab aber keine andere Möglichkeit und Nero würde den Unterschied sicher nicht bemerken. Ich musste einfach weg von hier. Ein Teil von mir spielte mit dem Gedanken, ihm Wolfseisenhut ins Gesicht zu knallen, aber ich war nicht dafür bereit, mich mit einem Wolf anzulegen, jetzt oder überhaupt. Ich musste es zuerst mit Verhandlungen versuchen, also zeigte ich ihm mein kleines Medizinsäckchen, das ich überall mit hin nahm. Großmutter hatte mir beigebracht auf alles vorbereitet zu sein. Aber ich glaubte, sie hatte es nie für möglich gehalten, dass ich mal in einem Wolfsbau enden würde.

Wassertropfen fielen zu Boden und Nero hob eine Augenbraue.

„Es ist bloß Wasser." Ich lachte gedrückt. „Aber die Kräuter sind wunderbar um einen heilenden Tee zu kochen oder sie auf eine Wunde zu legen, um eine Entzündung zu verhindern."

Als er nicht antwortete, griff ich erneut in meinen Beutel wohl im Wissen, dass ich noch eine Portion gemeinen Stechapfel darin hatte. Es war nicht leicht an ihn zu kommen und er wuchs nur hoch in den Bergen, wo die Bären lebten. Ich zog den seidigen Stoff zur Seite und präsentierte es Nero wie auf einem Tablett. Er neigte den Kopf zur Seite und sah sich an, was ich ihm anbot. Ob er interessiert war? Ich schöpfte Hoffnung.

„Mische das jemandem ins Getränk und er wird für eine Weile halluzinieren", erklärte ich.

Er rümpfte die Nase. „Warum hat ein kleines Mädchen wie du solche Kräuter dabei?"

Ich schluckte den Kloß in meinem Hals herunter und zuckte mit den Schultern. Nie würde ich ihm erzählen, dass Großmutter mir immer geraten hatte, eine kleine Menge bei mir zu haben, sollte mich jemand entführen wollen.

Er grinste hämisch.

Jeder Zentimeter in meinem Körper wollte vor ihm zurückweichen, aber ich weigerte mich, Angst zu zeigen.

Nero regte sich nicht und es wurde mir wieder flau im Magen.

„Hör zu", begann er und griff nach meinem Handgelenk, als unsere Finger sich aber berührten, zuckte ein Funken meinen Arm hinauf. Ich wich zurück, wobei er den Kopf hob und mich mit großen Augen ansah.

„Was war das?", fragte er.

Ich schüttelte den Kopf, denn so etwas hatte ich noch nie verspürt—jedenfalls nicht, wenn ich nicht gerade die Wirkung meiner Pflanzen verstärkte. Der kleine Funke tanzte in meinem Bauch und wandte sich um sich selbst. „So sehr ich deine Gesellschaft auch genieße, ich denke es ist nun an der Zeit für mich zu gehen."

Er sah mich an. Es kam mir wie eine Ewigkeit vor, aber sein starrer Gesichtsausdruck ließ keine Schlüsse zu. Ich drückte meinen nassen Rucksack gegen meine Brust und bereute es bereits im selben Moment, als das Wasser durch mein Hemd quoll und Kälte auf meine Haut traf. Ich senkte meinen Rucksack und auch Neros Blick senkte sich. Seinem Starren folgend sah ich, wie sich meine steifen Brustwarzen gegen den Stoff pressten, der auf meiner Brust klebte. Röte schoss in meine Wangen und ich bemerkte ein kurzes Zucken seiner Erregung. Oh, scheiße… Wenn er so schnell erregt war, hatte ich mich die ganze Zeit in seinen Absichten geirrt?

Nero lachte laut und kraftvoll, was mich wie ein harter Landregen traf. Er lehnte sich zu mir, seine Lippen waren meinen so nah und ich konnte sie auf meiner Haut spüren. Ich wich nicht zurück, was mich stolz machte, obwohl meine Knie zitterten. Meine Handflächen kribbelten voller Verlangen, sie nach seinen Muskeln auszustrecken und zu fühlen, ob sie so hart waren, wie sie aussahen. Es war der komplette Wahnsinn. Mein Feind sollte mich nicht erregen und verunsichern, aber er vernebelte meine Sinne.

Meine Eltern wurden von Wölfen getötet und ich hätte den gemeinen Stechapfel in Neros Gesicht werfen sollen, aber Großmutters Worte über den Tod meiner Eltern erklangen in meiner Erinnerung. *Es ist nicht immer alles so simpel, wie es scheint. Überall gibt es Geheimnisse.* Nero schien nur wenige Jahre älter zu sein als ich. Er konnte also unmöglich etwas mit ihrem Tod zu tun haben. Aber ein Wolf bleibt ein Wolf, bekannt für seine Aggressivität, sein territoriales Verhalten und dem Verdächtigen Fremder. Es gab keinen Grund für mich anzunehmen, dass seine Art nicht meine Eltern getötet hatte. Ich konnte die Nächste sein. So wie Nero mich beobachtete, hätte ich um mein Leben rennen sollen. Ein seltsames Gefühl erregte in mir die Möglichkeit, dass er vielleicht mehr als nur mein Blut schmecken wollte. Es hatte nichts mehr mit Rationalität zu tun. Ich hatte das Verlangen, herauszufinden, was er wirklich von mir wollte.

„Ich werde dir nicht wehtun. Wir haben dich gerade vor dem anderen Wolf gerettet." Neros Stimme ließ meine Gedanken wie Glas zerspringen und brachte mich zurück in die Gegenwart.

Ein verzweifeltes Begehren raubte mir die Luft, presste sie aus meinen Lungen heraus, als ich seinen Geruch aus

Moschus und Holz einatmete. Seine grauen Wolfsaugen verdrehten mir den Kopf und Schmetterlinge kitzelten in meinem Bauch wie damals, als Timmy mich das erste Mal um eine Verabredung bat. Außer, dass dieses Gefühl tausend Mal stärker war. Es war zu viel aber zugleich nicht genug.

Ich schnappte nach Luft und fragte: „K-Kann ich nach Hause gehen?"

Er hob die Hand und schob eine lose Haarsträhne zur Seite, die sich in meinen Wimpern verfangen hatte. Er fuhr mit den Fingern durch mein Haar zu meinem Hinterkopf, wo er es in seiner Faust festhielt. Mit seiner anderen Hand schob er mein Kinn nach oben und unsere Blicke trafen sich. Panik hätte mich wachrütteln müssen, ich hätte das nicht dulden dürfen, aber Flammen züngelten meine Libido an. Ich mochte keine dominanten Männer… Aber Nero stellte etwas mit mir an, wovon ich nicht genug bekommen konnte. Es war falsch und meine Emotionen schwankten hin und her.

Er atmete warm auf mein Gesicht aus und sein Mund streifte meinen. Meine Knie gaben unter mir nach, als mich seine feurige Leidenschaft einlullte.

Dennoch, was tat ich da? Was waren seine Absichten? Jede Faser in mir verlangte, dass ich mich diesem Fremden hingab, aber stattdessen stemmte ich meine Hände gegen seine Brust und stieß ihn zurück.

Ich rang um Luft und sah den glasigen Ausdruck in seinen Augen. „Ich gehöre nicht zu den Mädchen, die du ausnutzen kannst."

Er beugte seine Schultern nach vorne. „Kannst du es nicht spüren?", brummte er.

Entlang der Wand schob ich mich weiter von ihm weg und ich war mir sicher, dass ich in ein tiefes Loch gefallen sein musste, denn meine Emotionen ergaben keinen Sinn.

Außer Hass sollte ich für diesen Gestaltenwandler nichts empfinden. Und warum gab es in diesem Zimmer eigentlich keine Fenster?

„Die Intensität unserer Verbindung", fuhr er fort. „So etwas habe ich noch nie gespürt."

„Was ich spüre ist Verwirrung." Wenn ich so weitergemacht hätte, wäre mein Höschen weggeschmolzen, da war ich mir sicher, aber das machte es noch lange nicht rechtens. „Wer genau bist du? Und wo sind wir?"

Wir starrten uns an ohne zu blinzeln. Er war ein Jäger und verzehrte Menschen… Um Himmels Willen, wie sehr ich mir wünschte, dass er mich verschlingen würde. Der Gedanke an ihn, zwischen meinen Schenkeln, mich leckend, ließ mich erzittern. *Hör auf damit!*

Ein kehliges Brummen tönte durchs Haus und der Klang nahm mir den Atem.

Nero lächelte mich an, als ob er etwas wusste und ich nicht. „Wir gehen besser", stellte er fest, so, als ob er mich nicht gerade geküsst hatte.

Bevor ich fragte atmete ich tief ein. „Was war das?"

Er löste sich von mir und ich begann zu beben. In dem Moment, als er die Tür öffnete, wirbelte ein kalter Luftstrom vorbei. Beim Gedanken an die Gefahren da draußen konnte ich mich nicht mehr bewegen.

An die Wand gedrückt stand ich da und konnte meine Lungen nicht mit ausreichend Luft füllen. Ich konnte mich kaum bewegen, geschweige denn versuchen, zu gehen.

„Kleines Lamm, es ist an der Zeit, dass du Dagen kennenlernst und uns mit unserem Problem behilflich bist. " Er streckte mir seinen Arm hin mit der Handfläche nach oben, seine Finger in meine Richtung zeigend.

Ich bekam keinen Ton heraus. Verwirrung beherrschte meine Sinne und ich spürte, wie die Gefahr mir den Rücken herunter kroch. Mir waren die Geschichten von entführten Menschen bekannt. Diesen Dagen nun zu treffen rief in mir die Erinnerung an seinen Blick im Wald hervor, als er die Gestalt eines Wolfs hatte. Dagen musste der verantwortliche Alpha sein. Egal wie ich es drehte, mir war kein Ausweg aus diesem Haus bekannt, also würde ich mitspielen, bis ich eine Möglichkeit zur Flucht fand, und dann würde ich alles daransetzen, hier heraus zu kommen. Noch immer wunderte ich mich, was da gerade passiert war. Was mich dazu veranlasst hatte, über meinen eigenen Schatten zu springen und ihn zu küssen.

Ich sammelte die Kräuter auf, die mir runtergefallen waren und stopfte sie in meinen Rucksack. Langsam ging ich voran, verweigerte aber seine helfende Hand. Dieser Mann überragte mich weit, er war größer als jeder, der mir je begegnet war, aber ich ließ mir von ihm keine Angst einjagen.

Nero begleitete mich den dunklen Flur mit den Türen entlang, hier waren sogar Fenster. Der Klang unserer Schritte auf den Holzdielen umgab uns. „Wo sind wir?", fragte ich.

Wir bogen am Ende scharf links ab, dann öffnete er eine Tür, deren unterstes Paneel mit einem Loch gezeichnet war, als ob es jemand eingetreten hatte.

Mir wurde unwohl. Jeder weitere Atemzug wurde kürzer und schneller.

„Dies ist eins von Oryns Häusern", erklärte Nero mir, als wüsste ich, wer das war.

War Oryn der schwarze Wolf?

Nero führte mich in ein Schlafzimmer, welches nur von einer einzigen Kerze auf dem Nachttisch erleuchtet wurde. Mitten im Zimmer stand ein Bett, auf dem ein Mann auf seinem Rücken lag, zugedeckt mit einer Wolldecke bis zur Hüfte. Das Zimmer roch eklig süß nach nassem Hundefell. Schatten hüllten die Ecken der Zimmer ein und auch hier gab es keine Fenster. Was hatte es damit auf sich? Nero näherte sich dem Bett und legte dem Mann seine Hand auf die Stirn.

„Ist er krank?" Ich ging näher und meine Absätze klapperten auf den hölzernen Fußbodenbrettern, als ein Knurren zu meiner Rechten ertönte.

Ich zuckte zusammen und mein Puls überschlug sich förmlich, als etwas Verschwommenes aus dem Schatten auf mich zustürmte.

Ein Schrei verließ meinen Mund und ich stolperte rückwärts, als mich etwas Großes, Schwarzes und Schnelles überrannte. Meine Füße verknoteten sich und ich fiel zu Boden. Eine Wolfsschnauze mit gefletschten Zähnen schwebte wenige Zentimeter über meinem Gesicht. Heißer Atem dampfte mir entgegen. Dieses kehlige Geräusch des Todes schäumte in seiner Brust.

Ich kreischte, als ich mich unter dem Tier wiederfand, und wartete mit meinen Armen schützend vor meinem Gesicht nur darauf, dass es mir die Kehle herausriss.

„Oryn, hör auf damit." Neros stimmt donnerte.

Er stemmte einen Fuß gegen den Rumpf des Wolfs und trat ihn zur Seite. „Jetzt!", brüllte er.

Wenn dies seine Art des Willkommens war, das Oryn mir anbot, wollte ich ihn nicht kennenlernen. Er war genau die Art Wolf, auf der die Horrorgeschichten der angsteinflößenden Gestaltenwandler basierten.

Mit einem letzten Knurren ließ Oryn von mir ab und schlich vor sich hin brummend um das Bett.

War er verärgert, weil ich mich in seinem Haus aufhielt? Wenn dem so wäre, hätte ich ihm liebend gerne angeboten, zu gehen. Ich wollte nicht hier sein, wenn ich stattdessen zu Hause sein konnte, um sicherzustellen, dass mein Geschäft nicht von der Priesterin abgerissen wurde und es Santos gut ging. Schon viel zu lange überlebte ich, indem ich keine Aufmerksamkeit auf mich gelenkt hatte, aber jetzt... jetzt war ich losgezogen und hatte es mit wehenden Fahnen getan.

Nero griff nach meinem Unterarm und zog mich mit einem Schwung auf die Beine, sodass ich in seine Seite stieß. „Ist schon in Ordnung, kleines Lamm. Schenke Oryn keine Beachtung. Er hat schlechte Laune.“

Ich spürte den Blick des Wolfs von der anderen Seite des Bettes auf mir. Er bewegte sich nicht, aber er beobachtete mich. Wenn er nur die Chance bekäme, würde er mich auffressen, das konnte ich in meinen Knochen spüren.

Mir lag die Furcht schwer auf der Brust und nahm mir den letzten Funken Hoffnung, an den ich mich noch klammerte. Ich schmiegte mich an Nero und seine Wärme verjagte die Ängste, die mir im Nacken saßen.

Oryn schnaubte und schaute vom anderen Ende des Zimmers herüber. Seine Krallen kratzten auf den Holzdielen.

„Was ist mit ihm los?“, fragte ich.

„Oryn ist ein großartiger Jäger und er lässt nicht viele so nah an sich heran.“

*Die letzten Worte konnte ich nachvollziehen.* „Als meine Großmutter starb, habe ich wochenlang mit niemandem gesprochen und wollte mich vor der ganzen Welt verstecken. Hat er jemanden verloren, der ihm nah stand?“

Nero schüttelte den Kopf. „Nun zu unserem kleinen Problem.“

Okay, das war ein sensibles Gesprächsthema. Mein Blick fiel auf den Mann, der auf dem Bett lag. Er sah aus wie die Statue einer Gottheit mit honigblondem, schulterlangem Haar. Seine Haut war makellos, wenn auch blass und verschwitzt, der Kiefer breit und seine starke Nase sah aus, als wäre sie bereits einmal gebrochen gewesen.

Am Haaransatz seiner Schläfe zog sich eine Narbe entlang. Verheilte Kratzer verliefen über seinen Hals die Brust herunter. Was musste ihm in seinem Leben wohl passiert sein, wovon er solche Narben davontrug? Ich ging auf die andere Seite des Bettes um mir den Gestaltenwandler, den ich für Dagen hielt, besser ansehen zu können. Über ihn gebeugt zog ich eine hügelige Narbe an seinem Schlüsselbein mit meinem Finger nach. „Wer hat ihm das angetan?"

„Bären, Menschen, Wölfe", sagte Nero und verschränkte die Arme vor der Brust. Meine Aufmerksamkeit fiel wieder auf seinen Schritt und die Röte kehrte zurück in meine Wangen.

„Hier, wickel dir das wieder um." Ich gab ihm das Stück meines roten Umhangs zurück, welches ich mir in meine Gesäßtasche gestopft hatte. „Du hast es sowieso schon zerrissen."

„Der Stoff zerriss, als wir dir den Umhang abnahmen." Er nahm den Fetzen entgegen und umwickelte seine Lenden damit. Er war immer noch leicht erregt und die Wölbung zeichnete sich unter dem Stoff ab. Um Himmels Willen, ich sollte mich doch langsam daran gewöhnt haben, schließlich tauchten ja ständig nackte Männer ausgerechnet an meiner Türschwelle auf. Außerdem redete Bee immerzu über Männer, aber Nero hatte es mir wie kein anderer angetan.

Ich widmete meine Aufmerksamkeit wieder dem Jäger auf der Matratze. Mir blutete das Herz beim Anblick einer Person, die mit so zahlreichen Narben übersät war. Wie viele Schlachten er wohl gefochten haben mag? „Warum haben ihn alle angegriffen?"

„Dagen ist ein Alpha. Es ist seine Aufgabe, sein Territorium vor Eindringlingen zu verteidigen, vor anderen Wölfen die ihm nicht folgen, oder jenen, die ihn um seines

Ranges Willen herausfordern. Ansonsten wäre er des Todes."

„Scheiße." Die Geschichten über die aggressiven Jäger waren wahr. „Und du bist Dagens Beta?"

Nero straffte seine Schultern und plusterte seine Wangen auf. „Kleines Lamm, Oryn, Dagen und ich sind alle Alphas. Unser Land wurde bereits vor Jahrhunderten in drei Territorien geteilt und jeder von uns beherrscht einen Bezirk, so wie es schon unsere Vorfahren taten."

Ich kratzte mich am Kopf. „Warum seid ihr alle drei dann hier zusammen?" *Herr Hosenlos* hatte doch gesagt, dass sich die Wölfe bekriegten. War der Grund für die Unruhen, dass es drei Bosse gab? „Ich habe mit einem Mann gesprochen, der heute Morgen durch euer Land gereist ist. In einer Wolfsattacke hatte er seine Hose verloren, was wohl nicht von Bedeutung ist, aber er sagte, dass zwischen den Wölfen ein Krieg tobte. Ist das wahr?"

Nero seufzte und fuhr sich mit einer Hand durch die Haare. „Ich erinnere mich an den Bastard. Er hatte Glück, dass ich ihm nur seine Hose und nicht seine Beine vom Leib gerissen habe. Er durchquerte unser Land aus Richtung Darkwoods auf dem Weg nach Terra ohne Erlaubnis, unser Territorium zu betreten. Aber ja, wir haben momentan ein Wolfsproblem, aber dies ist unsere Sorge." Er hielt kurz inne. „Deine Sorge ist es, uns dabei zu helfen, Dagen wieder gesund zu machen."

„Was fehlt ihm denn?" Ich legte ihm eine Hand auf die Stirn. Er verbrannte förmlich.

„Ich hatte gehofft, dass du uns das sagen könntest. Womit auch immer du ihn besprüht hast, hat Wirkung gezeigt. Wir brauchen deine Hilfe, damit er wieder aufwacht."

Meine Tränke mischte ich um Tiere abzuhalten, nicht um sie zu verletzen. „Es war nicht meine Absicht, ihm weh zu tun. Ich war davon überzeugt, ihr wolltet mich töten, die Mixtur aber ist nur zur Abwehr." Bei Gott, was hatte ich getan? Ich kannte diese Jäger doch noch nicht mal, wenn ich aber in Neros Augen sah, erkannte ich eine Weichheit, die mich unterstützte. „Es tut mir leid."

Jetzt verstand ich auch Oryns Reaktion und warum er mich angegriffen hatte. Er machte mich für Dagens Zustand verantwortlich. Fairnesshalber muss man sagen, dass sie mich in den Wäldern zu Tode erschreckt hatten. Jetzt erinnerte mich an den Wolfseisenhut, der sich in meinem Rucksack verteilt und an der Flasche des Zitrusfluchs verfangen hatte. War es möglich, dass er den Trank verdorben hatte? *Oh, bei aller Liebe!*

Ohne es zu wollen, hatte ich Dagen verletzt. Und trotzdem, jedes Mal, wenn ich Nero ansah, stellte ich mir seine Lippen auf jedem Zentimeter meiner Haut vor. Es war absolut nicht hilfreich, dass er mich wie ein ausgehungerter Sex-Gott ansah. Eine Ablenkung musste her. Dies war das Land des Feindes und ich war in Gefahr. Also hieß es, Fokussieren, Aufpassen und Zuhören, um den richtigen Moment für die Flucht abzupassen.

„Wenn ich also eurem Freund helfe, lasst ihr mich gehen, oder?" Falls Dagen sterben sollte, was würde sie davon abhalten, sich an mir zu rächen?

Nero verließ das Zimmer. „Rufe, wenn du mich brauchst." Seine Stimme wurde kalt und distanziert.

„Kannst du mir einen Eimer kochendes Wasser und Verbände bringen?", rief ich ihm hinterher. Noch war ich nicht bereit, mich mit diesen Emotionen, die ich nicht verstand, auseinanderzusetzen.

Eigentlich hätte ich meine Flucht aus dem Wolfsterritorium planen sollen. Warum aber zerriss es mir das Herz bei dem Gedanken, diesen Wolfswandler bewusstlos von meinem Trank zurückzulassen?

# KAPITEL FÜNF

„Also, es sieht so aus, als wären es jetzt nur noch wir beide", sagte ich zu Dagen nachdem die anderen gegangen waren, der weiterhin bewusstlos auf dem Bett lag. „Ich werde dir helfen und ihr belohnt mich hoffentlich dann mit der Freiheit, richtig? Das wäre nur fair. Du weißt, du liegst nur aus Versehen in diesem Bett, weil ihr mich angegriffen habt. Aber Nero hat mir erzählt, dass ihr mich nur vor dem Wolf retten wolltet und dafür stehe ich in eurer Schuld." Verärgert ließ ich meinen Rucksack auf die Matratze fallen und wühlte darin herum. Ich erinnerte mich daran, dass ich die Flasche im Wald auf Dagen geworfen hatte. „In der Mixtur war nichts, was dir hätte Schaden zufügen können."

Noch nie hatte ich giftige Inhaltsstoffe verwendet. Aber die Wurzeln des Wolfseisenhuts hatten sich um die Flasche gewickelt und das konnte nur bedeuten, dass die Mixtur auf irgendeine Weise verunreinigt worden sein musste, und ich ihn versehentlich vergiftet hatte. Wolfseisenhut war für Wölfe giftig. Bei Verzehr starben sie einen raschen Tod. Früher vor unzähligen Jahren, noch bevor Haven in sieben Territorien aufgeteilt wurde, lebten alle Rassen zusammen und sie kämpften ununterbrochen. Die Geschichten erzählen von in Wolfseisenhut getränkten Pfeilspitzen, die die menschlichen Wachmänner auf der Jagd nach Tieren und zur Eindämmung der Wölfe verschossen hatten.

Die Dringlichkeit, Dagen wieder gesund zu machen, lag mir also am Herzen. Ich hatte keine Ahnung, wovon er so krank war. Was, wenn der Wolfseisenhut ihn langsam umbrachte? Da er noch am Leben war, gab es Hoffnung, dass er nichts von der Mixtur verschluckt hatte. Oryn war schon jetzt ganz versessen darauf, mir den Kopf abzureißen. Was würde also passieren, wenn sein Freund dies wegen einem Fehler, den ich begangen hatte, nicht überleben würde? Ein Zittern durchfuhr meinen Körper, da ich es nicht herausfinden wollte.

*Okay, irgendwie muss ich das wieder in Ordnung bringen und zwar schnell.*

Nero kam zurück mit einem Eimer dampfenden Wassers, welchen er nahe dem Fußende des Bettes absetzte, zusammen mit einigen Stoffstreifen, die als Verbände dienen sollten.

„Ich vermute, er hat eine Wolfseisenhutvergiftung", erklärte ich. „Also brauche ich—".

„Warte!" Neros tiefe Stimme unterbrach mich. „Wie hätte er sich vergiften sollen, wenn diese Pflanze nicht im Bau wächst?"

Ich schluckte den Kloß in meinem Hals herunter. Es war mir unangenehm, wie ich im Inneren erschauderte und ich verabscheute, dass Nero mich ansah, als wäre ich ein Monster. Meine Worte überschlugen sich. „In meiner Tasche war Wolfseisenhut. Ich habe ihn für eine Freundin in Terra gesammelt. Aber die Wurzeln haben sich an meinem Abwehrspray verfangen. Vermutlich hat Dagen

Spuren davon ins Gesicht bekommen, als ich ihn damit besprühen wollte. Es tut mir so leid. Aber er lebt noch, also ist es nicht zu spät."

Nero sagte keinen Ton, ballte aber seine Fäuste und entspannte diese dann wieder. Seine Aufmerksamkeit galt Dagen und meine Kehle war zusammengeschnürt.

„Hör mir zu, ich werde alles tun, um ihm zu helfen. Ich heile mit der Kraft der Kräuter. Aber ich benötige noch ein paar andere Dinge. Essig, Salz und noch mehr Stoff."

Nero antwortete nicht, also ging ich auf ihn zu und berührte seinen Arm und eine Welle durchfuhr mich. Er sah an seiner Hand herunter, hob sein Kinn und sog die Luft ein.

„Ich kann dich riechen, diesen feuchten, moosigen Geruch deines Rucksacks, aber den Wolfseisenhut konnte ich vorhin nicht riechen." Der harte Unterton seiner Worte ließ mich zurückweichen.

Ich nickte. „Er war lose in meinem Rucksack und wahrscheinlich nass vom Flusswasser."

Sein Gesicht wurde blass. „Gib mir deinen Rucksack."

„Aber ich habe doch meine anderen Kräuter auch da drin." Ich hob den Rucksack von der Stelle auf, an der ich ihn fallen gelassen hatte.

Nero riss ihn mir aus der Hand und stürmte aus dem Zimmer. Finstere Gedanken beherrschten meinen Verstand. Was hatte er vor? Wollte er meine Sachen verbrennen? Mich um Dinge zu sorgen, die ich nicht beeinflussen konnte, würde mich aber nicht am Leben halten. Also zog ich den Wassereimer zur Seite des Bettes und tränkte ein Stück Stoff im dampfend heißen Wasser. Die brennende Hitze durchdrang meine Haut.

Dagen musste gesund werden, denn nur so konnte ich Nero beweisen, dass ich keine Bedrohung war. Dann musste er mich freilassen, obwohl ein Teil von mir ihn immer noch verlangte. Ich rollte die Decke zu Dagens Knöcheln hinunter und fand ihn nackt darunter vor. *Natürlich.* Sogar bewusstlos war er riesig. Was war mit diesen Gestaltenwandlern los? Auf jeden Fall konnte ich bestätigen, dass die Wölfinnen glückliche Weiber sein mussten.

Ich fischte einen der heißen Verbände aus dem Eimer und drückte das Wasser heraus, wobei meine Hände brannten. Aber es war wichtig, dass die Verbände so heiß wie möglich auf seine Gliedmaßen gelegt wurden. „Nur damit du es weißt", sagte ich zu Dagen, „wer auch immer deine zukünftige Partnerin sein wird, du wirst sie nicht enttäuschen. Oder deine jetzige Partnerin. Wahrscheinlich hast du einen ganzen Harem." Ich fuhr damit fort, seine Beine mit den heißen Verbänden zu umwickeln. Bei der nächsten Lage würde ich zwei Stücke benötigen, damit sie seinen Oberschenkel umspannten.

Ich beeilte mich, aber als meine Hände seinen Schritt berührten, zuckte er.

Nero kam zurück, ich erstarrte und drückte mir meine Hände an die Brust während mein Magen sich verkrampfte. „Es ist in Ordnung."

Er rümpfte die Nase. „Ist Dagen wach?"

Dagen hatte bei meiner Berührung gezuckt, was im Grunde ein fantastisches Zeichen war, da dies bedeutete, dass sein Körper nicht gelähmt war. Aber ich brachte es nicht übers Herz, Nero zu sagen, dass ich seinen Freund im intimsten Bereich berührt hatte. *Nein.*

Meine Hände eilten zum Eimer um weitere Verbände vorzubereiten. Nero stellte eine Holztruhe neben das Bett und setzte etwas darauf ab, das wie Essig roch, zusammen mit einem Beutel Salz. Er ließ einen Berg hautfarbenen Stoff auf den Boden neben das Bett fallen. Ob die Gestaltenwandler ihn von jemandem in Terra gestohlen hatten?

„Ziehen sich alle Gestaltenwandler so viele Verletzungen zu?", fragte ich. Eilig bedeckte ich Dagens zweites Bein und vermied es, meine Hand auch nur in die Nähe seines… Schritts zu legen.

„Dies ist Oryns Haus und er bietet den Wölfen der Umgebung diesen Ort an, um sich auszuruhen."

Ich rollte die Decke wieder an Dagens Beinen hoch und wickelte ihn gut mit ihr ein. Er glühte vor Wärme und das war gut so. „Ist das hier also eine Art Medizinhütte?"

Großmutter wollte den Kräuterladen immer zu einer Heilstätte für Leute erweitern, die ein paar Nächte blieben, um sich von ihren Gebrechen zu erholen. Sie bestand darauf, dass jeder Hilfe verdiente. Also ganz gleich, ob sie Gestaltenwandler waren oder nicht, ich würde sie nicht diskriminieren und Dagen helfen, so gut es mir möglich war.

„Könnte man so sagen." Neros Worte holten mich in die Realität zurück. Er lehnte mit einer Schulter am Türrahmen und ich konnte spüren, wie er mich beobachtete. Was er wohl dachte? Ob ich ihnen eine Hilfe war, oder wie er mich jagen würde, wenn ich fertig war?

Es dauerte nicht lange, bis ich Dagens Arm in feuchten Stoff gewickelt hatte. Ich kippte das Salz in den Essig und rührte ihn mit meinen Fingern um und tunkte ein größeres Stück Stoff in die Mixtur.

„Was machst du da?", fragte Nero.

Die kalten Stoffbahnen legte ich auf Dagens Brust, bedeckte ihn damit vom Bauchnabel bis zum Hals. „Wolfseisenhut greift wichtige Organe an und lähmt die Extremitäten. Daher muss ich seine Arme und Beine wärmen, damit das Gefühl zurückkommt. Das Salz und den Essig nutze ich, um das Gift aus seinem Oberkörper zu ziehen." Mit einem weiteren feuchten Stück Stoff fuhr ich über Dagens Augenbrauen und an seinem Gesicht hinunter, um den Schweiß wegzuwischen. Ich musste ihn dazu bringen, von dem Essig zu trinken, damit er sich übergeben und so weiteres Gift ausscheiden konnte.

Nero war wieder gegangen. Nun gut, dann war ich mit diesem gutaussehenden Herrn wieder alleine. Kein Problem für mich. „Mehr Zeit für uns, um uns zu unterhalten", sprach ich und fuhr damit fort, kühle Stofffetzen über seine geschlossenen Augen und seine trockenen Lippen zu tupfen, in der Hoffnung, er würde davon aufwachen.

Ich konnte mich nicht daran erinnern, vorhin im Wald hilfreiche Kräuter gesehen zu haben, aber ich war ja auch damit beschäftigt, zu überleben. Warum war denn aber nun der erste Wolf, dem ich begegnete, so gemein und blutrünstig, wohingegen Nero so ruhig blieb? Ja gut, Oryn schien verrückt zu sein und ich hatte Angst vor ihm. Das musste wohl so eine Wolfssache sein, die ich nicht verstand. Wenn dies die Gastfreundschaft war, die sie anboten, war es kein Wunder, dass es keiner wagte, ihr Territorium zu betreten. Zeit in ihrem Haus zu verbringen trug aber sicher nicht dazu bei, dass ich den nächsten Tag erlebte. Ich war ihre Gefangene. Die Tatsache, dass sie mich noch nicht getötet hatten, bedeutete nicht, dass es nicht bloß eine Frage der Zeit war.

Wieder trudelten meine Gedanken zurück zu dem Kuss mit Nero und wie verrückt es war, dass ich ihn begehrte. Wahrscheinlich hatte ich zu viel Flusswasser geschluckt und hatte Wahnvorstellungen. Außerdem durchfuhr mich in der Strömung ja dieser Stromschlag. Daran hatte ich gar nicht mehr gedacht.

Wieder tupfte ich Dagens Stirn ab. „Vielleicht ist deine Bewusstlosigkeit der einzige Grund dafür, dass ich noch lebe. Wie ironisch." Wäre die Situation anders, hätte ich wahrscheinlich laut losgelacht.

Ein gewaltsames Knurren dröhnte durch das Haus, ich zuckte und drückte meinen Rücken gegen die Wand nahe dem Bett.

Ich blickte den dunklen Korridor entlang. Was war das für ein Geräusch und wo führten die anderen Türen hin? Die nassen Hände wischte ich mir an der Hose ab und schlich in Richtung des Flurs. Er war in Dunkelheit gehüllt und weiter zu meiner Linken gab es eine Tür. Ich setzte einen Fuß vor den anderen, meinen Blick fest auf den Punkt fixiert, an dem der Gang eine Biegung machte. Fest rechnete ich damit, dass Oryn auf mich zurennen und mich in Stücke reißen würde, aber ich musste einfach herausfinden, wo ich war.

*Okay, beruhige dich. Sobald ich rauskomme, werde ich rennen.* Nach Hause würde ich finden, indem ich einen Weg hoch an der Klippe suchte, von der ich gestürzt war.

Raschen Schrittes erreichte ich die erste Tür und griff nach dem Messingknauf. Jeder Zentimeter in mir bangte, als ich ihn berührte. Ich hielt den Atem an und betrat das stockdunkle Zimmer. Von dem Lichtschimmer hinter mir erleuchtet fand ich drei Stapel mit Decken vor. Sonst nichts. War dies das Schlafgemach? Ich kniff meine Augen zusammen und starrte in die Dunkelheit. Absolut nichts. Und selbstverständlich auch keine Fenster.

Sackgasse.

Ein Gefühl der Bestürzung durchfuhr mich und so schritt ich weiter den Flur entlang, fest entschlossen einen Ausweg zu finden. Mein Blick fiel nach rechts und nach links, aber es ergab sich keine Möglichkeit.

Weitere Geräusche, die wie das Schreien sterbender Tiere klangen. Ich bekam eine Gänsehaut und verspürte mehr denn je den Drang, diesem armen Geschöpf zu helfen. Ob sie ihre Mahlzeiten folterten? Ich befand mich in dem Zuhause eines Wolfs. Aber Nero hatte doch gesagt, dass dies eher eine Medizinhütte war, vielleicht gab es noch einen verletzten Gestaltenwandler? Stück für Stück schlich ich den Korridor entlang, um die Ecke und dann stand ich vor weiteren Türen an den Seiten und einer am Ende. Genau dort, wo ich auf dem Tisch neben dem Kamin erwacht war.

Das nächste Zimmer stellte sich als Kleiderschrank heraus, mit gestapelten Handtüchern, Stoffen und sogar einem Kissen. Dieser Gedanke ließ mich schmunzeln, ein taffer Wolf, der ein Kissen braucht. Aber jeder brauchte etwas Komfort. Es dauerte Monate, bis ich die richtige Füllung für mein Kissen zu Hause gefunden hatte, da ich jeden Morgen mit steifem Nacken und Kopfschmerzen aufgewacht bin.

Ich öffnete die nächste Tür. Goldenes Licht fiel mir entgegen und stahl die Dunkelheit des Flurs.

„Komm herein, Scarlet", sagte Nero.

Mein Herz schlug so stark und ich konnte es an meinem Schlüsselbein spüren. Zu viele Szenarien spielten sich in meinem Kopf ab. Würde er ausrasten, da ich versucht hatte, zu fliehen oder überraschte ich ihn beim Verschlingen eines Opfers? Vielleicht schliff er seine Zähne und bereitete sich darauf vor, mich anzuketten. *Um Himmels Willen.*

Aber nichts zu tun war doch auch keine Option, also trat ich ein in eine große von der Feuerstelle erleuchtete Küche mit einem Kessel über den Flammen. In meine Nase strömten die feinsten Düfte einer Suppe.

Gegenüber der Kamineinfassung war ein langer Tisch, an dem Nero in seinem Stuhl saß. Seine Beine ruhten überkreuzt auf einem freien Stuhl gegenüber. Nackt, denn er trug den Rest meines Umhangs nicht länger, um sich zu bedecken. „Ich hatte mich schon gefragt, wie lange es dauern würde, bis du anfängst, das Haus zu erkunden."

*Denke schnell.* Es sprudelte das Erste aus mir heraus, was mir in den Kopf kam. „Nun, ich brauche mehr Kräuter um deinem Freund helfen zu können. Wo ist mein Rucksack?“

„Dein Rucksack ist für den Moment an einem sicheren Ort. Ich kann es nicht riskieren, Wolfseisenhut im Haus zu haben.“

Ich sah mich im Zimmer um und mir fiel ein Hocker nahe dem Feuer auf, auf dem sich Teller und Schüsseln stapelten. Okay, vielleicht waren sie ja doch keine kompletten Wilden. Als aber mein Blick auf die Tür am Ende des Zimmers fiel, fütterte etwas Hoffnung mein Adrenalin. War das der Weg nach draußen?

„Zu deiner eigenen Sicherheit ist sie verschlossen“, sagte Nero. „Warum setzt du dich nicht? Ich hole dir etwas zu Essen.“

„Oh nein danke, ich möchte nichts. Ich bevorzuge es, wenn du mir verrätst, was hier los ist. Bin ich in Gefahr? Warum leben drei Alphas zusammen, obwohl du vorhin erwähnt hast, dass jeder sein eigenes Rudel hat?“

Das schmerzverzerrte Knurren von vorhin wiederholte sich. Erneut zuckte ich zusammen und eilte zu einem der Stühle, näher zu Nero. Ich schaute auf den Flur zurück. „Was *ist* das?“

Er seufzte und stand auf, nackt, und so sehr ich mich auch bemühte, ich konnte meine Aufmerksamkeit nicht von seinem opulenten Stück lösen. Meine Güte, noch nie in meinem Leben hatte ich so viel männliches Fleisch gesehen. Vor meinem inneren Auge sah ich Bee, die mir mit zwei erhobenen Daumen signalisierte, dass ich das gut machte. Wie konnte er auf jede erdenkliche Art perfekt sein und doch so furchteinflößend?

„Das ist Oryn.“ Nero nahm eine Schüssel und füllte sie mit dem Inhalt des Kessels.

„Was ist los mit ihm?" Ich setzte mich auf dem Stuhl auf eins meiner Beine und suchte die Wände nach Schlüsseln und einem Ausweg ab. Aber stattdessen fand ich getrocknete Kräuter, die an einem Haken hingen. Salbei, Oregano und Thymian.

„Er versucht sich selbst zu finden und wir sind hier, um ein paar Probleme aus der Welt zu schaffen. Es ist unser Treffpunkt." Nero stellte die Schüssel vor mir ab. Ohne Löffel.

„Wurzelgemüsesuppe." Er setzte sich neben mich. „Sie ist voller Kräuter und ich dachte, wenn Dagen aufwacht, wird sie ihm guttun."

Ich starrte die Mahlzeit an, der Dampf kringelte sich in der Luft und der Geruch ließ meinen Magen laut knurren. Meine Gedanken waren noch bei Neros Worten und wie fürsorglich es von ihm war, eine Suppe für seinen Freund zu kochen. Zu Hause kannte ich nicht einen einzigen Mann, der kochen konnte. Trotz seiner charmanten Art hatte Nero ein riesiges Herz. Konnte dies bedeuten, er würde mich nicht verletzen? Er verhielt sich nicht wie ein Mörder, aber ich war ja schließlich auch noch nie einem begegnet.

„Da ist kein Gift oder ähnliches drin", fuhr er fort. „Wenn ich dich erledigen wollen würde, dann mit meinen Zähnen." Er zwinkerte mir zu und obwohl mir seine Worte Angst hätten einjagen sollen, fingen seine sexy Gesten meinen Blick ein, der sich an seinen vollen Lippen, dem Grübchen an seinem Hals und seiner nackten Brust anheftete.

Mein Bauch schmerzte und eine Mahlzeit war fantastisch. Mit beiden Händen hob ich die Schüssel an meine Lippen und nahm einen Schluck. Pikant, würzig und appetitlich. Nicht zu heiß, also nahm ich einige Schlucke und kaute auf etwas herum, das wie Spinat schmeckte. Dann wischte ich mir den Mund ab und sah zu Nero auf, der mich mit neugierigem Blick beobachtete. Hat er noch nie gesehen, wie jemand seine Mahlzeit genießt?

„Schmeckt es?", fragte er.

„Ausgezeichnet und die Zitrone ist zurückhaltend, aber ich spüre sie doch auf meiner Zunge." Ich nahm einen weiteren Schluck und die Wärme durchdrang mich. „Vielleicht nicht so gut wie mein Rezept, aber man kann es essen." Ein Grinsen zuckte auf meinen Lippen und Nero fing an zu lachen, fröhlich und laut.

„Hätte ich weitere Zutaten, würde ich dir einen scharfen Schweineeintopf machen nach einem Rezept, das ich von einem Reisenden bekommen habe, den ich mal im Tritonia Königreich getroffen habe. Du hättest jetzt sicher schon die dritte Schüssel davon aufgegessen." Seine Mundwinkel hoben sich zu einem zuversichtlichen Lächeln.

Meine Knie wippten. „Ich habe es mal mit Hühnchen gekostet, mochte es und habe versucht, es nachzukochen. Wahrscheinlich wurde ich dem Rezept nicht gerecht aber ich muss es weiter versuchen." An den meisten Abenden hatte ich für Großmutter gekocht, während sie frische Kräuter gemahlen und zu Pasten gegen verschiedene Krankheiten verarbeitet hatte. Großmutter sagte mir mal, die Leidenschaft fürs Kochen soll ich von meiner Mutter geerbt haben.

Nero nickte. „Es gefällt mir, dass du deinem Essen Aufmerksamkeit schenkst. Den meisten Leuten ist es egal oder sie experimentieren noch nicht mal mit den Geschmäckern."

Als ich fertig war, schob ich die Schüssel von mir weg. „Wie kommt es, dass ein Alpha wie du sich fürs Kochen interessiert?"

Nero war aufgestanden und räumte meine Schüssel ab.

„Meine Mutter hat mich alleine großgezogen und als sie krank wurde, musste ich mich um meine beiden jüngeren Brüder kümmern, die mäkelige Esser waren. Daher musste ich gezwungenermaßen kreativ werden. Und wie sich herausstellte, koche ich wirklich gerne. Heutzutage gebe ich meinem Rudel regelmäßig Kochunterricht." Seine Augen leuchteten auf und es kamen perfekt gerade gewachsene Zähne zum Vorschein. Sein Lächeln glich dem Strahlen der Sonne. Und es stellte etwas mit mir an. Es ließ meine bisherigen Sorgen entschwinden und für ein paar Augenblicke hatte ich das Gefühl, ich würde mit Bee quatschen.

Nero wärmte seine Hände am Feuer, sah mich an und es reichte bereits, seine Augen auf mir zu spüren, damit meine Oberschenkel zu kribbeln anfingen. Ich senkte meinen Blick, verwirrt von dieser seltsamen Anziehung zu Nero. In Gedanken stellte ich mir vor, wie wir tagelang übers Essen redeten, welche Gerichte wir mochten und Rezepte, die wir ausprobieren wollten. Er hatte diese aufgeschlossene Art an sich, die ich nie von einem Gestaltenwandler erwartet hatte.

„Wie geht es Dagen?", fragte er. „Wann wird er aufwachen?"

„Ich habe noch nie zuvor einen Gestaltenwandler… Ich meine einen Jäger geheilt. Was ich versuche würde ich auch mit einem betroffenen Menschen probieren."

Er sprach mit dem Rücken zu mir gewandt. „Was hast du also im Bau gemacht? Wie bist du hier hingeraten?"

„Lustige Geschichte." Ich gab ihm einen kurzen Rückblick, unter anderem warum ich den Wolfseisenhut gesammelt hatte, die Bedrohung der Priesterin und wie ich fast ertrunken war. „Es war ein Unfall. Ich bin um mein Leben gerannt."

„Ich habe von Gerüchten gehört, denen zu Folge eure

Herrscherin das Abschlachten aller Wölfe, die ihren Wachmännern über den Weg laufen, angeordnet haben soll. Nie würde ich meinem Rudel befehlen, Unschuldige zu töten." Wieder kam er näher und ließ sich auf seinen Stuhl fallen. „Warum stürzt ihr sie nicht? Jemand sollte sie herausfordern und ihren Platz einnehmen."

Ich drehte mich zu ihm um. „So funktioniert das in Terra nicht. Sie ist teils *königlichen* Blutes, also hat sie die Position geerbt. Die einzige Person, die ihr den Thron streitig machen könnte, wäre ein anderes Familienmitglied. Zum Beispiel ihre jüngere Schwester." Dann zuckte ich mit den Achseln.

„Für mich macht es keinen Sinn, so jemanden an der Macht zu halten."

So saßen wir da. Ruhe breitete sich in mir aus, verdrängte das unangenehme Gefühl und neues Selbstvertrauen feuerte meine Fragen an. „Bin ich deine Gefangene?"

Er neigte seinen Kopf zur Seite. „Würdest du dich dann besser fühlen?"

Unruhig rutschte ich auf meinem Stuhl umher. „Das macht doch überhaupt keinen Sinn."

„Nun, wenn man denkt, dass man in Gefahr ist, dann konzentriert man sich einfacher: Flucht zu jedem Preis." Mit der einen Hand fuhr er sich über den Mund, lenkte so meine Aufmerksamkeit auf seine geöffneten Lippen und ich erinnerte mich, wie weich sie sich auf meinen angefühlt hatten. „Was wäre aber, wenn du aus freien Stücken bleiben wollen würdest?"

Nero bewegte sich schnell auf mich zu und ich erstarrte. Seine durchdringenden grauen Wolfsaugen waren voller Begierde und ließen nicht von mir ab. „Noch immer spüre ich diese magnetische Anziehungskraft zwischen uns und ich verstehe nicht wieso."

Dringlichkeit staute sich in mir auf, die der Art – *du musst hier raus*. Ich glitt von meinem Stuhl und ging rückwärts auf die Wand zu. Mich erfasste ein seltsames Gefühl, Angst gemischt mit Aufregung, und ich konnte meine Gefühle einfach nicht verstehen.

Er ließ nicht von mir ab und nagelte mich zwischen sich und der Wand fest. Mit einer Hand stützte er sich an ihr über meiner Schulter ab. „Kleines Lamm." Seine Finger fuhren meinen Arm hinunter und ein Funke von Energie zündete zwischen uns. „Was hast du mir angetan?"

Seine federleichten Berührungen ließen mich zittern und ich bekam keinen Ton heraus. Ich hätte ihn von mir stoßen und ihn fragen sollen, wenn ich keine Gefangene war, warum sie mir dann nicht den Weg nach Hause zeigten? Aber in meinem Hinterkopf bildeten sich Zweifel, als ich mir uns beide zusammen vorstellte. Und ja, ich spürte dieses unnachgiebige Verlangen nach Nero… nein, es war mehr als das… eine Versuchung, die ich nicht ignorieren konnte. Was war nicht in Ordnung mit mir?

„Als ich dich ins Haus trug, um dich zu beschützen, antwortete der Wolf in mir, dass er dich will. Er verlangt immer noch, dass ich dich nehme, dich für die Ewigkeit beanspruche."

"A-Aber ich bin keine Wölfin." Eigentlich hätte ich über meine Antwort lachen sollen, aber ich konnte seine Worte nicht verdrängen. Jemand so prächtig und gefährlich wie Nero, der behauptete mich zu wollen, brachte mein rationales Denken komplett durcheinander. Vielleicht musste ich mal mehr rauskommen und öfter auf Verabredungen gehen, dennoch ließ sein Kommentar über dieses Gefühl der Verbindung mich nicht los. In seiner Gegenwart verlor ich jegliche Fähigkeit logisch zu denken und seine körperlichen Berührungen erregten mich. Ich hätte schreien und in die entgegengesetzte Richtung rennen sollen.

„Ich kann es mir auch nicht erklären. Alles an dir zieht mich zu dir hin", flüsterte er in mein Ohr. „Dein Duft, deine Stimme, deine Antworten auf meine Bedürfnisse, alles davon reizt den Wolf in mir."

Ein Stöhnen verließ meinen Hals. Verwirrung, aufgeheizte Emotionen und Entscheidungen ließen mich fast durchdrehen. Trotz allem ließ die Nähe zu Nero die Zweifel in den Hintergrund rücken. „Ich spüre es auch", murmelte ich. „Wenn ich in deiner Nähe bin kann ich nicht denken. Aber ich kann nicht hier bleiben. Mein Zuhause ist in Gefahr, sowie auch mein Lehrling in meinem Kräuterladen. Und die Wölfe werden mich töten, wenn ich hier im Bau bleibe. Bitte, ich muss gehen."

Ein tiefes Knurren rollte durch Neros Brust und er wandte sich von mir ab. Ich konnte nicht mehr atmen.

„Ich verstehe nicht, was mit mir nicht stimmt?", murmelte er und sein Blick senkte sich. „In deiner Nähe ist es, als ob der Wolf in mir die Führung übernimmt und darauf besteht, dass ich dich nehme."

Da ich mich noch nie so zu jemandem hingezogen gefühlt hatte, wusste ich gar nicht was ich sagen sollte. In meinem Dorf gab es ein paar potenzielle Junggesellen, von denen ich fantasierte, aber im Vergleich zu dem Feuer, das für Nero in mir brannte, war das gar nichts. Mein Atem wurde immer schneller. Irgendetwas in mir verkrampfte sich so fest und ich hatte Angst, mein Herz würde aufhören zu schlagen, wenn ich Nero nicht nahm. Allein an diese Worte zu denken, führte dazu, dass ich mich wie ein Idiot fühlte. Ich hatte mir mit Sicherheit den Kopf gestoßen, aber was war mit Nero? Warum fühlte er genauso?

Ein Mann mit seinem Aussehen würde sich nie im Leben für mich interessieren. Schon gar kein Gestaltenwandler.

Als er seinen Blick hob, atmete ich kurz und flach ein, nicht in der Lage dazu, mich zu bewegen. Zwischen uns passierte etwas… etwas Dunkles, Angsteinflößendes und Aufregendes. Und vor allem zu schnell, denn ich verliebte mich nie so schnell. Gedanken verließen meinen Geist, sie wurden durch Adrenalin und Wollust ersetzt. Tief in mir nagte die Angst, dass ich einen Fehler machte und mit dem Feuer spielte.

Ich hätte mich ihm entziehen sollen, wegrennen, alles außer mich seinen Blicken auszusetzen. Mit jedem Moment, der verging, betrog mich mein Körper, überzeugte er mich davon, mich Nero hinzugeben. Nur dieses eine Mal. Bee erzählte mir regelmäßig von ihren Eskapaden mit dem männlichen Geschlecht, aber ich hielt mich immer zurück und entschied mich dafür, das Richtige zu tun. Was also sollte falsch daran sein, es einmal darauf ankommen zu lassen?

Gewissensbisse zuckten ihm durchs Gesicht, er fing an zu blinzeln und ballte seine Hände zu Fäusten. Er schnappte nach Luft. Seine Augen studierten mich, wie die eines Raubtiers, und doch war dies anders. Unter seinem Blick floss ich dahin und ein Gefühl des Wohlseins durchschauerte mich, als hätten wir uns in dieser Position schon dutzende Mal zuvor befunden. Es schien so töricht, einander zu widerstehen.

Mit einem raschen Schritt zog er mich an seine Brust und küsste mich. Ein Prickeln explodierte, als sich unsere Lippen berührten und zog sich durch den Rest meines Körpers. Der berauschende Duft seiner Männlichkeit hüllte mich ein. Seine Zunge berührte den Rand meiner Lippen und meine Welt zerfiel in Stücke, als ich meine Lippen für ihn öffnete. Ein loderndes Feuer brannte in mir. Es brodelte unter der Oberfläche, jederzeit bereit zu explodieren.

ero leckte über meinen Nacken und ich zerfloss in seinen Armen. Es war unmöglich, einem Gestaltenwandler, der zuvor nur in meinen Träumen existierte, zu widerstehen. Jetzt versprach er mir das Blaue vom Himmel und es führte kein Weg zurück. Mein Verstand schrie Nein, aber mein Körper antwortete ihm, als hätte er ein Eigenleben.

Mit meinen Fingern strich ich durch sein Haar und zog ihn näher an mich heran. Seine Hände wanderten unter meinem Hemd nach oben und wurden fündig. Seine feurigen Berührungen kribbelten und ich wollte mehr.

Er bäumte sich über mir mit einem teuflischen Grinsen auf und zog meine Weste und mein Hemd über meinen Kopf. Die Kälte umspielte meine Brüste und meine Haut prickelte vor Verlangen.

Ich zitterte. Dann ergriff er mit seinen Händen meine Brüste, knetete sie und rieb meine Brustwarzen mit seinen Daumen. Sofort wurden sie steif und schmerzten auf berauschende Weise. Unsicher, ob schon mal jemand geplatzt war, weil er zu aufgegeilt war, fragte ich mich, ob ich die Erste sein würde. Der Scheitel zwischen meinen Schenkeln brannte wie ein Vulkan kurz vor der Eruption.

„Meins." Seine Stimme senkte sich.

„Hmm." Ich stöhnte.

Er beugte sich vor und schnappte mit seinem Mund nach einer meiner Brustwarzen und meine Knie wurden weich. Tief in mir bebte die Sehnsucht danach, dass Nero mich ausfüllte.

Das Glitzern in seinen Augen ließ mich glauben, dass er es genoss, bei mir zu sein. Ein Rinnsal der Erregung floss durch meine Magengrube und ließ mich auf der Stelle wacklig werden.

Mit geschickten Fingern öffnete er die Knöpfe meiner Hose und zog sie mitsamt meinem Höschen so schnell zu meinen Knöcheln hinunter, dass ich beinahe das Gleichgewicht verlor. Aber er hielt mich an den Hüften fest und gab mir Halt.

Ich stieg also aus meiner Kleidung und stand nackt vor einem Prachtkerl, der ebenfalls nackt war und wieder kaute ich auf meiner Wange.

„Etwas an dir beschwört meinen Wolf", begann er. „Das ist noch keiner gelungen. Und ich weiß, du spürst es auch." Er kam näher, seine Wärme strahlte über meinen Körper und seine Erektion drückte gegen meinen Bauch. „Ich habe aber ein Problem…" Er kicherte. „Na gut, eigentlich habe ich einige Probleme, im Moment kann ich aber nur an eines denken."

„U-Und das wäre?" Ich umklammerte seine starken Oberarme, als wären es Baumstämme. Würde er mich wegstoßen, nachdem er gemerkt hatte, wie einfach ich zu haben war? Machte er sich jetzt über mich lustig und würde gehen? Oder wollte er nur das Eine von mir… so verrückt das auch klang, mit Letzterem wäre ich absolut einverstanden. Eine unstillbare Lust befiel meine Libido und wenn ich ihr nicht nachgab, würde ich verrückt werden. Und wer würde es schon herausfinden, wenn ich gegenüber einem gottgleichen Gestaltenwandlers einknickte...? Nur ich. Diese Erinnerungen würde ich bis in alle Ewigkeiten mit mir tragen. Es könnte mich für jeden anderen Mann verderben, aber wenn ich jetzt nichts tat, würde ich es mir auf immer vorwerfen. Verdammt, wenn ich Bee davon erzählen würde, würde sie es mir ewig vorhalten, wenn ich Nero mich nicht nehmen lassen würde.

Ich sah zu Nero hoch und liebte seine Art, mich anzusehen, als wäre ich ein Stück Honigkuchen.

„Wenn ich dich beanspruche gehörst du mir. Jägerregeln." Seine Hand ergriff mein Kinn und sein Daumen ruhte auf meiner Unterlippe.

Sein Geständnis erschütterte mich. Klar, ich hatte nichts dagegen, Nero den ganzen Tag zu reiten, aber jetzt sprach er von Verpaarung. Ein Lebensereignis. Ich war keine Gestaltenwandlerin, also würden mich seine Regeln nicht betreffen, oder?

Er legte seine Hände um mein Gesicht und küsste mich. „Bist du dir sicher, dass du das willst, kleines Lamm? ", fragte er.

Ich leckte über meine Lippen. „Also diese Sache mit der Verpaarung, die gibt es nur wenn zwei..."

„Sex haben. Aber nicht wie ein gewöhnliches Paar... Mein innerer Wolf muss eine Verbindung haben."

Mein Verstand versuchte die Überhand zu gewinnen und sich durchzusetzen, der Situation einen Sinn zu geben, aber es war mein geiler, ausgehungerter Körper, der drängend die Führung an sich riss. „Ich komme nicht aus deiner Welt und ich bin keine Wölfin. Es ist seltsam, aber meine Gefühle sagen mir, dass wir zusammengehören. Es ist, als ob ich nicht mehr atmen könnte, wenn du mich verlassen würdest. Ich verstehe diese Sache mit der Verpaarung nicht und wie es sich hier damit verhalten würde, aber jetzt in diesem Moment will ich dich. Du sollst dein Versprechen halten und ich möchte diese ständige Furcht vergessen, die mein Herz ergriffen hat. Ich hab es satt, ständig Angst zu haben und verwirrt zu sein. Aber dies hier"—Ich legte meine Handfläche erst auf meine Brust und dann auf seine— "fühlt sich richtig an."

Er drückte meine Fingerknöchel an seine Lippen und umfasste mit der anderen Hand meinen Hintern.

Auf Zehenspitzen stehend drückte ich meinen Mund auf seinen. Er erwiderte den Gefallen doppelt so stark, hungrig und wild. Nur dieses eine Mal sehnte ich mich danach, auf mein Bauchgefühl zu hören und in meinem Kopf wurde die Bestätigung laut.

Seine Küsse wurden intensiver. Er presste mich gegen die Wand und seine Hände umspielten meinen nackten Körper. Ein *Bedürfnis* war so ein schwaches Wort, aber es durchzuckte in diesem Moment meinen ganzen Körper.

Neros Finger glitten zu meinen Hüften und er hob mich von den Füßen, als ob ich kaum etwas wog. „Lege deine sexy Beine um meinen Hals und halte dich an dem Dachbalken über dir fest."

Mein Herz begann zu rasen, als er mich über sich hinaus hob. „Was?" Ich war höllisch nervös und daher machte mich der Gedanke, sein Gesicht zwischen meinen Schenkeln zu haben, noch mehr an. Ich ergriff den hölzernen Balken der die Decke entlang verlief.

Er umklammerte meinen Hintern.

Es verschlug mir fast den Atem so hoch im Zimmer und ich war mir nicht sicher, wie ich mich bei diesem akrobatischen Akt fühlen sollte. War dies die Art, auf die es Wölfe taten? In dem Moment, als seine Lippen meinen Kitzler einsogen, überkamen mich Krämpfe.

Er gab einen zufriedenen Ton von sich und ließ seine Zunge tänzeln. Ich schwebte auf Wolken, verloren und verschlungen von der Erregung, die von mir Besitz ergriffen hatte. Er rieb seinen Daumen an meinen Kitzler, langsam, den sich ankündigenden Orgasmus in die Länge ziehend. Seine Zunge drang in mich ein.

Mein ganzer Körper zuckte vor Genuss. Ich gehörte komplett ihm.

Unfähig, die Intensität, die Ekstase zurückzuhalten, schrie ich. Nero aber ließ nicht ab und er kostete jeden Tropfen. Zwischen meinen Beinen glühte es. Er leckte meine Pforte und genoss mich. Ich hingegen zappelte, während jeder Muskel schmerzte.

Mein Körper schrie vor Euphorie und ich schnappte nach Luft.

Seine Hände glitten zu meinen Hüften und ich ließ ein Bein nach dem anderen von seinen Schultern ab. „Lass los, ich habe dich."

Und dann ließ ich los, so als ob alle Zweifel und Sorgen von mir abgefallen waren. Ich rutschte hinunter. Unsere Körper rieben aneinander und er hielt mich fest, bis meine Füße den Boden berührten. Er zog mich zu sich heran, Auge in Auge. „Dein Geschmack berauscht mich." Dann zog er meine Beine über seine Hüften und die Spitze seiner Erregung berührte meinen Eingang. „Ich werde dich jetzt ficken, kleines Lamm."

Ich stöhnte laut auf und es war mir egal, wer meine Schreie hören würde, denn ich musste Nero in mir spüren.

Er lachte wieder. Der Klang seines Lachens durch-schauerte mich und ich war feucht in freudiger Erwartung. Meine Fingernägel bohrten sich in seine Schultern, als er in mich eindrang.

Er stieß fester und ich schrie, denn es schmerzte, was ich mochte. Ich wippte mein Becken aber er hatte ihn schon herausgezogen und wieder hineingestoßen, langsam zu Beginn, als ob er mich testen wollte.

Er ließ mich nicht aus den Augen und die seinen waren vor Freude überflutet.

Bei jedem schnellen Stoß schnappte ich nach Luft. Er stieß fester zu, immer schneller und ich verlangte nach mehr.

Ich antwortete auf jeden Stoß, wollte ihn tiefer in mir spüren und von seiner Leidenschaft verschlungen werden. Unaufhörlich stieß er zu, ließ nicht locker und ich ertrank in seinem Verlangen, unsicher wo es anfing und wo es aufhörte.

„Schrei für mich, kleines Lamm", verlangte er.

Und als ob mein Körper auf seine Forderung einging, verließ ein Geräusch meinen Hals und meine Sinne gaben mir den Rest. Ein zweiter Orgasmus ergriff Besitz von mir. Es schüttelte mich, unfähig aufzuhören, und ich kniff die Augen fest zusammen, als ich mich fallen ließ. Es fiel mir schwer zu glauben, dass so ein Genuss überhaupt möglich war. In mir brannte das Verlangen für immer auf dieser Wolke weiter zu schweben.

Meine Muskeln zogen sich zusammen und übten festen Druck auf ihn aus. Unsere Körper schwitzten und brannten. Er stöhnte jetzt laut sein eigenes Vergnügen hinaus und zuckte tief in mir.

Langsam öffnete ich meine Augen und lächelte, als eine Bewegung im Flur meine Aufmerksamkeit auf sich zog. Dort stand Oryn in seiner tiefschwarzen Wolfsform, starrte uns an und seine Lippen zuckten auf seinen gefletschten Zähnen.

„Scheiße!", rutschte es mir raus, aber Nero ließ mich nicht los.

„Beachte ihn nicht. Er ist im Moment nicht er selbst."

Durch meinen Kopf irrten so viele Gedanken. Nero

steckte noch immer tief in mir und ein Wolf starrte uns an. Meine Emotionen schwankten zwischen dem Drang, mich zu verstecken und Nero nach mehr anzuflehen. Im gleichen Moment verspürte ich eine belebende Energie. Sie floss durch meine Venen und ich fühlte mich bereit, es mit der ganzen Welt aufzunehmen.

Unter Knurren zog der Wolf sich in die Dunkelheit zurück und verschwand.

„Was ist sein Problem?", fragte ich.

Nero zog sich aus mir zurück, bevor er mich auf dem Fußboden abstellte. Er küsste mich auf die Stirn. „Oryn führt einen Kampf und ich gebe ihm Freiraum."

Was meinte er damit? Nach dieser unglaublichen Erfahrung hatte ich noch mehr Angst als zuvor, Nero nie wieder zu sehen, sobald ich nach Hause zurückkehrte. Ein Stechen machte sich in meiner Magengrube breit. Ich sah an mir hinunter und sah kleine feine weiße Energielinien zwischen meinen Fingerspitzen zucken.

„Wie machst du das?", fragte Nero mich, während er hinunterblickte. Er legte seine Arme um mich und ich genoss seinen Schutz mehr, als ich es je für möglich gehalten hatte.

Ich konzentrierte mich wieder auf meine Hand. „Schon immer hatte ich diese Gabe, die Wirkung von Kräutern mit nur einer Berührung zu verstärken. Aber noch nie zuvor hat sich diese Gabe von selbst aktiviert, so wie jetzt."

„Ich fühle mich verändert", sagte Nero. „Als ob ich die komplette Länge des Waldes am Stück rennen oder dieses Haus auf meinen Schultern tragen könnte."

„Ich mich auch... okay, ich könnte jetzt nicht das Haus hochheben oder so lange rennen. Ich war nie eine große Läuferin, aber ich könnte locker noch dreimal Sex mit dir haben." Ich musste lachen und meine Wangen erröteten. *Habe ich das gerade laut gesagt?*

Nero lachte und schob mir eine Haarsträhne aus dem Gesicht. „Ich weiß nicht, was du mit mir angestellt hast, aber wenn dies deine Gabe ist, scheiße, dann will ich mehr davon."

Er gab mir einen letzten Kuss auf meine Stirn, ließ von mir ab und hob meine Kleidung auf, um sie mir zu geben. „Das Badezimmer ist den Flur hinunter. Ich werde dir eine Tasse Tee machen."

Mit dem Haufen Kleidung in meinen Armen nickte ich, obwohl sich Nero schon zur Feuerstelle umgedreht hatte. Also drehte ich mich um und huschte über die kalten Dielen des Flurs. Ein kurzer Blick enthüllte keine Spur eines Wolfs und ich rannte ins Badezimmer. Es gab eine richtige Toilette mit Abfluss. Du meine Güte… diese Kreaturen genossen Komfort. Ich säuberte mich in Eile, zog mich an und blieb mit der Hand am Türknauf vor der Tür stehen.

„Okay, wie geht es jetzt weiter?", murmelte ich vor mich hin. Immer noch schwelgte ich in der heißen Aufregung, gerade den erstaunlichsten Sex mit einem Gestaltenwandler gehabt zu haben. Ich war noch nicht bereit, ihn zu verlassen. Klar, ich war noch immer in dem Haus gefangen, bis ich Dagen geheilt hatte, und der schwarze Wolf sah mich an, als ob er mir den Kopf von den Schultern reißen wollte. Aber Nero löste etwas in mir aus und das Verlangen nach mehr brannte in mir.

Es war ein Muss, nach Hause zu gehen, um einen freien Kopf zu bekommen, aber bei dem Gedanken daran, Nero zu verlassen, schnürte sich meine Brust zusammen. Aber was sollte ich tun? Wie sollte das zwischen uns funktionieren? Sollten wir die Grenze überqueren, um uns zu verabreden? Er war ein Alpha und wer wusste schon, wo sein Revier war. Wahrscheinlich war es unglaublich weit weg. Er sagte schließlich, Oryn würde das an Terra angrenzende Territorium kontrollieren.

Das war einfach verrückt. Offensichtlich hatte ich mich im Moment verrannt, mich gehen lassen, doch jetzt musste ich wieder klar denken. Ich befand mich in feindlichem Territorium und würde nicht sicher sein, bis ich es verließ. Dazu kam, dass es keine Zukunft für mich und einen Gestaltenwandler gab. Bei Gott, ihre Art hatte meine Eltern getötet.

Die Lösung war es, Nero auszuquetschen, alles über den Bau herauszufinden und dann die Entscheidung zu treffen, wie ich fliehen sollte. Vielleicht sollte ich ihn sogar davon überzeugen, dass ich nach Hause gehen musste, um Kräuter für die Heilung Dagens zu holen. Er konnte mich begleiten. Eine Rückkehr nach Terra aber war nicht sicher für mich mit einer Priesterin, die mich suchte, geschweige denn mit einem Wolfswandler. Bei dem Gedanken daran, wie kompliziert das alles war, wurde mir schwer ums Herz.

Seit meiner Ankunft gab er mir zu Essen und schenkte mir zwei Orgasmen. Ich war nicht seine Gefangene. Was taten wir da nur?

Ich straffte meine Schultern, öffnete die Tür und marschierte in Richtung der Küche, bereit meinen Plan durchzuziehen. Stattdessen fand ich eine weit geöffnete Tür vor, durch die grelle Sonnenstrahlen fielen. Vor mir erstreckte sich der Wald in saftigem Grün und die Sonne glitzerte auf den Blättern.

Freiheit.

Nero war außer Sicht. Ob er draußen war? Ich eilte durch die Küche und rannte nach draußen. In dem Moment, als ich um die Ecke des Holzhauses wirbeln wollte, stand ich Auge in Auge mit dem schwarzen Wolf—

Oryn. Sein Nackenfell stellte sich auf und er gab ein haarsträubendes Knurren von sich.

Ich gab einen kurzen Schrei ab und schritt zurück, bis ich mit dem Rücken an die Wand stieß. Angst durchströmte meinen Körper und sie bestand darauf, dass dies der Ort sei, an dem ich sterbe würde.

# KAPITEL SIEBEN

Die Grenzen meines Verstands begannen zu verwischen und ich musste mir in Erinnerung rufen, dass Oryn ein Gestaltenwandler war. In seinem Inneren lag seine Menschlichkeit und doch, als mir dieser knurrende Wolf gegenüberstand, hatte ich Todesangst. Er senkte seinen Kopf und eine Windböe ließ sich das schwarze Fell über seinen Schulterknochen aufstellen.

„H-Hör mir zu, ich bin keine Gefahr für dich", sagte ich zu ihm. „Du bist derjenige mit den langen Zähnen. Du hast spitze Ohren, du würdest es also hören, wenn ich versuchen würde, mich an dich heranzupirschen, um dir wehzutun. Bitte."

Er kam näher und schnitt mir den direkten Weg zurück ins Haus ab. Ich hätte niemals rausgehen sollen, aber die Versuchung der Freiheit, nach Hause zu gehen, war zu groß gewesen. Sicher, ich hatte eine atemberaubende Zeit mit einem Wolfswandler gehabt, doch dies war nicht mein Leben. Und war ich wirklich sicher in einem Haus mit dreien von ihrer Sorte? Was wäre, wenn

Oryn sich gegen mich stellen würde? Es bedufte nur einem einzigen Biss in meinen Hals und ich wäre tot.

Ich schob mich entlang der hölzernen Außenwand in die entgegengesetzte Richtung, aber er schnappte in die Luft zwischen uns und ich hätte mich am liebsten eingerollt. „Ich möchte doch nur nach Hause gehen."

Er wich aber nicht zurück und einem Wolf gegenüber Schwäche zu zeigen, reizte sie zu attackieren, nicht wahr? Aber ich war doch kein kleines Häschen, erstarrt vor Furcht. Ich richtete mich auf und schluckte den Kloß in meinem Hals herunter.

Bei Wölfen drehte sich alles um Dominanz und Nero hatte erwähnt, dass alle drei Alphas waren, also würde ich nicht zurückweichen. Oder war es doch besser, ihnen nicht in die Augen zu starren? Ich konnte mich nicht erinnern und ich hatte nicht mal Kontrolle darüber, ob ich stolperte oder nicht.

Oryn stellte die Ohren auf und schwenkte zur Seite des Hauses, als ob er etwas gehört hatte.

„Ich wollte euer Territorium nicht betreten, aber ich bin um mein Leben gerannt und dann von dieser Klippe gestürzt." Ich redete und redete und mein Puls wurde immer schneller, als ein tiefes Knurren seiner Brust entwich.

„Wenn ich eine andere Möglichkeit hätte, ehrlich, dies wäre der letzte Ort an den ich freiwillig geflüchtet wäre." Ich legte die Arme um mich selbst und während ich mich umsah, konnte ich einen schmalen Weg zwischen den endlos groß erscheinenden Kiefern entdecken. War das der Weg aus diesem Wald heraus?

Ich konnte das Gurgeln des Flusses hören. Wenn ich ihn erreichen würde, dann könnte ich einen Pfad hoch entlang der steilen Klippe suchen, von der ich gestürzt war, und einen Weg nach Hause finden.

Er beobachtete mich mit einer unheimlichen Intelligenz in seinen Augen. Erinnerte er sich an Nero und mich, als es in der Küche zwischen uns heiß herging? Ein Feuer brannte tief in mir und es bedurfte niemandem sonst, der mich dafür verurteilte. Das bekam ich auch alleine ganz gut hin.

„Was du da in der Küche gesehen hast... Also...“ Mein Mund war wie ausgetrocknet. Himmel nochmal, wie sollte ich meinen Kindern mal die Sache mit den Bienen und den Blümchen erklären, wenn ich jetzt schon vor Scham dieses Thema betreffend verlegen wurde? Ganz zu schweigen davon, dass ich selbst kaum verstand, wie ich mich so widerstandslos zu Nero hingezogen fühlen konnte, oder wie er mich beeinflusste, wie ich ihm erlauben konnte, mich auf diese Art zu nehmen? Vielleicht ließ mich dieses ganze Land einfach verrückt werden.

Oryns Kopf kreiste über seinen Schultern. Dann sprintete er in die Richtung. aus der das Geräusch kam, und hinterließ nur eine Wolke aus Staub hinter sich. Er verschwand um die Ecke der Hütte.

Für ein paar Sekunden konnte ich mich nicht mehr von der Stelle bewegen und schnappte nach Luft. Bleiben oder Fliehen? Ein Teil von mir bestand darauf, dass ich ins Haus zurückkehren sollte, wo ich mich vor diesen Wölfen in Sicherheit befand. Aber dann erinnerte ich mich, dass Nero doch davon gesprochen hatte, dass sie sich um den Wolf, der für den Angriff auf mich verantwortlich war, gekümmert hatten. Und wer konnte mir garantieren, dass ich in der Hütte vor diesen drei Alphas sicher war? Oryn sah mich immer an, als wäre er jederzeit bereit, mich in Stücke zu reißen. Und was wäre, wenn Neros Annäherungsversuche nur ein Trick waren, um mich dazu zu bewegen, eine ihrer Sexsklavinnen zu werden? Und dabei hatte ich doch gerade einen Pfad entdeckt, der mich von ihrer Hütte direkt nach Hause hatte leiten können.

Ich musste mich einfach auf mein Bauchgefühl verlassen, welches mich anflehte, nach Hause zu eilen. Also wandte ich mich in die entgegengesetzte Richtung um und sprintete schnell weg vom Haus.

Unter meinen Schritten flog der Boden vorüber, während ich an Bäumen vorbei, über Büsche und tote Zweige, dem schmalen Pfad folgend, sprang. Nadelzweige verhakten sich in meiner Hose, aber das war mir egal. Vor allem jetzt, da das Sprudeln des Wassers lauter wurde. Es musste doch einen einfacheren Weg über den Fluss und den Berg hinauf geben, der mich nach Hause führte. Santos musste krank vor Sorge sein, falls ihn die Priesterin nicht wegen mir bereits eingesperrt hatte. Diese Gedanken ließen mich noch schneller rennen.

Vor mir durchbrach Licht die dichten Baumwipfel und ich stürmte auf einen Felsvorsprung zu, der etwa zehn Meter über dem reißenden Strom aus dem Hang ragte. Nach Atem ringend starrte ich auf den brausenden Wasserfall. Ein feiner Nebel schwebte über dem Wasser.

Scharfe Steine umsäumten die Klippen und es gab keinen einfachen Weg an ihnen herunter. Da ich den ersten Sturz nur beinahe überlebt hatte, sollte ich das Schicksal nicht nochmals herausfordern.

Gejaule hallte durch die Wälder und ich erschrak. Waren Oryn und Nero auf der Jagd nach mir? In einem Teil von mir brannte das Verlangen nach Nero. War es naiv von mir zu glauben, zwischen uns könnte etwas entstehen? Er war ein Gestaltenwandler und seine Art war für den Tod meiner Eltern verantwortlich. Großmutter hatte mir bestätigt, die Attacke mitangesehen zu haben. Was also sollte sie davon abhalten, mich abzuschlachten, nachdem ich Dagen geheilt hatte? War das Oryns Absicht? Oder würde Nero mich als seine Sexsklavin benutzen? Letzteres hätte mich in Angst und Schrecken versetzen sollen, stattdessen ließ es meinen Bauch kribbeln. Was zum Kuckuck stimmte nicht mit mir?

Eilig kämpfte ich mich den ausgetretenen Pfad am Rand der Klippe entlang. Die Böschung fiel ab und dies könnte der Weg zu den Stromschnellen sein. Von dort aus würde ich hinüberschwimmen, um meinen Verfolgern die Spur meines Geruchs zu verwässern.

Meine Beine rutschten unter mir weg. Ich schrie, als ich auf meine Seite stürzte und stöhnte, als ich mit der Hüfte auf einem spitzen Felsen aufschlug. Unter Schmerzen kämpfte ich mich direkt zurück auf die Füße.

Das wiederholte Trampeln von Pfoten auf dem Boden kam näher und wurde immer lauter, während ich mich aufraffte.

Der Wald zog an mir vorbei, als ich bergab rannte.

Ein weiteres Heulen ließ mich über die Schultern blicken. Direkt hinter mir waren vier Wölfe, die mich jagten.

*Moment mal. Vier?*

Alles drehte sich und jede Faser in meinem Körper erstarrte zu Eis. Ich kam einfach nicht mehr zu Atem.

Das war nicht Oryn. Diese Wölfe waren braun.

Ich preschte bergab und ein Schrei verließ meine Kehle. Waren dies echte Wölfe oder Gestaltenwandler? Warum jagten sie mich? Natürlich… um mich zu fressen.

In vollem Schwung bemerkte ich, wie meine Feinde mich von jeder Seite einkesselten.

Es war dumm von mir gewesen, das Haus zu verlassen. Ich hasste die Erkenntnis im Nachhinein, denn es schien, als wäre ich die Königin der Fehler.

Die Schritte kamen näher.

Mein Herz überschlug sich und ich sah mich nach nahestehenden Bäumen um, auf die ich klettern könnte.

Einer der Wölfe griff von links an und ich duckte mich. Ein Schatten rammte den mich angreifenden Wolf und beide Tiere rollten umher.

Es war Oryn, sein schwarzes Fell und die Überlegenheit in der Größe bestätigten dies. Warum ist er gekommen um mich zu retten? Damit er mich als seine Gefangene und helfende Heilerin zurück ins Haus zwingen konnte?

Ich schritt nach vorne, aber der nächste Wolf attackierte mich. Dann nahm ich einen auf dem Boden liegenden Ast in die Hand, wirbelte mit dieser Waffe herum und traf den Wolf am Kopf.

Dann versuchte es der nächste Wolf, mit aufgestelltem Fell und sabbernd entblößten Reißzähnen. In seinem Blick spiegelte sich die pure Wildnis wider.

Ich rammte den Ast in seine Rippen und konnte ihn so abwehren. Aber der dritte Angreifer ließ nicht lange auf sich warten. Alle drei schwärmten um mich herum. Hinter meinem Rücken nur ein Baum und das Blattwerk zu meinen Füßen als einzige Waffe.

*Heiliger Himmel.* Meine Lungen weigerten sich zu funktionieren.

„Wenn einer von euch ein Gestaltenwandler ist, dann lasst uns bitte darüber reden." Wie in Zeitlupe bückte ich mich um einen großen Stein aufzuheben. Ein schneller Blick hinter mich zeigte nur Wald soweit das Auge reichte.

Der größere Wolf in der Mitte schritt mit gesenktem Kopf auf mich zu.

Ein betäubendes Gefühl ergriff mich und lähmte mich auf der Stelle. Hatten sich meine Eltern so in ihren letzten Minuten gefühlt, als sie dem Rudel gegenüberstanden? Hätten sie überhaupt eine Chance gehabt?

Mein Puls trommelte in meinem Schädel. Großmutter hatte mir immer gesagt, ich sollte für das kämpfen, woran ich glaubte und verdammt, noch war ich nicht bereit diese Welt zu verlassen.

Als sich die anderen beiden Wölfe näherten, schmiss ich den Stein auf den größeren der beiden, traf sein Ohr und er schnappte. Mit einem Stock zielte ich auf die Schnauze des anderen Wolfs, aber er schnappte danach und biss ihn in der Mitte durch.

Eine dunkle Gestalt schoss links an mir vorbei und der riesige braune Wolf nahm Anlauf, um mit Oryn zu kämpfen. Beide Wölfe wurden zu einem Knäuel und Fell flog in alle Richtungen.

Ich wirbelte herum, sprang an einen tiefhängenden Zweig und schlang meine Beine um ihn.

Etwas schnappte nach meiner Hose, riss mir den Stoff vom Hintern und zog das Kleidungsstück meine Beine hinunter. Der Zahn eines Wolfs. Die Kreatur riss mich zurück nach unten.

Der Schrei, der mir im Hals steckte, drang in die Freiheit. Meine Finger rutschten ab und ich sah mich bildlich ins Maul der Bestie stürzen, in Fetzen gerissen.

Auf dem Weg nach unten trat ich dem Wolf in die Schnauze, was seinen Griff lockerte. Der zweite Wolf verbiss sich in meinem anderen Bein, Zähne bohrten sich in mein Fleisch. Mein Schreien half nicht.

Ich verkrampfte und meine Arme schlugen wie wild um sich.

Zwei Wölfe starrten in mein Gesicht.

Als ein dritter Angreifer auf uns zukam, rang ich nach Luft, als ich erkannte, dass es Oryn war. Blut verschmierte sein zerzaustes Fell und tropfte von einem seiner Ohren. Seine Schnauze schnappte nach beiden Wölfen und ohne zu zögern attackierten die beiden Oryn.

Ich wollte zur Flucht ansetzen, aber hielt inne, als ich das Geräusch von Winseln und Knurren vernahm.

Oryn hatte mich beschützt und ich würde mich nie von einem verletzten Tier abwenden, oder einem, welches meine Hilfe brauchte.

Mit einem weiteren Stück Holz bewaffnet eilte ich zu der Rauferei. Ohne nachzudenken, schlug ich damit einem der Wölfe auf den Rücken. Er ließ von Oryns Vorderlauf ab. „Lass ihn in Ruhe." Das Ende des Stocks rammte ich ihm direkt in den geöffneten Schlund. Würgend trudelte er seitlich, als ich den Stock wieder herauszog.

„Verzieht euch", brüllte ich, um ihn zu verjagen.

Als ihn dies unbeeindruckt ließ, verpasste ich ihm einen weiteren Hieb in den Nacken und machte einen Schritt auf das Tier zu. Sofort zog der Wolf sich zurück.

Ja, ich hatte mich mit einem Wolf angelegt!

Als ich mich umdrehte, traf mich eine riesige Gestalt in den Bauch. Die Luft entfloh meinen Lungen und ich stolperte rückwärts.

Wieder schwebten die Reißzähne eines Wolfs nur Zentimeter von meinem Gesicht entfernt und Sabber tropfte auf mein Kinn. Zitternd verschlang mich die Angst.

Ich konnte mich nicht daran erinnern, nachgegeben zu haben, denn ich kämpfte mit jedem Bisschen Stärke in mir, wehrte mich gegen den Angriff. Das Tier wurde wie der Blitz von mir hinunter geschleudert und dort stand Oryn als Wolf, blutend, mit einer Pfote angewinkelt. Nachdem ich mich aufgerafft hatte, ging ich auf ihn zu. Mit zitternder Hand berührte ich eine Wunde auf seinem Rücken. Ein Funken grüner Energie zuckte von meinem Finger über sein Kreuz. Was war mit meiner Fähigkeit los?

Er zuckte zusammen, als hätte ich ihm einen Strom-schlag verpasst. Knurrend hob er das Kinn und zeigte in Richtung des Hauses.

*Verschwinde jetzt.* Ich hatte ihn verstanden.

Mit schmerzenden Oberschenkeln kämpfte ich mich zurück. Nichts konnte mich aufhalten.

Bei meinem nächsten Schritt gab der Grund unter meinen Füßen nach. Vorwärts fiel ich in ein Loch, welches sich vor mir auftat. Die Dunkelheit verschluckte mich und ich schrie, bis ich auf der harten Erde am Boden des Lochs aufschlug.

Ich hatte schwören können, dass jeder einzelne Knochen in meinem Körper gebrochen war. Warum in Himmels Namen gab es hier mitten in den Bergen ein Loch? Wen wollten die Wölfe darin fangen? Ein Wildschwein? Die Wölfe schienen mehr die jagende Sorte zu sein.

Von irgendwo über mir kam wütendes Knurren und ich massierte den Schmerz an meiner Schläfe. Der Ausgang aus dem Loch lag mindestens drei Meter über mir. Zum ersten Mal, seit ich verloren gegangen war, schossen mir Tränen in die Augen. Alles was ich anging, fruchtete nicht. Jeder Schritt brachte mich dem Tod näher. Es gab einen Grund, warum Großmutter mich vor dem Bau gewarnt hatte und ich war mir nun nicht mehr sicher, ob ich mit der Flucht vor der Priesterin wirklich das kleinere Übel gewählt hatte.

Ich raffte mich auf und begann nach irgendetwas zu suchen, was mir bei der Flucht helfen konnte. Baumwurzeln ragten aus den Wänden und ich zog fest an einer davon. Die Wurzel brach nicht. *Perfekt.* Ich wollte verflucht sein, wenn ich nicht lebend aus diesem Territorium kam und es würde sich mir nichts mehr in den Weg stellen bei diesem Vorhaben. Nach Halt suchend bohrte ich einen meiner Stiefel in die Wand und hangelte mich nach oben. Ich hatte zuvor bereits Felsenformationen mit Bee erklommen, als wir die Wälder erkundeten.

Ich verlor den Halt und meine Balance. In Panik griff ich nach allem, was ich bekommen konnte.

Ein Schatten kreiste über mir und eine Hand ergriff mein Handgelenk. Mit solch einer Wucht wurde ich aus der Grube geschleudert, beinahe hätte sich mir der Magen umgedreht.

Ich fiel nur wenige Meter von einem nackten Mann entfernt auf meine Knie. Seine Haut war sonnenverwöhnt und er stützte einen Arm quer über seine Brust. Sein Körper war von Bissspuren übersät. Von einem Kratzer unter seinem Auge lief Blut die Wange hinunter. Rot quoll es von einem seiner verletzten Ohren.

„Oryn?" Sogar gekrümmt von seinen Verletzungen, schwankend auf seinen Beinen, war dieser Kerl größer als Nero. Langes dunkles Haar umrahmte seine blauen Augen und starke Kieferpartie. Mein Blick fiel auf seine Lippen und die Breite seiner Schultern. Ja, alles was die alleinstehenden Mädchen tun mussten, war den Bau aufzusuchen, um einen Typ zu finden, den sie ihr Eigen nennen konnten. Dies bedeutete aber zugleich sich den Gefahren von wilden Wölfen auszusetzen.

Mit Verzweiflung in seinem Blick starrte er mich an und nickte mir zu, bevor er in die Knie ging. Er fiel zu Boden und landete auf der Seite.

Schnell kam ich ihm zur Hilfe. „Oryn, wie schlimm bist du verletzt?"

Er stöhnte qualvoll und hatte es nicht eilig, sich schnell wiederaufzurichten. Um uns herum lagen zwei der anderen Wölfe, blutüberströmt und reglos. Oryn hatte sein Leben für mich riskiert, als er gegen die vier Wölfe kämpfte. Sicher, wenn ich mich danach sehnte, wegzulaufen, dann wäre jetzt der Zeitpunkt dafür gewesen. Und doch konnte ich mich nicht dazu durchringen, ihn schutzlos zurückzulassen. Angreifer die ihn so vorfinden würden, hatten leichte Beute an ihm. Im Nachhinein stellte es sich als Segen heraus, dass die Priesterin jeden dazu zwang, sich von dem Territorium der Wölfe fernzuhalten.

Das Echo eines Heulens hallte in der Ferne.

Ich schauderte. *Oh, scheiße!*

# KAPITEL ACHT

Es folgte ein weiteres Heulen, durchdringend und angsteinflößend. Schon oft hatte ich den friedvollen Liedern der Wölfe zugehört, wenn ich im Wald gewesen war.

Oryn kämpfte sich auf die Beine und ein tiefes Knurren erklang in seiner Brust. Er sah an sich selbst hinab, so, als ob er sich noch nie als Menschen zuvor gesehen hatte. Aber das konnte nicht sein. Nero hatte schließlich gesagt, dass sie alle drei Alpha Gestaltenwandler waren.

„Wieso greifen die Wölfe dich an?" Mein Blick fiel über meine Schulter in das Dickicht des Waldes, wo sich Schatten hinter den dicken Baumstämmen tummelten. Ich war fest davon überzeugt, dass ich eine Wolfsarmee sich die Hügel hinabstürzen sehen würde, um uns in Stücke zu reißen.

„Sharlot", antwortete Oryn. Seine Stimme klang tief und kehlig mit einem Akzent, den ich nicht zuordnen konnte.

Ich ergriff seinen Arm und zwang ihn, sich zu bewegen. Herumstehen würde uns umbringen.

„Mein Name ist Scarlet." Zum Himmel… oder meinte er „Schlampe?" Er hatte ja schließlich Nero und mich beobachtet, als wir es trieben. Mein Gesicht errötete. Ich schaute weg und war bereit mich unter einem Stein zu verkriechen.

Er schnappte mich am Unterarm und zog mich so kraftvoll zu sich, dass ich stolperte und auf ihn zufiel. Meine Handflächen klatschten gegen seine harte, blanke Brust, heiß wie Feuer unter meiner Berührung. Ich schnappte nach Luft und blickte in diese stahlblauen Augen hoch. Eingerahmt von langen dunklen Wimpern und gekrönt von dicken Augenbrauen.

„Was hast du getan?" Seine Finger bohrten sich in meinen Arm.

Es brannte wie Feuer in mir. Ich hatte doch nicht gerade die Attacke der Wölfe überlebt, nur um jetzt meinem Retter zum Opfer zu fallen? „Wovon sprichst du?"

Ich wehrte mich gegen seinen Griff, aber ich hatte auch mit einem Hinkelstein Tauziehen spielen können.

„Welche Art von Magie hast du angewandt, um mich in einen Menschen zurück zu verwandeln?"

„Ich habe überhaupt nichts gemacht. Vielleicht hast du dich selbst verwandelt?"

Er schüttelte den Kopf. „Nein, ich war in meiner Wolfsform gefangen."

Ein weiteres Heulen ertönte und Oryn hob sein Haupt, die Nase in den Wind gerichtet.

Ich beobachtete die umliegenden Bäume. „Wir müssen gehen, bevor noch mehr von ihnen kommen."

Oryn fing an straffen Schritts loszumarschieren, während er mich noch immer am Arm festhielt und ich humpelte neben ihm her. Die sich an meiner Hüfte bildenden blauen Flecken von meinem Sturz auf den Felsen rieben an ihm.

„Hey, lass mich los", sagte ich. „Du bist schneller, wenn du ohne mich gehst."

„Nein! Du hast mir geholfen und ich *werde* dich beschützen."

Na gut, ich konnte nicht *Nein* sagen, wenn mich eine Kante wie er beschützen wollte, aber warum liefen wir in die entgegengesetzte Richtung des Hauses? „Sind wir auf dem richtigen Weg? Das Haus ist doch den Berg hinauf."

Ich taumelte neben ihm her während er immer schneller wurde.

„Es kommen noch mehr aus dieser Richtung. Wir müssen unseren Geruch verdecken und warten, bis sie sich verziehen." Er beeilte sich und nahm mich mit sich.

Es war mir nicht klar, wie ich Oryn einschätzen sollte, oder sein stures Verhalten und der Befehlston, in dem er mit mir sprach, ohne den Anflug einer Emotion. War dies die Art, mit der er sein Rudel anführte, nur Forderungen und Kontrolle? Verdammt, seine Rudelmitglieder mussten Krieger sein. Aber ja, Nero hatte erwähnt, dass dieser Teil des Territoriums Oryn gehörte. Bedeutete dies also, er hatte soeben gegen sein eigenes Rudel gekämpft? Warum griffen sie ihn an? Und warum steckte er in der Gestalt eines Wolfs fest?

Ein Knurren ertönte weit hinter uns und Oryn wurde noch schneller. Sein zuvor verletzter Arm schwang nun unbeschwert an seiner Seite. Wie schnell heilten diese Gestaltenwandler?

Allen Anscheins nach schnell, also warum hatte Dagen noch nicht das Bewusstsein zurückerlangt?

Es war auch egal. All diese Fragen mussten warten, bis wir außer Gefahr waren. Als Oryn anfing zu rennen, zog er mich mit sich.

Das sprudelnde Geräusch von Wasser drang zu mir durch und je mehr Weg wir hinter uns brachten, desto lauter wurde es. Der Wald gab uns in der Nähe des Flussufers frei. Das Tosen des Wasserfalls befand sich zu unserer Linken. Darüber befand sich die Stelle mit der Klippe, von der ich gestürzt war. Es war gut zu wissen, dass ich auf der richtigen Fährte für meine geplante Flucht gewesen war. Welche aber miserabel danebengegangen war.

Ein Nebel aus Wassertropfen hing am Fuße des Wasserfalls und wenn ich nicht gerade um mein Leben rennen würde, hätte ich hier gerne Stunden mit meiner Malerei und meinen Leinwänden verbracht, um die Schönheit dieser Aussicht einzufangen.

„Zieh dich aus", durchbrach Oryn meine Gedanken, während er meinen Arm losließ und begann an meinem Ärmel zu ziehen.

„Hey." Ich schlug seine Hand weg. „Behandle mich nicht so grob. Hast du verstanden? Und keiner zieht meine Kleidung aus außer mir." Und Nero, so schien es. *Scheiße.*

„Sharlot, diese—"

„Ich heiße Scarlet." Ich verdrehte die Augen.

„Deiner Kleidung haftet dein Geruch an und das macht uns langsamer. Wir brauchen eine Ablenkung."

Mein Puls raste, als ich mich umblickte und ich betete, dass die Wölfe noch nicht so nah waren. Oryn stand einfach mit seinem wilden Blick da. Meiner aber wurde langsam von seinem Körper angezogen. Es war, als hätte ich keine Kontrolle darüber. *Oh du meine Güte.* Er war dort unten noch mächtiger als Nero!

„Beeil dich. Du wirst später noch genügend Zeit haben, mich noch genauer anzuschauen."

Ich kräuselte eine Augenbraue und sah zu ihm hinauf, als sich ein Winkel seines Mundes hob. Bei aller Liebe zu Wolfseisenhut, ich brannte innerlich und wandte mich von ihm ab, um meine Weste aufzuknöpfen. Ja, meine

Optionen waren, den Wölfen gegenüber zu stehen oder mich in den Fluss zu begeben. Allerdings verstand ich nicht, warum ich mich dazu ausziehen sollte. Ich wollte gerade zum Protest ansetzen, als Oryn über mir stand.

„Schnell, Sharlot."

Ich stöhnte, denn offensichtlich hatte er nicht vor, meinen Namen korrekt auszusprechen und ich fing an zu vermuten, dass er es mit seinem leichten Akzent einfach nicht besser hinbekam.

Teile der Blätter wurden vom Waldboden aufgewirbelt und ich schlüpfte schnell aus meinen Stiefeln, zog mein Hemd, meine Hose und meine Unterwäsche aus.

Oryn griff rüber und krallte sich meine Habseligkeiten, knüllte sie zusammen und rannte mit ihnen sicher fünf Meter das Ufer hinunter. Dann schleuderte er sie in den Wald und meine Stiefel warf er so weit er konnte.

„Das waren meine Lieblingsstiefel", murmelte ich zu mir selbst.

Das Knurren in der Nähe wurde lauter.

Ich zuckte zusammen und wirbelte auf der Suche nach dem Übeltäter herum.

Oryn ergriff mein Handgelenk und zog mich in den Fluss. „Schnell."

Mit meinen Armen versuchte ich meine Brüste zu bedecken und ein Schrei des Protests steckte in meiner Kehle fest, dafür dass ich zugestimmt hatte, mich meiner Kleidung zu entledigen und nackt im Wolfsterritorium herumzulaufen. Gefressen zu werden aber war keine Option und, als das tiefe Knurren aus dem Wald drang, bewegte ich mich in Eile.

Oryn lächelte, sagte aber kein Wort, als er mich tiefer ins Wasser zog. Eiseskälte umspielte meine Hüften und der steinige Flussboden schmerzte an meinen Füßen. Ich schreckte zurück. Er lehnte sich zu mir herunter, schob eine Hand unter meine Kniekehlen und die andere hinter meinen Rücken, hob mich von meinen Füßen und hielt mich fest in seinen Armen.

Luft verließ meine Lunge. Wir waren aneinandergepresst, nackt. Er blieb nicht stehen, das kalte Wasser spritzte an meinem Bauch hoch.

Ich zitterte. „Ich k-kann l-laufen."

„Du bist zu langsam. Jetzt halte dich fest."

Ich löste meinen Blick von Oryn und bemerkte, dass wir auf das Ende des Wasserfalls zusteuerten, wo die Kaskaden feiner wurden. Zu verängstigt, um zu diskutieren, umarmte ich seinen Hals und starrte auf den Fluss hinter uns.

„Ich werde auf dich aufpassen. Vertraue mir", flüsterte Oryn in mein Ohr und seine weichen Worte entwirrten den Knoten in meinem Bauch. Ich hielt mich an ihm fest und starrte auf die Flussbank, an der sich die erste Form eines Wolfskopfes abzeichnete. Würde er uns sehen können?

Als wir unter dem Wasserfall durchschritten, brach über mir plötzlich eine Explosion eiskalten Wassers herein, über meine Seite, meinen Rücken, meinen Kopf. Ich umklammerte Oryns Hals fest, eingerollt in seinen Armen. Es fühlte sich an, als würde ein Berg auf mich herunterdrücken.

Als das Wasser auf mich hinab krachte, zuckte ich, es erstickte mich, erdrückte mich.

Seine Arme aber drückten mich fest an sich und schon bald hörten diese qualvollen Schläge auf.

„Geht es dir gut?", fragte er.

Ich hob meinen Kopf, zitternd vor Kälte und sein besorgter Blick ergriff mich. Wir standen nun hinter dem Wasserfall in einer Höhle. „Das war angsteinflößend."

„Hier sind wir in Sicherheit. Die Wölfe werden sich nicht der Gefahr des Wasserfalls aussetzen."

Nachdem er meine Füße in die kleine Lagune gleiten ließ, in der mir das Wasser bis zu den Hüften reichte, kletterte er ans felsige Ufer. Meine Aufmerksamkeit fiel auf seinen straffen Hintern, seine starken Beine und die Muskeln, die sich unter seiner Haut bewegten. Wer war dieser Jäger? Er tauchte in die Dunkelheit ab und ließ mich alleine.

„Hallo, Oryn?" Meine Worte waren zittrig und ich mochte es nicht, Angst zu zeigen. Ich folgte ihm und die Kälte breitete sich in meinem Knochenmark aus. Und ja, nackt zu sein war nicht gerade hilfreich... Körperwärme würde helfen. Ich klang von Tag zu Tag mehr wie Bee.

Ein Flackern tänzelte tiefer in der Höhle und eine goldene Flamme erleuchtete deren Ende. Schatten sprangen über sein Gesicht, als er sich nahe dem Feuer nieder bückte, das in einem vorbereiteten Bett aus Ästen in einem Steinkreis loderte.

„Lebst du hier?", rief ich, den reißenden Wasserfall hinter mir übertönend, als ich auf ihn zuging, die Wärme genießend, die bereits von der Feuerstelle abstrahlte. Dennoch zog es kalt von hinten und eiskalte Wassertropfen rollten von meinen Haaren meine Schultern hinab.

„Es ist einer meiner Ruheplätze." Er lief zu einer der Wände und kam mit einer Decke in der einen, und etwas anderem in der anderen Hand zurück. „Trockne dich ab."

Ich wehrte mich nicht und zog den dicken Stoff über meine Schultern und kniete mich neben das Feuer. „Danke. Warum hast du eine Decke hier?"

Oryn reichte mir auch ein Stück Trockenfleisch, welches ich gerne annahm. „Normalerweise verbringe ich nicht jede Sekunde des Tages in meiner Wolfsform und es wird hier kalt im Winter."

Noch gestern war ein ganz normaler Tag in meinem Geschäft gewesen. Jetzt war ich im Bau Territorium und hatte drei Wolfswandler kennengelernt. Einen davon hatte ich bewusstlos gemacht, mit dem anderen hatte ich Sex gehabt und mit dem dritten saß ich nun nackt in einer Höhle fest. Ich hatte keine Ahnung, wie ich dieser Situation entfliehen sollte und zu Hause warteten große Probleme auf mich, sobald ich zurückkehrte.

„Also, was führt dich in unser Territorium?", fragte Oryn, mit seinen Knien ans Kinn gezogen, während er in ein Stück Trockenfleisch biss.

„Es war nicht meine Absicht. Ich rannte in diese Richtung, um einer Verhaftung zu entgehen, dann stürzte ich von der Klippe und landete im Fluss. Ich vermute, der Rest ist Geschichte."

„Wer war hinter dir her und wieso? Bist du eine Kriminelle?" Er betrachtete mich, als wäre ich ein mikroskopisch kleines Insekt, welches vor kurzem erst entdeckt worden war.

„Ha, du bist lustig. Ich habe in meinem ganzen Leben noch nichts gestohlen oder jemandem wehgetan. Aber ich habe etwas beobachtet, das ich nicht hätte sehen sollen und jetzt möchte die Priesterin mich einsperren, wahrscheinlich lebenslänglich. Sie ist teils königlich—wusstest du das? —also kann niemand ihre Entscheidung anfechten, so lange sie Terra regiert, und ich brauche einen Plan."

Er riss einen Bissen ab und nickte, während er kaute. Blut strömte seinen Arm herunter und er strich sich über den Schnitt unter seinem Auge.

„Lass mich deine Wunden versorgen?", bot ich an.

„Es ist in Ordnung. Die sind nicht schlimm."

Ich rückte näher zu ihm hin, obwohl ich weder meinen

Rucksack noch irgendwelche Kräuter bei mir hatte. „Ich bestehe darauf. Hast du Verbandszeug, welches ich verwenden kann? Der Schnitt an deinem Arm ist tief und wir sollten die Blutung stoppen."

Mit den Achseln zuckend deutete er mit dem Kinn auf die Wand gegenüber dem Feuer. Ich raffte mich auf und fand in den Felsen geschlagene, mit Holz ausgekleidete Regale vor und etwas, das wie ein Hemd aussah. Als ich es hervorzog, stellte sich raus, dass es sich um ein halbes Bettlaken handelte. Okay, das sollte reichen, also riss ich mit meinen Zähnen ein Ende ein und teilte den Stoff in lange Streifen.

Neben Oryn niederkniend wischte ich sein Blut mit den Lumpen weg. „Danke, dass du mich gerettet hast. Du hast dich mit vier Wölfen angelegt. Das war gefährlich."

Er schmunzelte, als ob er mit seinen Gedanken weit weg war und wenn man sich die ganzen geheilten Narben auf seinem Körper ansah, war dies wahrscheinlich ein ganz normaler Kampf für ihn.

„Ich habe es überlebt." Er nahm einen weiteren Bissen.

„Warum hast du mich gerettet?"

Er kaute. „Keine Ahnung, dein Duft war einfach anders. Süß und verlockend. Der Wolf in mir bestand darauf."

„Es ist also für einen Alpha normal, tagtäglich mit dem Tod konfrontiert zu sein? Das klingt schrecklich. Ich glaube, ich könnte nicht jeden Moment des Tages über meine Schulter blicken, unwissend ob dies heute mein letzter wäre." Warum wollte überhaupt jemand ein Alpha sein?

Er zuckte. „Gibt es eine andere Option?"

Ich saß auf meine Füße. „Natürlich. Hast du nicht auch mal eine Pause von der Verantwortung um auszuschlafen, nachmittags einen Spaziergang zu machen, einfach zu lachen und nicht ständig auf der Hut zu sein?"

Er drehte sich um und warf mir mit gehobener Augenbraue einen Blick zu. Seine Nase war rot von der Kälte. „Spazierengehen? Das macht ihr also in Terra?"

„Manchmal. Meine Großmutter pflegte zu sagen, das Leben sei nicht lebenswert, wenn du dir keine Zeit für deine Familie und deine Freunde nimmst."

Oryn kicherte und rümpfte die Nase.

„Sei nicht gemein, nur weil du nicht zustimmst." Ich wischte noch mehr Blut von seinem Arm, wickelte ihn ein und zog den Stoff stramm. Dann reinigte ich die Bisswunde an seinem Ohr. Zum Glück hatte die Blutung bereits gestoppt.

Er räusperte sich laut. „Ich wurde dazu erzogen, zu kämpfen, wenn ich überleben wollte. Niemals Schwäche zeigen."

„Das ist hart. Deine Eltern—"

„Nein." Mit strengem Blick fiel er mir ins Wort. „Sie haben den Tod, den sie gestorben sind, verdient. Ich war vier Jahre alt, als sie mich verstießen und meine Adoptiveltern taten dasselbe, als ich acht Jahre alt war. Aber ich habe meinen Weg bis hoch zur Alpha Position gemacht. Der Bau ist rau; jeder hier akzeptiert dies. Also, bedauere mich nicht."

Ich verkniff mir den Rest meiner Worte und verknotete die losen Enden seines Verbands. So saßen wir in Stille dort und er starrte grüblerisch in die Flammen. Zeit für einen Themenwechsel.

„Warum haben die Wölfe uns angegriffen? Sind sie nicht Teil deines Rudels? Nero erzählte mir, dass dies hier dein Territorium sei."

Oryn leckte sich über die Lippen, die Arme ruhten auf seinen gebeugten Knien und seine Schultern hingen nach vorne. Mein Blick suchte nach frischen Schnitten inmitten seiner verheilten Narben. Er mag eine harte Kindheit gehabt haben, verstoßen worden sein, aber irgendetwas in mir bemitleidete ihn *doch*. Das hätte ich nie laut zugegeben, aber sein Glauben, dass niemals nachzugeben die einzige Option zu leben war, war eine grauenvolle Art sein Dasein zu fristen. Seinetwillen, seiner Zukunft willen und um all der Dinge, die er verpassen würde, hoffte ich darauf, dass er seine Augen dafür öffnete, mehr mit seinem Leben anzufangen. Aber ja, was wusste ich schon darüber, wie die Rudel im Bau lebten? Nero hingegen hatte diese Anschauung, dass die ganze Welt gegen ihn ist, nicht und auch er war ein Alpha.

„Die Wölfe, die uns angegriffen haben, gehören zu meinem Rudel", begann Oryn. „Vor über einer Woche fingen alle an, sich seltsam zu benehmen. Aggressiv, in ihren Wolfsformen gefangen, griffen sie einander an. Mir ging es genauso, eingeschlossen in meinem Wolfs-Ich, aber nicht so stark der wilden Seite in mir verfallen, wie die anderen." Er sah mich an und kniff die Lippen zusammen. „Bis du mich berührt hast. Es war, als hätte mich der Blitz getroffen und ich konnte den Wandel in mir spüren. Meine menschliche Seite konnte sich befreien."

Er studierte mich und die Züge meines Körpers, als ich mir die Decke wie ein Kleid um die Brust schlang. „Wie hast du das gemacht?"

„Ich weiß nicht, was ich getan habe. Vor Angst habe ich dich berührt. So etwas ist mir noch nie passiert." Die Gefühle hatten auch von mir Besitz ergriffen, genau wie bei Nero und ich hatte ihnen keine weitere Beachtung geschenkt, da ich mich auf das Überleben konzentriert hatte.

Er nahm meine Hand in seine und studierte meine Fingerspitzen. „Du bist besonders. Nicht wie die anderen Menschen, dich ich zuvor gesehen habe. Jene, die Bäume fällen und Wolfseisenhut auf unserem Land pflanzen."

Ich schniefte. „Du hast sie also auch gesehen? Heute Morgen habe ich die Priesterin dabei beobachtet und ihre Wachmänner haben mich in den Bau gejagt." Ich war wütend. „Es war mir nicht bewusst, dass sie den Wolfseisenhut transportiert und in eurem Land neu pflanzt."

Oryns Oberlippe zuckte und erinnerte mich an ihn in seiner Wolfsform. „Mir ist bekannt, was sie tut. Sie stiehlt unser Land, indem sie die Wolfseisenhutgrenzen erweitert. Ich habe es mit eigenen Augen gesehen."'

Ich legte meine Arme um mich. Die Priesterin hasste die Wölfe seit jeher, erklärte sie auf jeder Dorfversammlung zu Dämonen und drohte mit ihrer Auslöschung. Sie erzählte das aber schon seit Ewigkeiten, sodass sich jeder mit ihrer Besessenheit abgefunden hatte. Niemand hatte erwarte, sie würde *Ernst* machen. Mit Ausnahme von mir, die Zeugin davon geworden ist, wie sie den Befehl erteilte, Wolfseisenhut im Wolfsterritorium anzupflanzen.

„Es ist falsch, was sie tut. Kannst du sie nicht aufhalten? ", fragte ich, wohl wissend, dass die Anführer aller Rassen in Haven vor über hundert Jahren zusammentrafen und vereinbarten, Haven zu Gunsten dem Ende des Blutvergießens aufzuteilen. Über Jahre hinweg war jeder friedlich in seinem Königreich geblieben. Wieso also wollte die Priesterin diese Balance stören?

„Das war mein Plan, als ich zu Anfang von ihren Taten erfuhr. Aber dann fing mein Rudel an sich seltsam zu benehmen und meine Priorität lag darin, ihnen zu helfen." Schatten traten unter seine Augen und verdunkelten seinen Gesichtsausdruck.

„Darum sind Nero und Dagen in deinem Haus, oder? Um dir und deinem Rudel zu helfen? Sind sie deine Brüder?"

„Ja, sie helfen mir. Wir drei waren schon Freunde bevor wir zu Alphas wurden. Wir trafen uns auf der jährlichen

Jägerversammlung. Ich stieß zufällig auf Dagen, als er von einem riesigen Bären in die Ecke getrieben wurden, der aus den Bergen heruntergekommen war. Also ging ich dazwischen um Dagen zu helfen und kurze Zeit später schloss sich Nero dem Kampf an. Erfolgreich haben wir den Bären von unserem Land verscheucht und sind seit diesem Tag enge Freunde."

Das erinnerte mich an die Zeiten, als ich durch die Wälder hinter meiner Hütte wanderte, nachdem meine Großmutter gestorben war. Unsicherheit, ob das Leben lebenswert war, tobte in mir und ich fühle mich verloren, so alleine. Eine ganze Woche verbrachte ich Tag und Nacht in den Wäldern. Bee hatte mich auf der Suche nach Zutaten für eine Mixtur gegen die Verbrennungen ihres Vaters gefunden. Wir unterhielten uns über das Rezept und ich empfahl ihr, Aloe Vera zu verwenden, da es starke Heilwirkung bei Verbrennungen zeigte. Es war mir egal, als sie meine Fähigkeiten beim Verstärken der Wirkung der Pflanzen beobachtete. Dies war der Moment, als sie mir offenbarte, dass sie Magie praktizierte. Daher schloss ich mich ihr an und wir heilten zusammen ihren Vater. Danach wurden wir unzertrennlich.

„Manchmal", sagte ich, „wenn dir ein Fremder ohne Grund hilft, kann diese Handlung die unglaublichste Freundschaft begründen."

Er nickte. „Was also hast du mit Dagen gemacht?"

Okay, seine Frage kam aus heiterem Himmel, aber sie verwunderte mich nicht. Ich erklärte ihm, wie sich mein Zitrusfluch in der Wolfseisenhutwurzel verfangen hatte und dass diese Mischung Dagen möglicherweise umgehauen haben konnte.

„Moment!" Seine Stimme wurde dunkel und er drehte sich mit dem Gesicht zu mir. „Du hast Wolfseisenhut in mein Haus gebracht?"

Es lief mir kalt den Rücken hinunter. „Hast du mir nicht zugehört? Ich bin nicht mit Absicht in den Bau gekommen."

„Woher weiß ich, dass du nicht für die Priesterin arbeitest? In den vergangenen Monaten habe ich dich oft genug dabei beobachtet, wie du nahe der Grenze unserer Länder Wolfseisenhut gesammelt hast."

„Das warst du? Ich war mir sicher, dass mich jemand beobachtet. Aber nein, ich stehe nicht in den Diensten der Priesterin. Ich bin Apothekerin. Wenn ich euch hätte verletzen wollen, hätte ich den Wolfseisenhut an euch allen dreien im Haus angewandt und euch damit umgebracht." Hmm, ja, ich wollte nicht bedrohlich klingen, aber Oryn hatte meine Antwort herausgefordert.

Sein Knurren hing in der Luft und er bebte. „Es war ein Fehler, dir zu vertrauen."

„Es war jetzt auch nicht so, als hätte ich nachdenken können, als ich um mein Leben gerannt bin." Ich wich vor ihm zurück. „Ihr habt mich angegriffen, schon vergessen?" Meine Muskeln spannten sich an.

Seine Finger zuckten auf dem Steinboden zwischen uns. Würde er sich in seine Wolfsgestalt verwandeln? Was, wenn er, wie seine Rudelmitglieder auch, die Kontrolle verlor und mich tötete?

Ich schnappte nach Luft. „Hör mir zu, ich würde dir oder einem anderen Wolf nie wehtun. Alles, was ich möchte, ist es nach Hause zu gehen und ich bete, dass die Priesterin meinen Kräuterladen nicht niedergebrannt hat."

Oryns Körper zuckte, seine Pupillen drehten sich nach hinten und es war nur noch das Weiß seiner Augäpfel sichtbar.

Schnell sprang ich auf meine Füße und wich zurück. „Oh, scheiße, du verwandelst dich, oder? Bitte nicht. Bitte."

Ich zog mich zum Eingang der Höhle zurück, wo mich

Wassertropfen von oben trafen. Durch eine kleine Lücke aus Wasser blickte ich nach draußen. Zwei Wölfe kämpften um meine Hose. Das hätte ich sein können.

Hinter mir war Oryn auf Händen und Knien. Seine Wirbelsäule musste schmerzen.

Mein Herz klopfte gegen meinen Brustkorb und wenn ich je einen Schlaganfall bekäme, wahrscheinlich dann genau jetzt in diesem Moment.

Aber ich hatte ihm zuvor doch mit einer Berührung dabei geholfen, sich zu verwandeln. Zuerst weigerten sich meine Beine sich zu bewegen, aber ich konnte nicht tatenlos zusehen. Also biss ich mir auf die Unterlippe und eilte heran. Mit zitternder Hand fasste ich ihn an und berührte seinen Arm. Er schnappte um sich, knurrend und mit entblößten Zähnen.

Ich sprang zurück. „Verdammt!", fluchte ich.

Oryn richtete sich krampfend auf seine beiden Füße auf. Ein gedrücktes, abgehacktes Heulen verließ seine Kehle.

Die anderen Wölfe würden ihn sicher hören, und... Ich rannte rüber zu ihm, obwohl ich wie Espenlaub zitterte, und hielt ihm meine Hand über den Mund. „Sei ruhig!"

Er stieß meine Hand weg und machte einen Schritt auf mich zu, hielt sich mit wilden Augen an meinen Schultern fest. Seine Zähne waren von normaler Größe, aber seine Haut schimmerte.

Ein unterdrückter Schrei hämmerte in meiner Brust, als ich zurückwich. Ich erreichte die Wand. Kurz schrie ich auf. „Oryn, bitte."

Sein Grinsen ließ ahnen, dass ihn meine Angst anmachte. *Bastard.*

„Sharlot", brummte er. Egal wie sehr es mich nervte, dass er meinen Namen falsch betonte, jetzt sorgte ich mich mehr darum, dass er mir die Kehle herausreißen würde.

Er bebte vor mir. Ich konnte die Emotionen in seinem Gesicht lesen, von Terror hin zu Heißhunger.

„Tu das nicht. Ich bin weder Nahrung noch dein Feind." Ein Funken zuckte zwischen meinen Fingern.

Ein tiefes, kehliges Grummeln durchfuhr ihn und sein Griff um meinen Arm wurde fester.

Ich knirschte mit den Zähnen. Flache Atemzüge füllten meine Lunge.

Die Luft seiner Atemzüge kam mir entgegen, sein Brustkorb hob und senkte sich schneller.

Er drängte sich näher und ich drehte mich zur Seite, als er an meinem Hals roch.

Stark versuchte ich einen Schrei zu unterdrücken.

„Meine", verlangte er.

Dieses einzelne Wort ließ meine Innereien verkrampfen und Wärme schoss durch mich hindurch, wie es kurz zuvor mit Nero geschehen war. Ein unstillbares Verlangen ergriff Besitz von mir und erdrosselte mich schier.

Oryn verblieb ohne zu Blinzeln nur Zentimeter von mir entfernt. Seine dunkle Seite wühlte mich auf. Ich hob meine freie Hand und legte meine Handfläche auf seine Brust. Die Spannung funkelte zwischen meinen Fingen und sprang auf seine Haut über.

Erschrocken von meiner Berührung stolperte er rückwärts und knurrte in meine Richtung.

Schnell griff ich nach Oryns Arm und half ihm, aufrecht stehen zu bleiben. „Hey, ich habe dich."

Seine Augen veränderten sich zu stahlblau… der Wolf war weg und es blieb nur der Mann. „Was bist du?"

# KAPITEL NEUN

„Ich bin ein gewöhnlicher Mensch", antwortete ich, aber Oryn zog meine Fingerknöchel zu seiner Nase heran und roch an ihnen.

„Feuer. Verbranntes Holz. Lässt mir die Haare zu Berge stehen." Und doch verschlungen seine Finger sich mit meinen. „Wie hast du es geschafft, dass mein Wolf wieder verschwunden ist?"

Mein Versuch, mich zu konzentrieren, versank im Nebel und mein Blick fixierte sich auf unsere verschränkten Hände. Das Verlangen, mich an ihn zu kuscheln, in seinen Armen zu versinken und nochmals von ihm zu hören, dass ich ihm gehörte, half auch nicht dabei, einen klaren Kopf zu behalten.

*Zum Himmel,* was stimmte denn nicht mit mir? Wie konnten sowohl Nero, als auch Oryn mich so verrückt machen? Oder hatten etwa alle Wölfe diese Wirkung auf Menschen? Oryn rieb die Oberseite meiner Hand mit seinem Daumen zur Erinnerung, dass er noch auf eine Antwort wartete.

„Ich war schon immer dazu fähig, die Wirkung von

Kräutern zu verstärken, aber ich verstehe nicht, warum meine Berührungen einen Einfluss auf dich haben. Aber wenn es hilft, ist es doch eine gute Sache?"

Nickend stimmte er mir zu und eine Locke seines schwarzen Haars hing ihm ins Gesicht. Ich lehnte mich vor und strich sie zur Seite, aber er griff nach meinem Handgelenk und inhalierte den Geruch. „Hinter diesem elektrisierenden Geruch steckt die süßeste Blüte. Sie ruft nach meinem Wolf, obwohl sie dies nicht tun sollte." Oryn ließ meinen Arm fallen und wandte sich ab.

„Warum nicht?" Dieselbe magnetische Anziehungskraft, die ich Nero gegenüber verspürt hatte, zog mich nun zu Oryn hin, als ob uns eine Schnur verband und die Entfernung zwischen uns schmerzte mir tief in der Brust. Diese Anziehung machte keinen Sinn für mich, aber ich folgte ihm trotzdem.

Er fuhr herum und stellte sich mir in den Weg nahe dem Eingang. Die Lagune war knapp fünf Meter von mir entfernt. „Weil wir aus unterschiedlichen Welten kommen. Als Mensch, sogar mit magischen Kräften, solltest du nicht dazu in der Lage sein, meinen Wolf zu beeinflussen."

Eine eisige Brise von draußen fegte an mir vorbei und mein Körper wurde von einer Gänsehaut überzogen. „Aber du hast etwas gespürt, oder? Genauso wie ich auch." Meine Stimme übertönte das Geräusch des Gefälles.

„Ich kann dir nichts bieten", antwortete er.

Steif vor Kälte verschränkte ich meine Arme. „Ich bitte dich um nichts. Ich würde nur gerne verstehen, was mit uns passiert." Ich drehte mich weg und meine Wangen begannen zu brennen. Was glaubte er eigentlich, wer er war? Himmel nochmal, ich musste wie ein verzweifeltes Mädchen wirken, da ich es nicht schaffte, meine Emotionen und meine Bedürfnisse in Zaum zu halten. Einfach alles im Bau hatte mich von links auf rechts gedreht und trotze jeder Logik. Ich liebte Ordnung und rationelles Denken, aber scheinbar hatte ich diese Eigenschaften zu Hause gelassen. Es drehte mir vor Angst den Magen um, nur an Santos oder meinen Laden zu denken. War er in Ordnung? Außerdem hatte ich Bee im Stich gelassen, da ich ihr nicht rechtzeitig den Wolfseisenhut besorgt hatte. Und wie sollte ich je lebend nach Hause kommen?

Sonnenstrahlen funkelten durch den Vorhang aus Wasser und für einen kurzen Augenblick verwechselte ich diese Aussicht mit friedlicher Ruhe. Eine Explosion aus Knurren und Bellen ertönte draußen und riss mich aus meiner Fantasie.

„Wir werden noch eine Weile hierbleiben", sagte Oryn, als er sich in die Höhle zurückzog und sich neben das Feuer setzte.

So stand ich da, atmete langsam aus, und die Frustration kroch in mir hoch. „Ich muss nach Hause gehen."

„Viel Glück."

Seine Antwort machte mich sauer und ich wirbelte herum um ihm ins Gesicht zu schauen. „Womit hast du ein Problem? Bin ich es—weil ich ein Mensch bin?"

„Ich kenne dich nicht", antwortete er schnippisch, „aber du hast mir geholfen, aus meiner Wolfsform auszubrechen und dafür werde ich dich zurück zu meinem Haus geleiten."

Während ich auf einem kleinen Hautfetzen an meinem Fingernagel kaute, beobachtete ich seine Art, nie zu blinzeln, während wir uns in die Augen sahen. Behandelte er jeden auf die Art... Einschüchtern bis zur Unterwerfung? „Würdest du mich stattdessen auch zur Grenze der Menschen bringen?"

„Nein. Wir werden nicht weit kommen, solange mein Rudel im Angriffsmodus ist." Er fuhr sich mit der einen

Hand durchs lange Haar und drehte sich zum Feuer weg. „Die Wölfe dort draußen sind meine Familie und ich möchte sie, wenn möglich nicht verletzen, also werde ich alles daransetzen, um dies zu vermeiden." Als er sich umdrehte, verhärtete sich sein Gesichtsausdruck. „Deine Berührung. Würde es auch bei meinen Wölfen funktionieren?"

„Ich weiß es nicht. Ich hatte ja nicht mal eine Ahnung, dass es dir helfen würde. Meine Kräfte verstärken die Wirkung von Kräutern und hatten noch nie Einfluss auf eine Person." Außer, dass es sich hier um keine normale Person handelte, sondern einen Wolfswandler. „Wer weiß. Es könnte möglich sein."

„Sobald es draußen ruhig wird, werde ich einen Wolf einfangen und ihn zu dir bringen, um es auszuprobieren. Einverstanden?"

Meine Lunge war wie von einer eisigen Hand zugedrückt. „Du würdest doch unseren Aufenthaltsort verraten? Was, wenn er mich beißt?"

„Wir werden es draußen versuchen, sobald die meisten Wölfe verschwunden sind. Bis dahin ruhe dich aus."

Ich leistete ihm Gesellschaft am warmen Feuer. Die Stille wurde unbehaglich, obwohl ich vor kurzem noch darüber nachgedacht hatte, wie eine verrückte, aufgegeilte Bestie in seine Arme zu springen. Das klang nicht im Geringsten nach mir. Noch nie hatte ich einen Jungen bei der ersten Verabredung geküsst, geschweige denn ihm erlaubt, mich an einen Dachbalken zu hängen, während er mich zum Orgasmus brachte. Bei dem Gedanken daran färbten sich meine Wangen tiefrot. Dies mag für Wölfe ja normal sein—kämpfen und Sex haben, Tag ein, Tag aus. Obwohl Letzteres nicht so das Problem wäre, wenn alle Gestaltenwandler den dreien glichen, die ich getroffen hatte.

Ich atmete tief ein und ließ meinen Blick durch den hinteren Teil der Höhle schweifen. „Ist diese Höhle dein Erholungsort? Ein Platz für dich ganz alleine?"

Mit gehobener Augenbraue drehte er sich zu mir um und in dem Moment wurde mir die Doppeldeutigkeit meiner Worte bewusst. „Dies ist mein persönlicher Zufluchtsort. Du bist die Erste, die ich hier hingebracht habe."

„Ah, nett." Ich nahm die Eindrücke um mich herum auf. „Das erklärt, wieso du keine Dekoration hast."

„Nur Menschen brauchen Gegenstände um sich wohl zu fühlen."

„Hey", sagte ich. „Das ist nicht wahr. Manchmal hat man zu Objekten auch eine persönliche Bindung. Wie zum Beispiel der rote Umhang, der zerrissen ist. Den hat meine Großmutter mit vermacht. Jedes Mal, wenn ich ihn trug, konnte ich ihre Anwesenheit spüren, ehrlich."

Wieder füllte Stille den Spalt zwischen uns und ich überschlug meine Beine, um dann meine Fingernägel und den Dreck, der sich unter ihnen gesammelt hatte, zu betrachten.

„Stand dir deine Großmutter nah?", fragte er.

„Ja, sehr sogar. Sie hat mich nachdem meine Eltern von Wölfen getötet worden waren, großgezogen." Ich hielt inne und bereute meine Worte. Als er aber nicht darauf einging, erzählte ich weiter. „Sie hat mir alles, was ich weiß, beigebracht. Vom Backen eines Apfelkuchens bis hin zum Auswendiglernen der unterschiedlichen Kräuter." Ich entfernte ein getrocknetes Blatt, das mir am großen Zeh hing. „Es vergeht kein Tag, an dem ich sie nicht vermisse. Es macht mir große Angst, dass ich eines Tages den Klang ihrer Stimme vergessen könnte oder wie sie aussah."

„Man sagt, die, die du liebst, werden in deinem Herzen bleiben. Sie wird also immer bei dir sein." Während er sprach, starrte er ins Feuer und das erste Mal konnte ich Emotionen unter seiner harten Schale erkennen.

„Danke dir. Das ist wirklich sehr lieb. Du scheinst deinem Rudel sehr nahe zu stehen… zählst du sie zu deiner Familie? Funktioniert das im Bau auf diese Weise?" Ich erinnerte mich daran, dass er den Tod seiner Eltern erwähnt hatte, aber jeder braucht doch jemanden, der auf einen aufpasst.

„Um sie zu beschützen, würde ich alles tun."

Oryn kam mir nicht wie eine emotionale Person vor, aber es war eindeutig, dass er sein Rudel liebte. Völlig unabhängig davon also, was seine Mutter und sein Vater ihm angetan hatten, hatte er eine neue Familie gefunden. Und seine Bereitschaft, sie zu beschützen zeigte, was für ein fürsorglicher Mann er war… das genaue Gegenteil von dem, wofür ich ihn hielt, als wir uns das erste Mal begegnet waren.

„Diese Art der Bindung hatte ich nur zu wenigen Freunden."

Als die Stille wieder über uns hereinbrach, bemühte ich mich ein Gesprächsthema zu finden. Etwas, dass die Leere füllen würde, die mich an meine Sorgen erinnerte, wie alleine ich im Bau war und dass ich keine Kleidung mehr am Leib trug. Ich zog die Decke unter meinen Armen straffer.

„Warum gibt es in deinem Haus keine Fenster?"

Ihm entwich ein leichtes Lachen und dieses Geräusch beruhigte mich. Während seine nachdenkliche Art ihn mysteriös wirken ließ, machte dieses Lachen ihn unglaublich sexy und meinen Körper überzog eine Gänsehaut.

„Dagen geht mir die ganze Zeit damit auf die Nerven. Er mag Tageslicht, aber das Haus ist zur Erholung gedacht, ein Ort an den wir uns zurückziehen können, falls es notwendig ist. Außerdem lassen sich Fenster viel leichter einschlagen als versperrte Türen."

„Einschlagen? Wer würde so etwas tun? Wölfe anderer Rudel?"

„Nein. Bären und sogar Löwenwandler dringen in unser Land ein. Späher kommen hier her, um eine potenzielle Übernahme zu planen. Und manchmal wird ein Wolf in die Enge getrieben, also habe ich im ganzen Territorium Blockhütten mit Waffen oder medizinischer Versorgung gebaut, für den Fall, dass sie benötigt werden."

Ich drehte mich zu ihm um. „Wow, das ist wirklich nett von dir."

„Überrascht es dich, herauszufinden, dass wir keine Wilden sind?" Seine Stimme hatte einen schnippischen Unterton, als wäre er stolz darauf, mir das Gegenteil bewiesen zu haben.

Auf beide Ellbogen zurückgelehnt streckte ich meine Beine vor mir aus. Die Flamme färbte meine Schienbeine orange und ich zog die Decke zur Mitte meiner Oberschenkel hoch. „Was denkt ihr Jäger von uns Menschen?"

Er kam ein Stückchen näher zu mir, Schatten tanzten auf dem dunkelblauen Bluterguss unter seinem Auge. „Ich glaube, dass ihr schreckhaft seid. Ihr habt vor allem, was sich bewegt, Angst, und ihr seid Kriegshetzer."

„Das sind harte Worte. Ich habe keine Angst vor dem Wald. Naja okay, vor Wölfen und Bären—"

„Und durch eure internen Machtkämpfe ist es wahrscheinlicher, dass ihr eure Rasse selbst ausrottet, bevor es eine andere für euch erledigt."

„Wetten da alle drauf?" Hmm, ich musste ihm da ja zustimmen, wenn ich daran dachte, wie die Priesterin ihre eigenen Leute behandelte. Oryn baute geschützte Hütten für sein Rudel, währenddessen sie diejenigen einsperrte, die nicht ihre strengen Regeln befolgten.

„Ja.“

Du meine Güte, *wir* waren die Wilden. „Wie viele Rudelmitglieder hast du?“, fragte ich.

„Als ich das letzte Mal gezählt habe, waren es dreihundert siebenunddreißig. Es wurden aber einige Welpen geboren, so wird die Anzahl sicher gestiegen sein.“

„Wow. Sind sie zurzeit in Sicherheit?“

Er nickte. „Die Kleinsten sind nicht betroffen und ich habe sie zu Dagens Rudel geschickt, bis sich die Dinge hier geklärt haben. Es scheint, als ob nur mein Rudel betroffen ist.“

„Konntest du die Ursache eingrenzen?“, fragte ich ihn, als mir eine Geschichte über ein Rudel Löwenwandler in Erinnerung kam, die alle zur selben Zeit erkrankten. Es stellte sich heraus, dass das riesige gerissene Beutetier, von dem alle gefressen hatten, zuvor eine giftige Pflanze verspeist hatte. Das ganze Rudel starb. „Hattet ihr vor kurzem ein großes Fest, bei dem alle vom selben Beutetier gefressen haben? Oder von einer Sorte Pflanzen?“

Wolfseisenhut? Das würde die Wölfe nicht verwildern, sondern sie krank machen, bewusstlos wie es bei Dagen geschehen war. Der Gedanke an ihn ließ meine Innereien verkrampfen.

Er schüttelte den Kopf. „Nichts in der Art. Aber ich werde herausfinden, was los ist, und es in Ordnung bringen“, stellte er klar.

„Ich bewundere, wie sehr du dich um sie sorgst. Es erinnert mich auf so viele Arten an meine Großmutter—andere an die erste Stelle stellen.“

„Es gibt keine Alternative, wenn man für so viele Leben die Verantwortung trägt.“

Seine Antwort traf einen Nerv. Ich wurde dazu erzogen, einer hilfsbedürftigen Person zur Seite zu stehen; das war der Grund dafür, warum ich nie jemanden meines

Ladens verwiesen hatte. Zu Anfang mag Oryn mir Angst eingejagt haben, aber jetzt konnte ich nicht anders, als die ganzen Ähnlichkeiten an uns zu bemerken. Wir hatten beide unsere Familien verloren und würden alles für die tun, die wir zurückgelassen hatten. Und seine Angewohnheit, Leute von sich wegzustoßen machte Sinn. Er war stets im Beschützermodus… und das ließ mich ihn bewundern, aber auch die Frage offen, wann es ihm zu viel werden würde.

Wir saßen dort und quatschten über alles Mögliche, von meinen Lieblingskräutern bis hin zum besten Wild, das er je gejagt und erlegt hatte. An jedem anderen Ort, zu jeder anderen Zeit wären wir ausgezeichnete Freunde geworden. Er lachte und dieser Klang war eine Wohltat. Aber wem machte ich etwas vor…? Definitiv mehr als nur Freunde.

Er trottete zur Öffnung der Höhle und die Nacht war bereits über das Land gefallen.

„Sie sind immer noch dort draußen."

Meine Hoffnungen schwanden. „Meine Kleidung so nah an unserem Lager fortzuwerfen war also doch keine so gute Idee."

„Wölfe jagen bei Nacht und deine Kleidungsstücke lenken sie davon ab, sich gegenseitig anzugreifen. Wir brechen bei Tagesanbruch auf. Versuchen wir etwas zu schlafen." Er kehrte mit etwas Langem, Zylindrischem unter seinem Arm in die Höhle zurück. Er machte ein Ende los, ließ es zu Boden fallen und zum Vorschein kam ein Teppich mit mehreren darin eingerollten Decken. Zügig legte er sie auf dem Boden im hinteren Teil der Höhle aus.

Ich war mir nicht sicher, ob ich schlafen konnte mit all den Gedanken in meinem Kopf. „Was ist, wenn ein Wolf, während wir schlafen, unser Versteck findet?"

„Kein Wolf würde je eine Pfote in den Fluss setzen, geschweige denn sich in seiner tierischen Form dem Wasserfall nähern, da sie Angst davor haben, in den herabfallenden Wassermassen zu ertrinken. Einige Kilometer flussabwärts wird es flach und ruhig. Dort trinken sie und waschen sich. Nicht hier." Oryn tippte auf das von ihm gebaute Bett und winkte mich zu ihm rüber.

Du meine Güte, alle meine Sorgen verschwanden im Nichts und wurden von dem Bild eines nackten Kerls ersetzt, der mich ins Bett zu sich rief. Die Schmetterlinge in meinem Bauch von vorhin flatterten wieder, ich ging zu ihm und krabbelte zwischen den Teppich und die Decken, die sich etwas klamm anfühlten. Aber es war besser als der steinige Boden.

Er lag auf dem Rücken und streckte einen Arm aus, den er mir als Kopfkissen anbot. Ich rollte mich mit dem Rücken zu ihm ein. Die Decke hatte ich noch immer um mich gewickelt. Seine Seite berührte mich und er strahlte eine elektrisierende Wärme ab.

„Ich werde auf dich aufpassen", sagte er und seine Worte ließen mich in einem langen Atemzug ausatmen.

Abgesehen davon, dass ich keine andere Möglichkeit der Flucht hatte, vertraute ihm ein Teil von mir. Er hatte mich vor den Wölfen gerettet, in seine Höhle gebracht und dafür gesorgt, dass ich es warm hatte. Warum sollte er mir also im Anschluss wehtun? Trotz allem blieb mir nichts anderes übrig, als daran zu glauben, dass Oryn keine schlechte Person war, sondern jemand mit zu viel Leidenschaft, der Stacheln als Rüstung trug. Ich verstand seine Sicht der Dinge: zeige Verantwortung, beschütze die Anderen, lass dir nie jemanden zu nahekommen. Auf diese Art würde er nicht wieder verletzt werden. Ich hatte das Gleiche durchgemacht. Mit Ausnahme davon, dass er sich etwas vormachte. Seine Familie... das Rudel, trug er bereits im Herzen, ob er es zugab oder nicht. Allein wie er von ihnen erzählte ließ die „Vaterfigur" herausstechen. Und in meinen Augen war dies ein Mann, der seine Versprechen hielt und mich beschützen würde.

„Oryn", begann ich mit schweren Augenlidern. Da mich dieser schwere Tag so müde gemachte hatte, hielt ich meine Augen bereits geschlossen. „Danke. Ich wünschte ich könnte behaupten, du würdest denselben Schutz genießen, wenn du nach Terra kämst, aber das kann ich nicht. Ich würde aber alles riskieren, um dir zu helfen."

Es verging eine Zeit und meine Glieder wurden schwer, während mein Verstand in Richtung Schlaf schwebte.

Oryns Flüstern schlich sich in meine Gedanken. „Was hast du mit mir gemacht?"

---

Die Berührung einer leichten Brise kitzelte meine Beine und brachte ein Frösteln mit sich. Ich umarmte mein warmes Kissen, atmete tief den moschusartigen Duft ein. Ich mochte diesen Geruch. Er erinnerte mich an Oryn und es loderte in meinem Bauch auf, bei dem Gedanken daran, wie atemberaubend er war.

Als Finger durch meine Haare fuhren, schlug ich meine Augen auf und erwischte mich selbst dabei, wie ich mich an ihn gekuschelt hatte, nackt an ihn angeschmiegt. Schatten vom schwachen Schein des Feuers tanzten über sein Gesicht und seine Brust. Draußen lag noch die Dunkelheit über der Welt.

„Guten Morgen", sagte er mir seiner kräftigen Stimme.

„Entschuldige, dass ich auf dir geschlafen habe." Ich zog mich zurück, tastete den Boden hinter mir ab und stellte fest, dass wir beide auf meiner Decke lagen.

„Ist schon in Ordnung. Das Feuer ist nahezu erloschen und es ist kalt." Seinen Arm ließ er auf meinem Rücken liegen, massierte ihn und versuchte so, meine Angst zu besänftigen.

„Wie lange bist du schon wach?", fragte ich.

Wie er so da lag, seinen anderen Arm hinter dem Kopf, der perfekte Inbegriff eines Mannes, wie er nur in der Fantasie vorkommt. Muskelschichten, eine Brust so breit, ich hätte darauf ein Nickerchen machen können… was ich ja getan hatte… und… *egal was du tust, schau nicht an ihm hinunter.*

Wieder kaute ich auf meiner Unterlippe und behielt ihn im Blick. *Ein Hurra für mich.*

„Ich bin früh aufgewacht, aber ich wollte dich nicht aufwecken."

„Also hast du mich im Arm gehalten?"

Diese sexy blauen Augen strahlten, schauten mit allen möglichen Absichten auf mich herab. Nach meiner Vorstellung waren diese Absichten, dass ich mich zu ihm lehnte und ihn küsste. Genau dies waren jene unkontrollierbaren Gelüste, die mich dazu gebracht hatten, Sex mit Nero zu haben, anstatt einen Weg nach Hause zu finden.

Und trotzdem setzte mein Puls für einen Schlag aus. „Ich könnte wetten, die Mädels werfen sich dir die ganze Zeit an den Hals."

Er rollte auf seine Seite mit dem Gesicht zu mir. „Würdest du irgendetwas anderes erwarten?"

Ich verdrehte die Augen und lachte. „Ja richtig. Du bist der Alpha und kannst dir deine Partner aussuchen."

„So etwas in der Art." Er berührte meine Schulter. „Du aber bist anders."

„Na ja nun, natürlich. Ich *bin* ein Mensch."

„Nein." Er fuhr mit seinen Fingern über meine Schulter bis gerade über mein Herz. „Etwas hier drin hebt dich von allen anderen ab, die ich bisher kennengelernt habe. Mein Wolf ruft nach dir und er hat zuvor noch nie jemanden gefordert."

Nero hatte ähnliche Worte benutzt. War es meine Fähigkeit, die die Wölfe verrücktspielen ließ? Aber warum wurde das Verlangen, ihnen nahe zu kommen, intensiver?

„Ist das dein Anmachspruch?" *Zum Himmel*, ich klang so idiotisch. Aber ich wusste auch einfach nicht, wo ich hinschauen sollte. Nackt lag ich neben einem Mann mit einer dunklen Seite und war in einer Höhle gefangen. Kein Wunder, dass lauter verrücktes Zeug aus meinem Mund heraussprudelte.

„Ich sage immer, was ich denke."

„Oh." Er dachte also, wir wären Partner? Nero deutete doch dasselbe an? Das sollte aber doch unmöglich sein, wenn man sich vor Augen hielt, dass ich keine Wölfin war und wie zur Hölle sollte ich das passende Gegenstück zu beiden sein? Nein. Diese Eigenartigkeit geriet außer Kontrolle, meine Libido ganz außen vor.

„Ich erzähle dir die Wahrheit", begann er. „Zum Beispiel, wie sexy deine Brüste sind. Seine Zärtlichkeiten setzten sich in Richtung meine Dekolletees fort und suchten sich einen Weg zum äußeren Rand meiner Brustwarze. „So rosa und so fest."

Als er meinen steifen Nippel kniff, musste ich nach Luft schnappen und ich stöhnte auf, als mein Puls in die Höhe schoss. Der verzweifelte Drang nach Erleichterung riss mich in Stücke.

„Ich könnte dich den ganzen Tag lang anschauen."

„Bist du immer so stürmisch?", fragte ich ihn, als ich seine Hand wegstieß.

„Es interessiert mich, warum mein Wolf mir ins Ohr flüstert, dich zu nehmen, dich zu lecken und dich zur Unseren zu nehmen."

Sein Geständnis haute mich um, war es schlimm, dass es mir gefiel? Eine tiefe, fordernde Stimme in mir verlangte, dass ich mich ihm hingeben sollte, ihn mich nehmen lassen und dass ich unter ihm dahinschmelzen sollte. Die richtige Entscheidung war es, darauf zu bestehen, dass wir gingen. Aber verdammt, die Neugier brannte ein Loch in meinen Bauch. Noch nie zuvor hatte ein Mann auf diese Art mit mir gesprochen und jetzt innerhalb von zwei Tagen war es mir gleich doppelt passiert. Vielleicht war diese ganze Erfahrung nur eine Illusion. Ich hatte mir den Kopf gestoßen und lag bewusstlos irgendwo in den Wäldern.

Trotz meinem guten Urteilsvermögen wurde die Anziehungskraft zu ihm mehr, verlangte ihn, als würde mein Leben davon abhängen. Nero hatte erwähnt, sobald ein Wolfswandler Liebe machte, würde ihr innerer Wolf eine Verbindung eingehen. So wurde ein Bund fürs Leben geschlossen, aber ich war mir nicht sicher, ob das auch hier galt. Oder hielt mich Oryn für leichte Beute, nachdem er Nero und mich beobachtet hatte, als wir intim waren?

„Ich küsse keine fremden Männer. Aber etwas an Nero und an dir reißt an mir, wie ein Magnet. Das verstehe ich nicht, oder wie verdreht es ist, dass ich euch beide begehre. Bitte hasse mich nicht dafür." Schüchtern wandte ich mich ab, während es tief in mir loderte. Nie hatte ich damit gerechnet, so etwas zu jemandem zu sagen, aber da war es. Meine Güte, würde ich so auf alle Wolfswandler reagieren, denen ich begegnete?

„Es ist in Ordnung." Er berührte mein Kinn und drückte meinen Kopf sanft nach oben, um einander anzusehen. „Jäger können mehrere Partnerinnen haben, wenn ihr Wolf sich bindet. Nero ist mein Wolfsbruder und wenn unsere beiden Wölfe dich begehren, wäre mir das eine Ehre."

Mein Kopf drehte sich, nicht sicher, ob ich verstand, was er sagte. Sie würden mich teilen? Das wäre wahrlich himmlisch, wenn zwei traumhafte Kerle sich darauf einigten, mit mir zusammen zu sein. Einen hätte ich gerne, aber zwei… Nein, jemand musste sich einen Scherz mit mir erlaubt haben und müsste ich wetten, würde ich auf Bee tippen. „Ich bin keine Wölfin. Das kann nicht sein. Meine Berührung wirkt auf euch beide." Das wäre die einzig sinnvolle Erklärung.

Er legte meine Handfläche auf seine Brust. „Mein Wolf ist wie eine Partnervermittlung, er wählte meine Seelenverwandte aus."

„Das kann nicht wahr sein." Ich schluckte, darüber grübelnd, ob diese Möglichkeit real war. Ich und zwei unterschiedliche Männer, die auch noch Gestaltenwandler waren.

„So eine Schande", sagte er.

„Was denn?", flüsterte ich.

„Dass du unsere Verbindung anzweifelst, ohne zu wissen, wie gut ich dich behandeln würde. Wie gut ich deine süße Knospe verwöhnen könnte, bis du für mich kommst. Wie sehr du es lieben würdest, meinen Namen zu brüllen."

Noch nie hatte jemand auf so eine dreckige Art mit mir gesprochen und ich kochte vor Lust.

Er zog mich näher zu sich, unsere Körper berührten sich und seine Hand drückte meinen Hintern. Leise knurrte er in mein Ohr. „Ich kann deine Erregung riechen. Ich weiß, du willst mich." Ohne ein weiteres Wort zu verlieren küsste er mich und zwischen meinen Beinen brach ein Zittern aus.

Mein Puls raste. Es war mir egal, ob ich unsere Anziehung zueinander verstand, nachdem ich seine Lippen geschmeckt hatte und es heiß in mir kochte. Also erwiderte ich fordernd seinen Kuss, drückte mich fest an ihn, brauchte ihn, atmete ihn ein. In meinem Kopf schrie alles danach, mich abzuwenden, aber mein Körper und meine Seele verlangten, dass ich Oryn nahm und ihn zu Meinem machte.

# KAPITEL ZEHN

Oryn küsste mich mit der Leidenschaft eines ausgehungerten Wolfes. Schnell, hart und fordernd. Nun galoppierte mein Puls. Es gab nichts Vergleichbares zu seinem Kuss. Ja, ich war zu einem geilen Biest mutiert und sollte ich jemals nach Hause zurückkehren, würde Bee verlangen, dass ich ihr alles bis ins kleinste Detail erzählte.

Sein Mund wanderte an meinem Hals hinunter. Seine Zunge suchte spielerisch ihren Weg bis zu meinen Brüsten und liebkoste meine Brustwarzen. Ich lag auf dem Rücken auf den Decken und bebte vor Erregung. Seine Finger glitten an meinen Seiten hinunter, über meinen Bauch und streichelten dann die Innenseite meiner Oberschenkel. Als ein kühler Luftstrom meine intimsten Stellen berührte, musste ich unwillkürlich zucken.

„Sag mir, was ich mit dir anstellen soll", atmete er einer meiner Brüste entgegen, bevor er sie in den Mund nahm und daran saugte.

Ich bäumte mich auf und war nicht in der Lage dazu,

Worte zu finden, als seine Berührung die Innenseiten meiner Oberschenkel erreichte… so nah und doch so fern.

„Oryn, bitte." Die Wörter sprudelten aus mir heraus und ich ertrank in seinem verführerischen Bann.

„Sprich es aus." Zentimeterweise arbeitete er sich voran, hinterließ eine Spur aus Küssen auf meinem Bauch und machte es sich genau zwischen meinen Beinen gemütlich, nachdem er sie sanft auseinander gedrückt hatte.

Mein Atem stand still und ich biss mir auf die Unterlippe. „Ich…" Es verschlug mir die Sprache, mein Gesicht brannte vor Verlegenheit und ich konnte kaum aussprechen, was ich jetzt wollte.

Er pustete den Scheitelpunkt meiner Beine sanft an, ich wälzte mich umher und verzehrte mich nach mehr.

„Mhm, deine geile Muschi sieht köstlich aus." Seine Zunge leckte neckisch über meine Haut und dann knabberte er an meinen Oberschenkeln.

Ich stützte mich auf meine Ellbogen und schaute zwischen meinen Beinen auf ihn herab. Sein Blick war auf meine intimste Stelle fixiert. Allein dieser Anblick ließ meinen Puls rasen. Ich schluckte den Kloß in meinem Hals hinunter und sagte zu ihm: „Nimm mich."

„Nein, nein. Ich will es hören. Dreckig und sexy."

„Ich weiß nicht wie", flüsterte ich.

Er zwinkerte mir zu und kam noch näher, seine Zunge kreiste über meinem Kitzler. „Doch, das weißt du."

Wellen durchzuckten mich und mein Innerstes zog sich zusammen.

Langsam drang er mit einem Finger in mich ein. „So klebrig und so feucht."

Zum Himmel, wer war dieser Mann? Ich ließ mich auf meinen Rücken fallen, ließ von allen Sorgen ab und dem Teil von mir, der es mir verbot, Schimpfwörter zu benutzen.

Mir war schwindlig vor Verlangen und dieselbe innere Stimme verlangte, dass ich es Oryn erlaubte, mich in seine dunkelsten Fantasien zu entführen. Es war mir egal, dass ich in nur zwei Tagen mit zwei unterschiedlichen Männern geschlafen hatte, und dass ich wohl in den unendlichen Feuern der Unterwelt verbrennen würde. Ich konnte niemandem je davon erzählen, ohne vor Scham einzugehen.

Eine weitere Berührung mit seiner Zunge und ich drückte stöhnend meinen Rücken durch. „Zur Hölle. Leck mich. Verwöhn mich. Fick mich jetzt endlich mit deiner Zunge." Meine Wangen brannten vor Verlegenheit.

Er lachte. „Das ist mein Mädchen." Seine Lippen schlossen sich um meine Knospe und er begann daran zu saugen. Ich stöhnte noch lauter und vergaß meine Schüchternheit komplett. Seine Zunge war so geschickt, während er mit seinen Fingern meinen Eingang verwöhnte.

Meine Fäuste gruben sich in die Decke unter mir und ich verlor mich selbst. Im Moment schmolz ich einfach nur unter Oryns Aufmerksamkeit dahin. Ein Zittern durchfuhr mich, schüttelte mich von innen nach außen. Jede Zungenbewegung machte meinen Atem schwerer.

Er umschloss meine inneren Schamlippen mit seinem Mund und zog an ihnen. Als ich an mir hinabsah, zwinkerte er mir mit teuflischem Ausdruck zu.

„Oh, ja."

„Bring mich nicht dazu, aufzuhören. Fluche für mich."

Es schien schier unmöglich zu Atem zu kommen. „Du machst mich fertig."

Oryn erhob sich, leckte sich über seine feucht glänzenden Lippen und gab mir einen leichten Klaps auf meine Hüfte. „Dreh dich um und zeig mir diesen Arsch."

Jeder Zentimeter in mir brannte und das Inferno zwischen meinen Beinen geriet bei diesem gutaussehenden Kerl außer Kontrolle. „Ich brauche dich.“

Ein sexy Grinsen zog sich über sein Gesicht. „Dreh dich für mich um und versuche es nochmal.“

Was war das mit diesen Wölfen und ihrer dominanten Art…? Sie ließ meine Libido sich in einen Knoten verwandeln. Ich würde jetzt alles tun, was er von mir verlangte. Also drehte ich mich auf meinen Bauch, völlig von Sinnen vor Geilheit.

Oryn spreizte meine Beine und brachte sich zwischen ihnen in Position. Seine Hände glitten über meine Arschbacken und drückten sie zärtlich auseinander. „Mädchen, du bist so verdammt schön.“

Ich wollte mich umdrehen, aber er legte sich auf mich, drückte mich zurück nach unten. Sein heißer Atem blies in mein Ohr und wärmte meine Wange.

„Ich werde deine süße Knospe ficken und du wirst meinen Namen brüllen.“ Sein Schwanz presste sich zuckend gegen meinen Hintern.

„Scheiße, Oryn.“

Seine Worte brachten mich zum Schmelzen. Ich hatte immer die Kontrolle behalten, hatte mein Schicksal in meinen eigenen Händen gehabt. Aber jemand, der so stark und kontrollierend war, brachte mich aus der Fassung. Ich wollte ihn, sehnte mich nach seiner brennenden Liebkosung. Ich konnte nicht mehr warten.

„Fick meine Muschi bis es weh tut.“

„Diese Worte aus deinem Mund zu hören, macht mich geil“, sagte er und glitt an meinem Körper herab, küsste meine Wirbelsäule und biss mir spielerisch in die Arschbacken.

Ich schnappte nach Luft.

Er zog meine Hüften nach oben und mein Hintern

ragte in die Luft. Seine Spitze drückte gegen meinen Eingang und ich neigte mein Becken, um ihn einzulassen.

„Das ist mein Mädchen." Mit festem Griff um meine Hüften drückte er ihn in mich, dehnte mich.

Als er tiefer vordrang schrie ich und genoss jeden verdammten Moment.

„Du bist für immer mein", knurrte er.

Er stieß so schnell und mit jedem Stoß verlor ich den Atem. Fester, stärker, er füllte mich komplett aus.

Lust durchströmte mich im Inneren und ich konnte nicht aufhören, mich zu winden. Die Logik ging über Bord und ich konnte mich nur noch auf diesen einen Punkt konzentrieren, an dem sich unsere Körper verbanden, die klatschenden Geräusche und sein Stöhnen.

Seine Finger glitten entlang meiner Poritze und umspielten meinen Ausgang. So etwas hatte ich noch nie erlebt und ich wollte mehr, aber schließlich ließ mich alles an ihm durchdrehen. Als er mir einen Finger in den Po steckte, schrie ich auf und es durchzuckte mich wie ein Stromschlag.

„Komm für mich."

Krampfend klammerte ich mich an der Decke fest und schnappte nach Luft, als mich ein Orgasmus durchschüttelte. „Scheeeeeiße."

Oryn grunzte, seine Hüften pressten sich gegen mein Fleisch. Er versteifte und explodierte tief in mir. So hielten wir inne, rangen nach Atem, überzogen von Schweiß. Und für diese paar Momente fühlte sich die Welt perfekt an. Wenn es nach mir ging, sollte sich nicht eine einzige Sache verändern.

Als er sich aus mir zurückzog, ließ ich mich auf die Decke fallen und er tat es mir gleich und zog mich in seine Arme. So lagen wir da, Gesicht an Gesicht, so nah, dass ich seine Nase küssen konnte.

"Unglaubl—"

Seine Lippen pressten sich auf meine. „Du hast die süßeste Muschi."

Ich wurde rot. Wenn man bedachte, was wir soeben getan hatten, war es verrückt, dass ich mich so heftig in ihn verknallt hatte. Trotz seiner dreckigen Worte und meinem vor Lust vernebelten Gehirn, war ich diesem Mann verfallen. Mit meinem Kopf gegen seine Brust gekuschelt lauschte ich seinem Herzschlag, im Rhythmus meines eigenen klopfend. In seiner Umarmung fühlte ich mich beschützt, geliebt, als ob mir nichts in der Welt etwas anhaben konnte. Ich verfiel der Fantasie mit zwei wunderbaren Gestaltenwandlern liiert zu sein und redete mir ein, dass sie keine Jäger waren, dass unsere Rassen einander nicht hassten und dass wir es hinbekommen würden.

Aber egal wie sehr dieser logische Mist durch mein Gehirn spukte, ich konnte die Wahrheit, wie ich fühlte, nicht leugnen. Das sollte nicht so sein. Obwohl Oryn mir bestätigte, dass sie ihre Partner teilten, war das fremd für mich—seltsam und doch verlockend.

---

„Wach auf", flüsterte Oryn in mein Ohr. „Wir müssen gehen."

Die Erschöpfung hatte meinen Verstand fest im Griff, aber ich richtete mich auf. Das Feuer war erloschen und feine orange Strahlen drangen von draußen durch den Wasserfall. Es war Morgen. Oryn nahm mich bei der Hand und half mir auf die Füße. Die Decke glitt von meinem Körper und blieb an meinen Knöcheln liegen.

„Es ist Zeit zu gehen, meine Hübsche." Er küsste mich auf die Stirn und führte mich zum Rand der Lagune.

„Kann ich die Decke bitte mitnehmen?" fragte ich, noch

immer nicht ganz bereit nackt durch die Gegend zu laufen. Vielleicht war es ja kein Problem für die Gestaltenwandler… für mich war es das aber. Oryn wartete aber nicht und hatte schon einen Schritt ins Wasser gemacht, als er sich zu mir umdrehte. „Komm zu mir, ich trage dich hinüber. Das wird schneller gehen."

Ich gab keine Widerworte, denn ich war mir sicher, wenn ich es alleine versuchte, würde mich der Wasserfall unter sich begraben und ich war ja schon gestern fast ertrunken. So ließ ich die Decke zurück und schritt in die Lagune. Eiseskälte wanderte an meinen Beinen hinauf. „Es ist so kalt."

Oryn hob eine Augenbraue, als ob solch ein Protest unter seiner Würde war, aber ohne ein weiteres Wort zu sagen nahm er mich auf den Arm, als wäre ich ein Fräulein in Not. Naja, vielleicht war ich das ja, also wehrte ich mich nicht dagegen.

„Wir beeilen uns, das verspreche ich dir." Und schon ging es los. Ich hielt mich an ihm fest und wir eilten durch das auf uns herabstürzende Wasser. Binnen Sekunden waren wir im Freien. Wie ein Bulldozer durchbrach er das schäumende Wasser, welches auf meinen Brustkorb spritzte und meine Brustwarzen hart werden ließ. „Du kannst mich hier herunterlassen", sagte ich. "Gibst du mir bitte einen Moment für mich alleine?"

Er starrte mich begriffsstutzig an, aber dann, als er verstand, weiteten sich seine Augen. „Beeile dich." Er stieg aus dem Fluss und beobachtete den Wald. Zum Glück stand er mit dem Rücken zu mir gewandt.

Ich erleichterte mich geschwind und wusch mich rasch. Niemals hätte ich es für möglich gehalten, in der Öffentlichkeit vor den Augen eines Kerls zu pinkeln. Ja, soweit war es jetzt gekommen.

Als ich den Fluss verließ und bei Oryn ankam, nahm er

meine Hand in seine und wir marschierten in Richtung der Wälder. Ich mochte seine Art des Überbeschützens; irgendetwas daran löste in mir ein Gefühl der Albernheit aus. Die morgendliche Sonne strahlte auf meine Schultern, wärmte mich und in der Ferne sangen die Vögel. Es gab keine Spur der Wölfe mehr. Perfekt. Der leichte Duft von Tannengrün lag in der Luft. Wüsste ich es nicht besser, hätte ich gedacht, wir wären in Terra.

Oryn inhalierte die Luft und drehte in Richtung eines ansteigenden Hangs einer Klippe ab, entlang des Waldes auf der einen Seite und dem Fluss auf der anderen. Wir liefen durchs Gras anstelle von Laub und Steinen… dort hätte ich mir meine Fußsohlen schwer verletzt.

„Danke", sagte ich.

Er hielt inne und sah sich um, bevor er mir seine Aufmerksamkeit widmete. „Wir müssen ruhig sein und schnell vorankommen", erwiderte er. „Aber aus reiner Neugier, bedankst du dich bei mir für den Sex oder dafür, dass ich dich beschütze?" Er grinste.

Ich stupste ihn am Arm an. „Du wirst es nie erfahren. Jetzt lass uns weitergehen."

Oryn antwortete mit einem Nicken, lief weiter und zog mich neben sich her. Auf halbem Weg nach oben konnten wir in der Ferne Geheul hören, ich zuckte zusammen und stieß in seine Seite als er innehielt.

Schnell eilten wir nach oben und in mir breitete sich Panik aus. Ich blickte über meine Schulter, in Erwartung jeden Moment die Wölfe hinter uns zu erblicken, die uns jagten. Das brauchten wir jetzt auch noch. Wir hatten die Option, tiefer in den Wald zu rennen, wo wir leichte Beute waren oder von der Klippe in den Fluss zu springen. Keine dieser beiden Möglichkeiten besänftigte die wachsende Angst in meinem Inneren.

Ein Knurren kam aus den Tiefen des Tannenwalds.

Wir legten einen Zahn zu, rannten jetzt und ich legte einen Arm um meine Brüste, da ihre hüpfenden Bewegungen mich ablenkten—und offensichtlich auch Oryn, der in meine Richtung starrte.

Fast oben angekommen wurden seine Schritte schneller. Meine Atemzüge wurden kürzer und heiser. Wind verfing sich in meinem Haar und trotz der Kälte rannte Schweiß meinen Rücken herab.

Vor uns, ungefähr sechs Meter entfernt, traten zwei braune Wölfe aus dem Wald. Der eine knurrte und sein Nackenfell stand zu Berge.

Oryn blieb stehen, drückte mich mit einem seiner Arme hinter sich. „Wenn ich sage *los,* dann rennst du zum Haus."

Mein Magen sackte mir in die Knie und mein Puls setzte für einen Schlag aus.

Als hinter uns etwas aufjaulte wirbelte ich herum und stand einem weiteren dunklen Wolf gegenüber, der sich aus den Wäldern an uns herangeschlichen hatte.

Ich zitterte und ein gedrungener Schrei verließ meine Lippen.

„Wohin sollen wir gehen?“ Die Worte sprudelten aus mir heraus und ich klammerte mich an Oryns Arm fest. Es widerstrebte mir, so schutzlos zu sein und es war nicht im Geringsten förderlich, dabei auch noch nackt zu sein.

Oryn und ich standen Rücken an Rücken, dicht aneinandergepresst und eine eisige Brise wehte durch mein Haar. Mit dem Wald auf der einen Seite und einer steilen Klippe über den Fluss ragend zur anderen, umzingelten uns drei Wölfe.

Ich konnte spüren, wie Oryns Haut zuckte. Er konnte vielleicht gegen einen oder zwei Wölfe kämpfen, aber der dritte würde mich sicher erwischen. Wieso nur versuchte alles im Bau mich zu töten, wenn es die Möglichkeit dazu bekam? Wenn ich diesen Wald lebendig verließ, war ich mir nicht sicher, wie ich mich je wieder sicher fühlen konnte, wenn ich alleine einen Wald durchqueren sollte.

Ein Stromschlag schnellte meine Wirbelsäule hinauf und ich drehte mich um. Oryn hatte sich in seine Wolfsform verwandelt... Ich konnte es in meinem Fleisch spüren, ein Beweis dafür, wie meine Gabe mich beeinflusste. Ob die Gestaltenwandler einen Zauber anwandten, um sich zu verwandeln? Es wäre eine Erklärung dafür, warum Oryn sowie auch Nero auf meine Berührung reagiert hatten.

Er schmiegte seinen Kopf gegen meinen Oberschenkel. Mit den Wäldern im Rücken widmete ich meine Aufmerksamkeit den Wölfen zu unserer Rechten und Linken. Meine Atmung wurde schneller und ich suchte den Boden nach allem ab, womit ich mich hätte verteidigen können… Stöcke und Kieselsteine. *Super.*

Unter plötzlichem Knurren setzte das Tier zu meiner Rechten zum Sprung an und ich wich zurück.

Oryn schwenkte herum und stürzte sich auf den Feind, ließ mich mit den beiden anderen Bestien alleine, die langsam auf mich zuschritten.

Mein Mund war trocken und ich konnte nicht mehr schlucken. Im Augenblick klang es verlockender, sich von der Klippe zu stürzen. Oryn und sein Angreifer rollten im Gras umher und einer von ihnen jaulte.

„Oryn!"

Ich wich zurück.

Hinter mir konnte ich ein Knurren vernehmen.

Jedes Haar auf meiner Haut stand aufrecht. *Zum Himmel, bitte verschone mich - nur dieses eine Mal!*

Ich gaffte die beiden bösen Bestien an, während sie auf mich zukamen. Ein riesiger weißer Wolf duckte sich hinter mir zwischen zwei überwucherten Büschen. Mein Herz pochte so laut und ich zitterte.

Der Neuankömmling neigte jedoch seinen Kopf in meine Richtung und deutete mit dem Kinn hinter sich. Eine Geste, die ich von jemandem erwartet hatte, der andeuten wollte, dass ich mich aus dem Staub machen sollte. Die Realität schlug zu. Das weiße Fell, kein Angriff, nachdem er sich an mich angeschlichen hatte.

*Nero!*

Ein Freudenschrei wuchs in meinem Hals.

Plötzlich kam das Trampeln von Pfoten auf dem Boden bei mir an. Ich drehte mich um, gerade als zwei Wölfe mit aufgestelltem Fell und entblößten Reißzähnen auf mich zusprangen.

Zitternd wandte ich mich um und stürmte an Nero vorbei direkt in den Wald.

Hinter mir brach alles in Knurren aus.

Mit erhobenen Fäusten drehte ich mich um.

Nero kämpfte gegen beide Wölfe. Er verbiss sich im Nacken von einem der Tiere und trat dem anderen mit seinem Bein ins Gesicht. Als sich der zweite Wolf auf ihn stürzte, jaulte Nero auf.

Mein Herz blieb beinahe stehen, bis ich einen klaren Gedanken fassen konnte und dann zu ihm rannte.

Aber von links schoss etwas Schwarzes vorbei und stieß das Tier brutal zur Seite um Nero zu befreien. Es war Oryn. Jetzt stürzten sie sich beide ins Gemenge und vertrieben die angreifenden Wölfe aus dem Wald. Der Wolf, der sich unter Nero befand, heulte, gab auf und schlich sich fort.

Oryn hielt den anderen Wolf unter sich mit seinen Kiefern an dessen Kehle nieder. Er knurrte angstein-flößend und sah in meine Richtung.

Unfähig, mich auch nur zu bewegen, begriff ich nicht, was er da tat oder was er mir damit sagen wollte. Als der Wolf nachgab, kam es mir… Unsere Unterhaltung in der Höhle, ob meine Fähigkeit einem Wolf bei der Rückver-wandlung helfen konnte, wenn er einen fing.

Schnell kam ich näher und ging hinter dem Tier in die Hocke und besann mich meiner Fähigkeit. Der

Energiefunken leuchtete auf und ich legte eine Hand auf seinen haarigen Rumpf.

Wir warteten.

Nichts. Also streichelte ich mit meiner Hand über sein Fell.

Die weißen Energieblitze zuckten. *Ja.*

Aber sie bogen sich von meinen Fingerspitzen nach oben in Richtung Oryns Gesicht. Sofort ließ er ab und sein Körper verwandelte sich zurück in einen Menschen.

„Nein!" Ich wich vor dem wilden Wolf zurück, der sich auf seine Beine kämpfte, mich ansah und bösartig knurrte.

Nero stürzte sich sekundenschnell zwischen uns und schnappte mit seinen Zähnen nach der Kreatur. Der Wolf rannte weg.

Ich taumelte gegen einen Baum und meine Beine waren weich von der Angst in meinen Venen. Nero beschnupperte Oryn, der auf seinen Händen und Knien stützte. Sein Fell verschwand und seine Gliedmaßen wuchsen.

„Es tut mir leid, Oryn", sagte ich.

Nero schüttelte sich, seine Nase schrumpfte bereits, während sein Körper in die Länge wuchs. Das Geräusch brechender Knochen begleitete die Ausdehnung seiner Wirbelsäule während sich sein gebogener Körper streckte.

Noch nie hatte ich einen Wolf bei der Verwandlung beobachtet. Niemand in Terra hatte das je zuvor gesehen oder wirklich verstanden, wie diese Transformation geschah. Aber Zeugin dieses atemberaubenden Ereignisses zu werden, ließ mich die Schönheit dieser scheinbar mühelosen Wandlung ihrer Körper betrachten.

Die Wölfe waren spurlos verschwunden und an ihrer Stelle standen zwei perfekte Exemplare von Männern, die sich nackt aufrappelten.

Oryn war größer und kräftiger als Nero, was mich dahinschmelzen ließ, aber Neros jugendlicher Charme und sein Zwinkern ließen das Feuer meiner Libido entfachen. Beide waren auf ihre eigene Art perfekt. Wie aber konnte ich mich zu beiden gleichermaßen hingezogen fühlen?

Ihre Arme und Schultern waren mit frischen Kratzern und Bisswunden übersät, aber keine davon sah lebensbedrohlich aus.

Nero kam auf mich zu und mein Puls schoss in die Höhe. Seine Hand glitt über meinen Rücken und er zog mich an sich. „Ich hätte es mir denken sollen, dass Oryn auf dich Acht gibt. Die ganze Nacht habe ich nach dir gesucht. Ich war krank vor Sorge."

Ich blickte an ihm hoch und konnte die Beunruhigung in seinen Augen sehen. „Das hast du für mich getan?"

„Kleines Lamm, ich würde die ganze Welt durchkämmen, um dich zu finden." Er hielt mich fest. „Und mir gefällt dieser *ich laufe jetzt nackt herum* Look. Steht dir, du sexy Mädchen."

Ich lief rot an und drückte mich an ihn.

Oryn kam zu uns und Nero klatschte ihm auf die Schulter bevor er sprach. „Wie bist du deiner Wolfsform entkommen?"

„Sharlot hat etwas Magisches an sich." Er näherte sich mir und seine Hand ergriff meinen Hintern und ich erwiderte seinen Blick. Die Sinnlichkeit stand in seinen Augen.

Nero sah mich an und sagte: „Sharlot". Dann grinste er.

Ich verdrehte die Augen und lächelte zurück.

Meine Güte, was war hier los? Ich mit zwei Kerlen? „Also." Ich schluckte den Kloß in meinem Hals hinunter. „Diese Sache… zwischen uns dreien." Ich zerbrach mir den Kopf auf der Suche nach den richtigen Worten, aber es kam nichts dabei heraus. Mir war ja selbst noch nicht mal klar, was ich davon halte sollte, außer dass ich von keinem dieser beiden Männer getrennt sein wollte.

„Lasst uns erst mal zum Haus zurückkehren.“ Oryns ernste Stimmlage setzte ein und seine autoritäre Art übernahm jetzt die Kontrolle.

„Natürlich. Wenn ich niemals mehr einem angreifendem Wolf begegnen werde, dann sollte ich ein sehr glückliches Leben haben“, sagte ich.

Wir bewegten uns im Gleichschritt durch den Wald, die Männer zu meinen Seiten, schnellen Schrittes und meine Füße schmerzten von den spitzen Steinen und Zweigen. Aber mich lenkten diese anderen Gefühle ab, dieser neu gefundene Reiz, dass mich gleich zwei Männer anhimmelten, als wäre ich aus Zucker! Ich! Das Mädchen, das noch nicht mal eine Verabredung zum jährlichen Dorffest bekommen konnte, während Bee sich zwischen acht Verehrern entscheiden musste.

Aber die Realität ließ nicht lange auf sich warten und ich dachte darüber nach, wie ich den Bau verlassen werden müsste, beide Männer verlieren würde und wie die Priesterin meinen Laden wahrscheinlich durch Wachmänner beobachten ließ. Die Freude von vorhin verging und sie wurde von einem schmerzenden Stechen unter meinem Brustbein ersetzt. Was sollte ich nur tun?

Als wir das Haus erreicht und Nero die Tür verschlossen hatte, ließen wir uns auf die Stühle fallen, die Männer um mich herum, und starrten den leeren Tisch an. Ich legte die Arme um mich und Oryn brachte mir eine Decke, die ich mir wie ein trägerloses Kleid umlegte. Dieses kleine bisschen Sittsamkeit ließ mich entspannt in meinem Stuhl zurücksinken.

„Wir haben hier keine Kleidung“, sagte er. „Wir tragen keine und du gefällst mir nackt sowieso besser.“

Ich lachte. „Das ist perfekt so, danke. Auf jeden Fall hat meine Berührung dem wilden Wolf nicht geholfen“, platzte es aus mir heraus, um den offensichtlichen Elefanten im

Zimmer zu vermeiden—dass ich Sex mit zwei Wolfswandlern in zwei Tagen hatte und wir jetzt alle zusammensaßen, als ob das vollkommen in Ordnung war. Klar, Oryn sagte ja, dass ihm das nichts ausmachte, aber was war mit Nero?

Oryn nickte und fuhr sich mit den Fingern durch sein schulterlanges Haar. Man konnte die Sorge in seinem Blick erkennen.

Ich seufzte. „Meine Fähigkeit zeigt nur bei euch beiden Wirkung." Von einem Mann zum anderen blickend, rutschte ich auf meinem Stuhl umher.

„Naja, das ist auch für mich in so vielen Punkten neu. Und ich verstehe meine Gefühle nicht, aber…" Wie sollte man das formulieren? „Ich mag euch beide." Das war bei Weitem die seltsamste Unterhaltung, die ich je geführt hatte und keine, von der ich je gedacht hatte, sie führen zu müssen.

Nero lachte und streichelte meinen Oberschenkel. Ein Kribbeln kroch nach oben. „Warum hörst du dich so besorgt an? Mein Wolf hat dich beansprucht. Als du weg warst konnte ich an nichts anderes denken, als dich zu finden, also weiß ich, dass wir für einander bestimmt sind. Außerdem konnte ich Oryn schon in dem Moment auf dir riechen, als ich dich im Wald gefunden habe… Sein Wolf hat dich auch beansprucht, richtig?"

Ich nickte und senkte meinen Blick.

Oryn legte seine Hand auf meinen anderen Oberschenkel. „Es ist in Ordnung. Für Jäger ist es normal, mehrere Partner zu haben."

Mein Blick wanderte von einem Mann zum anderen. „Also ist das in Ordnung für euch? Für mich ist es das irgendwie nicht."

Die Männer tauschten einen allwissenden Blick aus und es tröstete mich zu wissen, dass sie eine solche

Vertrauensbasis hatten. In mir regte sich das Bedürfnis, dem, was ich wollte, nachzugeben und meine Bedenken zu vergessen.

Nero brach in Gelächter aus, während Oryn sich zu mir lehnte und mich küsste. Seine Wärme schürte mein Feuer an. „Du bist in Sicherheit und du gehörst uns", sagte er. „Mach dir keine Sorgen."

„Wir sind Wolfsbrüder", begann Nero. „Ich würde mein Leben riskieren, um Oryn zu retten, genauso wie deines. Wir sind miteinander verbunden, wir drei."

Okay, jetzt kam die Aufregung von vorhin dreifach zurück, denn technisch gesehen hatte ich jetzt zwei Freunde, oder? Oh je, Bee würde mich mit dreckigen Witzen überhäufen, wenn sie davon hörte.

„Also wie funktioniert das jetzt? Gehen wir miteinander aus?"

Nero zerzauste mein Haar und kam für einen Kuss näher, weich und leidenschaftlich. „Du bist einfach zu süß. Wenn aber ein Wolf sich seine Partnerin aussucht, dann ist das fürs Leben. Wir sind schon viel weiter als Ausgehen, kleines Lamm."

So saß ich da und versuchte seine Worte zu verarbeiten. Fürs Leben! Das machte mir Angst, diese ganze Verpaarungsgeschichte ging mir viel zu schnell. Sie waren Gestaltenwandler, das mag also vielleicht für sie ganz natürlich sein, aber für mich… Meine Atmung wurde schneller. Wem machte ich was vor? Allein der Gedanke daran, nach Terra zurückzugehen und die Männer zurückzulassen, legte eine unsichtbare Fessel um mein Herz.

„Was, wenn…?", begann ich. „Was, wenn das, was wir fühlen, meine Fähigkeit ist, die eure Wölfe verrücktspielen lässt? Sie verwirrt?"

Oryn pflückte einen Zweig aus meinen Haaren und zog mich rückwärts zu ihm hin. Er legte seinen Arm um meine

Schultern und küsste meine Stirn. „In der Höhle konnte ich unsere Verbindung spüren, mein Wolf erwachte, öffnete sich, um dich in unserer Verbindung willkommen zu heißen. Das ist real, so etwas habe ich noch nie zuvor gespürt und alles in mir verlangt, dass du mein bist. Ich habe keine Zweifel. Es ist mir egal, ob du eine von uns bist. "

Nero hob meine Füße auf seinen Schoß und massierte meine Fußsohlen auf eine Art, die mich weich wie Butter werden ließ. Nun, daran könnte ich mich gewöhnen.

„Süßes Lamm, als du verschwunden warst, habe ich nach dir gesucht, und wenn ich dich nicht gefunden hätte, wäre ich durchgedreht. Dich zu verlieren ist keine Option. Du bist auch meine."

Mir fiel keine Antwort darauf ein, nur ein Tornado aus einer Million Fragen tobte durch meinen Kopf, von meinem Verlangen nach den Gestaltenwandlern bis hin zu der Frage, ob ich in ein neues Zuhause ziehen musste und sogar, ob ihr Rudel mich akzeptieren würde… Zum Himmel, das waren verrückte Gedanken und mein Gehirn begann zu schmerzen bei dem Versuch, aus ihnen etwas Sinnvolles zu machen. Zu viel war zu schnell geschehen und mein verwirrter Verstand war noch nicht so weit. Klar, ich wusste ohne jeden Zweifel, dass diese Anziehung zu den beiden mich fest im Griff hatte. Und bereits die geringste Zuneigung von ihnen entfesselte mich. Aber ich sollte sie besser kennenlernen, denn so eine Bindung war etwas Bedeutsames.

Großmutter hat immer zu mir gesagt, ich solle mir mit einem Mann Zeit lassen. Wenn ich den richtigen fand, dann würde ich es spüren. Und für mich waren das Nero und Oryn. Es war mir nicht möglich, mir ein Leben ohne sie vorzustellen. Aber wie konnte ich in einer solch kurzen Zeit so eine Hingabe verspüren?

Ich nahm meine Füße von Neros Schoß und befreite mich aus Oryns Armen. Beide Männer starrten mich an und mein größter Wunsch war es, in ihren Umarmungen zu bleiben, über ein Zuhause in den Wäldern zu sprechen und alles andere zu vergessen. Neros Tricks in der Küche interessierten mich und Oryns Talent fürs Fährtenlesen. Aber was sollte aus meinem Laden werden? Meinen Freunden? Den Leuten, denen ich mit meinen Kräutern half?

Die Wände um mich herum kamen immer näher. Es stand nicht zur Debatte, nach draußen zu gehen, um etwas frische Luft zu schnappen, da diese fiesen Wölfe umherstreiften und so sehr es auch in mir brannte, nach Hause gebracht zu werden, weigerte ich mich, von ihrer Seite zu weichen. So etwas nennt man dann wohl einen wandelnden Widerspruch.

Mir fiel wieder Dagen ein und dass ich nicht einen einzigen Gedanken an ihn verschwendet hatte, seit wir zurück waren. Ich hatte ihn verletzt und es war meine Verantwortung ihm zu helfen.

„Ich werde nach Dagen sehen." Ohne auf eine Antwort zu warten verließ ich rasch das Zimmer und lief den dunklen Korridor entlang in Richtung des kranken Gestaltenwandlers, der meine Fürsorge benötigte. Ja, darum würde ich mich jetzt kümmern. Meinen Fokus auf seine Heilung richten und versuchen, das Chaos in meinem Kopf zu sortieren, bevor ich etwas Verrücktes tat, wie beispielsweise direkt mit ihnen zusammenzuziehen.

# KAPITEL ZWÖLF

„Also", begann ich, während ich mich über Dagen lehnte, der noch immer bewusstlos war. „Seit wir uns das letzte Mal unterhalten haben ist eine Menge passiert. Verrückte Sachen, über die du laut lachen würdest. Würdest du mir glauben, wenn ich dir sage, dass ich mit deinen beiden Freunden geschlafen habe und sie mich beide als die ihre beansprucht haben?" Ich schüttelte mit dem Kopf. „Ich sagte doch, verrückte Sachen." Aber nachdem was Nero mir über die Jäger und ihre Polygamie erzählt hatte, war es wahrscheinlich, dass Dagen seinen eigenen Harem besaß.

Während er im Koma lag konnte er mich nicht hören und es bereitete mir Erleichterung, jemandem davon erzählen zu können, ohne dafür verurteilt zu werden. Ein Teil von mir aber fühlte sich, als sollte er verurteilt werden. Mist, jeder in Terra würde denken, mir waren Teufelshörner gewachsen, wenn sie Wind davon bekamen, was ich hier getan hatte.

„Und das Seltsame daran ist, dass ich nicht aufhören kann, an die beiden zu denken." Ich durchkämmte Dagens

Haar mit meinen Fingern und strich ihm die längeren Strähnen aus dem Gesicht. „Es ist, als hätten sie mich hypnotisiert, während meine Augen weit auf sind und ich kann mich nicht dazu bewegen, zu gehen. Das ist doch verrückt, oder?" Ich seufzte und betrachtete den Wolfswandler mit seinen blassen Wangen. Sein Bart aber war dichter geworden. Er war unglaublich attraktiv.

„Das muss zwischen uns bleiben, aber wenn du wach wärst, würde ich gerne von deinen Lippen probieren." Kaum hatten die Worte meinen Mund verlassen lief ich rot an und ich ließ mich auf den Hocker neben dem Bett plumpsen. Bei Gott, was war aus mir geworden? Gab es einen einzigen Wolfswandler, der vor meiner Libido in Sicherheit war?

Kontrolle—die fehlte mir komplett.

Seine Verbände waren getrocknet und wo sich zuvor Blutflecken befanden, war der Stoff nun weiß. Nero musste sie gewechselt haben. Ich fuhr mit meinem Finger über die freie Stelle an seinem Arm zwischen zwei Bandagen und ein zarter Funke sprang auf seine Haut über.

Das war zuvor nicht passiert und es erfüllte mich mit Aufregung. War das vielleicht ein Zeichen dafür, dass meine Fähigkeit ihn erwachen lassen konnte? Rasch entfernte ich ihm die Verbände von seiner Brust sowie seinen Armen und legte ihm beide Handflächen flach auf seine perfekten Brustmuskeln. Jedes Molekül in meinem Körper knisterte, während ich mich darauf konzentrierte, die Kraft in mir entlang meiner Arme herabzusenden. Ich stellte mir den Fluss der Kräfte vor, wie sie in Dagen eindrangen.

Blaue Energie, geformt wie ein Spinnennetz, bildete sich an meinen Fingerspitzen und kroch über seine Schlüsselbeine, seinen Hals hinauf und über seinen Kiefer.

„Bitte wach auf Dagen."

Mein Fleisch kribbelte.

Funken sprangen über seinen Oberkörper, aber er regte sich nicht. Als ich Oryn in seiner Wolfsform berührt hatte, fing er sofort an zu zittern. Also warum nicht auch Dagen? Vielleicht war an dieser Sache mit den Partnern, die die Jungs erwähnt hatten, ja doch etwas dran. Sie reagierten auf meine Kräfte, weil wir offensichtlich füreinander bestimmt waren. Nicht dass ich jetzt daran interessiert gewesen war, noch einen Mann zu meinem wachsenden Harem hinzuzufügen. Verdammt, ich hörte mich wie eine Verrückte an. Was aber war, wenn er nie mehr aufwachen würde?

Wie er so da lag fraßen mich Schuldgefühle auf, da ich doch gesehen hatte, wie schnell Oryn sich von den Wolfskämpfen erholt hatte.

„Wieso wachst du nicht auf und wirst wieder gesund?" Es stand außer Frage, dass der Wolfseisenhut in meinem kontaminierten Zitrusfluch ihm das angetan hatte. Die Tatsache, dass er noch am Leben war, zeigte, dass nur ein kleiner Teil des Gifts von ihm aufgenommen worden war. Aber dennoch, ich hatte alles für ihn getan, was ich konnte. Und ich war mir nicht sicher, ob ihm etwas von meinen Kräutern helfen würde.

Unruhig ging ich im Zimmer auf und ab. Großmutter hatte mir einmal erklärt, wenn nichts mehr sonst bei Gift half, dann griff sie zur Kohle. Ich könnte ein wenig auflösen und ihm einflößen, aber ich hatte Angst, er würde sich verschlucken und ersticken.

„Was soll ich bloß tun?" Wieder knabberte ich auf meiner Wange herum und erinnerte mich daran, wie leicht sich die Funken bei der Berührung seines Bizeps an meinen Fingern gebildet hatten, während ich heiße Gedanken an ihn hatte. Vielleicht war der Grund dafür, dass Oryn sowie auch Nero auf meine Berührung reagierten, dass meine Absichten sexueller Natur waren.

So sah ich Dagen an. Die Decke bedeckte seine Hüften und es war nicht meine Absicht, ihn nochmal zu begrapschen, aber mein Blick ruhte auf seinen Lippen. „Okay, ich werde etwas versuchen, aber du darfst mir nicht böse sein. " Ich musste über mich selbst, und wie verrückt das klang, lachen.

Aber diese Gedanken verdrängte ich jetzt und konzentrierte mich wieder auf die perfekten Wölbungen seiner Wangenknochen, die honigfarbenen Bartstoppeln entlang seines starken Kiefers. Sein Hals war so muskulös, damit konnte er Oryn Konkurrenz machen.

Ich lehnte mich näher über ihn. „Bitte Dagen. Wach auf, wenn du mich hören kannst. Es tut mir leid, dass ich dir wehgetan habe.“

Meine Lippen berührten sanft seine trockenen Lippen, ich atmete aus und entspannte mich.

Zwischen uns kam es zu einer Entladung, die mich zurückstieß. Ich rang nach Luft, aber starke Hände hielten meine Handgelenke fest und zogen mich zurück nach vorne. Meine Beine gaben unter mir nach und ich fiel quer übers Bett.

Dagens Finger bohrten sich in mein Fleisch und er schlug seine Augen auf. Zum Vorschein kamen die atemberaubendsten, saphirgrünen Regenbogenhäute.

Beim Versuch, wieder Fuß zu fassen, löste sich die Decke von meinem Oberkörper und fiel zu Boden.

Ein Knurren entwich seiner Brust und obwohl ich voller Freude über sein Erwachen hätte sein sollen, ängstigte mich der Hunger in seinem Blick zu Tode. Es erinnerte mich an die Wölfe von draußen, die Exemplare, die mich töten wollten.

„Dagen, lass mich los!“ Ich versuchte mich zu befreien

und griff nach meiner Decke, aber sein Griff wurde nur fester und die Angst durchfuhr mich.

„Wer bist du?" Seine dunkle Baritonstimme hatte eine raue Nuance. Er entriss mir die Decke und warf sie quer durchs Zimmer.

„Mein Name ist Scarlet." Ich drehte mich zur Tür um und schrie: „Nero, Oryn, ich brauche eure Hilfe. Dagen ist aufgewacht!"

Es dauerte aber keine zwei Sekunden, bis er auf seinen Beinen war und die Bandagen von seinen starken Beinen abfielen. Sein Griff lockerte sich nicht. Er schob mich rückwärts und überragte mich bei Weitem.

„Warum ist ein Mensch in unserem Zuhause?"

„Bitte." Ich schauderte, überzeugt davon, dass Dagen mich in Sekundenschnelle in Stücke reißen würde.

„Oryn!" Ich kreischte. „Nero!"

Dagen warf einen Blick über seine Schulter und atmete die Luft ein. „Es scheint, als ob wir beide alleine im Haus sind."

„Was? Nein, sie sind in der Küche. Sie werden dir die Wahrheit erzählen. Ich bin hier, um dir zu helfen, dich gesund zu machen."

Er kaufte es mir nicht ab. Ein Grinsen entstand auf seinem geöffneten Mund und brachte weiße Zähne zum Vorschein. „Im Wald hast du mich angegriffen. Jetzt erwartest du von mir, dass ich dir glaube, dass du mich gerettet hast? Vielleicht bin ich noch benebelt, aber ich bin kein Narr."

Meine Arme schmerzten unter seinem Griff. Zum Teufel, wenn er in dieser Form noch benebelt war, dann hätte er bei vollem Verstand sicher direkt mein Herz herausgerissen.

„Du bist nicht so klug, wie du denkst", sprudelte es aus mir heraus, unsicher was ich als Nächstes sagen sollte.

Unmittelbar danach bereute ich meine plötzliche Kühnheit. Unter seinem durchdringlichen Blick ging sie im Nu ein. Aber diese grünen Augen… ich konnte mich in ihnen verlieren, für alle Ewigkeit, in seinen Armen sterben, solange ich hier bleiben konnte. Wie verrückt meine Gedanken auch waren, mein Körper zitterte voller Vorfreude.

„Ich werde dir nicht wehtun", versicherte ich ihm.

Der Schmerz in meinen Armen ließ nach, als er seinen Griff lockerte und ich hob eine Hand und berührte seine Brust in der Hoffnung, dass eine Verbindung zwischen uns entstehen würde, die helfen konnte, ihn zu beruhigen.

Die Energie sprang von meinen Fingerspitzen über und verteilte sich wie es vorhin schon geschah.

Sein Körper zuckte und er stolperte rückwärts. Sein Blick wanderte an seinem Körper herab. Sich verengende Augen starrten mich an und ein Knurren ertönte aus seinem Hals. Seine Schultern wölbten sich nach vorne. Genau wie ich es bei Oryn beobachtet hatte, als er in der Höhle die Kontrolle verlor.

Meine Atmung glich einem Marathon und meine Lungen waren dabei den Wettstreit zu verlieren. Seitwärts schob ich mich entlang der Wand und jeder Zentimeter meines Körpers zitterte.

„Was hast du getan?", brüllte er mich an.

„Bitte tu mir nicht weh." Mein Blick fiel auf die wenige Meter entfernte Tür.

Er schüttelte seinen Kopf und schlug sich seinen Handballen gegen die Schläfe.

Flucht war meine einzige Möglichkeit zu überleben. Und wo zur Hölle steckten diese Kerle? Ja, sie würden ihren Freund bei Bewusstsein und mich tot auffinden. Ein erstickter Schrei kam über meine Lippen.

*Bastarde!* Oh, scheinbar fluchte ich nur, wenn ich dem Tod ins Auge blickte.

Ich drehte mich um und rannte los, aber er war so schnell, dass meine Sicht verwischte. Er stieß mich gegen die Wand und drückte mich an den Schultern mit dem Gesicht zur Wand. Sein heißer Atem kroch durch meine Haare, als er in mein Ohr flüsterte: „Du willst also nochmal meine Lippen kosten?"

„Moment, was?" Der Versuch, mich umzudrehen, war vergebens, da er sein ganzes Gewicht gegen meinen Rücken stemmte und mich beinahe erdrückte. „Wenn du mich hören konntest, als du bewusstlos warst, dann weißt du doch, dass ich nicht dein Feind bin."

„Das kann schon sein, aber im Moment interessiert es mich, warum dein Geruch meine Sinne vernebelt. Warum manche deiner Gedanken in meinem Kopf umher spuken. Warum alles, woran ich denken kann, ich bin, wie ich dich ficke. Außer, dass ich es nicht mit Menschen treibe!"

Mit an die Wand gepresster Wange und seinen an meinen Hüften hoch wandernden Händen, erhob ich meine Stimme um ihm klar zu machen, dass ich kein Schwächling war. „Eingebildetes Etwas! Und ich treibe es auch nicht Gestaltenwandlern." Verdammt, ich war die schlechteste Lügnerin der Welt.

Sein Lachen verursachte eine Gänsehaut bei mir, eine, die direkt zum Scheitelpunkt meiner Beine kroch. Himmel! Dieser Jäger konnte mir den Kopf abreißen und ich stand hier und erstickte an meiner Geilheit.

„Darum ist der Geruch meiner Freunde auch überall an dir." Er strich mir das Haar seitlich aus dem Gesicht und seine Bartstoppeln kratzten an meiner Wange als er mir antwortete: „Versuchen wir es nochmal? Was hast du mit mir gemacht?"

„Ge-Geheilt habe ich dich. Aber das ist schon in

Ordnung, du musst es mir nicht danken. Gott behüte du würdest Dankbarkeit zeigen."

Für einen Moment erstarrte er, aber er wich nicht zurück. „Und die Magie in deiner Berührung? Hast du einen Täuschungszauber auf mich gelegt, damit ich deiner Verführung verfalle, bis du fliehen kannst? Ist es das, was du auch meinen Wolfsbrüdern angetan hast?"

Mein Mund öffnete sich, aber zu Anfang kam kein Ton heraus. Diese Möglichkeit hatte ich noch gar nicht in Betracht gezogen, aber sie war es wert, darüber nachzudenken. „Ich will dich nicht verletzen."

„Ich kann die Lügen in deinem Schweiß riechen."

„Weil du mich zerdrückst und ich kaum atmen kann, du Psycho-Gestaltenwandler!"

„Jäger", knurrte er mir ins Ohr.

„Okay, Jäger. Jetzt lass mich los", schrie ich.

Als das Gewicht seines Körpers nachließ, drehte ich mich um, er aber verweilte so wie er war, seine Arme rechts und links von mir gegen die Wand gestemmt, und starrte auf mich herab.

Sein Mund presste sich gegen meinen, hart und nichts verzeihend. Seine Zunge stieß in meinen Mund vor, spielte mit meiner und so sehr ich ihm auch in die Eier treten wollte, irgendetwas passierte gerade.

Ein euphorisches Pulsen durchzuckte meine Innereien, suchte sich seinen Weg nach unten und mein Herzschlag war eine Bombe in meiner Brust, bereit zu explodieren. Ich hasste seine Ungestümtheit und konnte zugleich nicht genug davon bekommen. Was war nicht in Ordnung mit mir? Seine Steifheit presste sich gegen meinen Bauch und mich überkam das Verlangen nach unten zu fassen, um sie zu spüren.

„Ja, fasse mich dort an", flüsterte er in meinen Mund.

Was? Das ist doch, was ich gerade gedacht hatte?

Er küsste mich erneut, stahl mir meine Worte, nicht aber meine Gedanken. Konnte er sie lesen? Das war mir zu viel, ich stemmte meine Hände gegen seine Brust und drückte ihn von mir weg.

Nun leckte er sich über seine Lippen. "Ich weiß nicht wie, aber du bist in meinem Kopf. Ich kann Teile deiner Gedanken hören, hier und da einige Wörter."

„Wie?" Außer dem klopfenden Puls in meinem Kopf konnte ich nichts hören.

„Sag du es mir", begann er. „Du bist die Magierin. Und wenn du schon dabei bist, erkläre mir auch gleich warum du mich dazu verzauberst, dich zu begehren, wo ich doch niemals einen abscheulichen Menschen wollen würde."

Die Aufregung von gerade eben verschwand und ich fühlte mich schmutzig und leer. Ich wurde in meinem Leben schon vieles genannt, aber noch nie ,abscheulich‘, und dazu noch von jemandem, den ich soeben geküsst hatte.

„Abscheulich? Entschuldige bitte." Ich hob mein Kinn, um im Vergleich zu diesem eins neunzig großen Mann mit verdrehtem Gesichtsausdruck größer zu erscheinen. „Es gibt so viele schlimmere Dinge, als die ich dich bezeichnen könnte dafür, dass du mich bedroht hast, nachdem ich dich geheilt habe."

„Du hast mich in diese Situation gebracht", konterte Dagen.

Ärger mischte sich in meine Antworten, da ich diesen Dominanzmist der Wölfe langsam satt hatte. „Du hast mich in den Wäldern angegriffen!"

Seine buschigen Augenbrauen erweichten.

„Okay, vielleicht nicht direkt *angegriffen*, aber wie hätte ich es besser wissen können, wenn drei Wölfe hinter mir her sind?"

Sein Brustkorb hob und senkte sich schnell, seine Geduld schwand rasch.

„Ich habe mich selbst verteidigt. Warum also bist du wütend auf mich?" Mein Blick fiel auf die geöffnete Tür.

Mit Sicherheit würden Nero oder Oryn jeden Moment kommen und ihren mürrischen Freund wach vorfinden.

„Weil kein Mensch hier sein sollte. Ihr tötet alles was sich bewegt, alles was ihr nicht begreifen könnt."

Ich verschränkte meine Arme vor der Brust. „Ist das so? Bedeutet das also, dass ich annehmen kann, dass alle Wölfe sadistische Monster sind, die alles und jeden töten ohne eine Spur von Gnade, genau wie die, die dort draußen umher streifen?"

Er knirschte mit den Zähnen. Es war ein klickendes Geräusch. „Das ist eine Abnormalität in Oryns Rudel."

*Heuchler.* „Und welcher Mensch auch immer dich in der Vergangenheit so wütend gemacht hat war eine Ausnahme und das spiegelt in keinster Weise wider, wer ich bin."

Die eine Ecke seiner Oberlippe bog sich nach oben und ein tiefes Knurren donnerte in seiner Brust. Okay, er mochte es wohl nicht, wenn man ihm aufzeigte, dass er falsch lag.

„Offensichtlich hast du keine Ahnung, wozu deine Rasse in der Lage ist. Die unzähligen Wölfe, die sie gejagt und bei lebendigem Leibe gehäutet haben."

Ich schluckte den Kloß in meinem Hals hinunter. Diese Grausamkeiten lagen bereits Jahrzehnte zurück.

„Ja, aber diese barbarischen Taten werden immer noch begangen", gab er laut als Antwort auf meine Gedanken zurück. „Beim letzten Vollmond fanden wir zwei geschlachtete Wölfe auf unserem Land und die Schnitte stammten von menschlichen Klingen."

„Hör auf meine Gedanken zu lesen." Ich konnte nicht glauben, was er da sagte, obwohl die Priesterin die Wölfe wie die Pest hasste. Was also, wenn…?

„Eure Priesterin muss sich für eine Menge verantworten."

Ich zupfte an einem Hautfetzen an meinem Finger. Es war mir nicht möglich sie zu verteidigen, da ich ihre dunkle Seite gesehen hatte. Nicht in tausend Jahren konnte ich glauben, dass sie ein heiterer Sonnenschein war. Aber schlachtete sie Wölfe ab? Das war gegen den Friedensvertrag, den alle Königreiche vor Jahrhunderten abgeschlossen hatten, als sie voneinander unabhängig wurden. Wieso würde sie die Todesstrafe riskieren? Die einzige Regel, die die Territorien in Schach hielt, war, niemanden umzubringen.

„Man wird sie wie jeden anderen auch zur Verantwortung ziehen", knurrte er.

„Falls du ihr diese Taten vor jedem Rat aller Königreiche nachweisen kannst", sagte ich, ungläubig, dass ich sie zu verteidigen versuchte, aber die Regeln waren eindeutig.

„Oryn hat die Priesterin dabei beobachtet, wie sie dabei zusah, als ihre Wachmänner einen Wolf ermordeten. Der Tod wird sie holen." Seine Stimme wurde finster und ich hatte keine Zweifel daran, dass er es ernst meinte.

Ich war mir nicht sicher, wie ich mich fühlen sollte, da ich Mord nicht guthieß, aber wenn das, was er sagte, wahr war, dann musste die Priesterin ihren Thron abgeben oder in einem ihrer Verliese eingesperrt werden.

„Und nun?" Ich versuchte die Stille zu brechen.

Als ich mich zur Tür drehte und darüber nachdachte, dass dies mein Ausweg sei, ergriff Dagen mein Handgelenk und zwang mich, ihm in die Augen zu sehen. „Wir sind hier noch nicht fertig. Erzähl mir von deiner Magie und wie sie mich kontrolliert."

Ich rümpfte meine Nase und fing an wütend zu werden. „Wenn ich dich kontrollieren könnte, hätte ich dann solch eine Angst vor dir? So führst du also dein Rudel an? Durch Furcht?"

Sein Griff zog sich fester. „Du weißt gar nichts über mich."

Diese Sache in mir mit der gespaltenen Persönlichkeit von Dagen, ihn zu begehren, umspringend zu ihn satthaben—das fing an mir auf die Nerven zu gehen. Ich entriss ihm meine Hand.

„Schau, ich kann dich verstehen, du hasst mich, in Ordnung. Das heißt aber nicht, dass ich dir erlauben werde, mich wie ein Stück Scheiße zu behandeln." Ich drehte mich auf den Hacken um, schnappte mir die etwas entfernt liegende Decke und marschierte zur Tür hinaus in den Flur.

Ja, *arrogant* und *heuchlerisch* passten perfekt auf Dagen. Ich hätte ihn bewusstlos bleiben lassen sollen. Da war er viel netter. Und es war mir vollkommen egal, ob er hörte, wie ich das gerade dachte.

Wütend stieß ich die Küchentür auf, aber das Zimmer war leer. Wo waren die Männer? Die Tür nach draußen war geschlossen, also ging ich zurück und schaute im Wohnzimmer mit dem Kamin nach, aber auch dieses war leer. Rasch sah ich mich im Haus um, konnte sie aber nicht auffinden.

„Ich sagte dir doch, dass wir alleine sind." Dagen stand angelehnt am Türrahmen zum Schlafzimmer, komplett nackt, und seine Silhouette wurde vom Kerzenlicht beleuchtet.

„Möchtest Du eine Medaille dafür, dass du Recht hattest?"

Er lachte und ich drehte mich um, bevor ich noch etwas nach ihm warf. Wie konnte ich jemanden zur gleichen Zeit hassen und begehren? War das überhaupt möglich?

Ich stürmte in die Küche, schloss mich darin ein und lehnte mich mit dem Rücken gegen die Tür. Dagen brachte mich vor Wut und vor Wollust um den Verstand. Wie er nackt da stand mit seinem riesigen… Ich rang nach Luft. Wie konnte er es nur wagen mich Abschaum zu nennen?

„Ich kann dich noch immer hören“, rief er von irgendwo im Haus.

„Aaah… Wenn du in meinem Kopf bist, dann weißt du doch, dass ich nicht böse bin“, schrie ich. Es musste etwas geben, um die Erinnerungen aufzuhalten, die außer Kontrolle gerieten. Erinnerungen an seine Steifheit, den Hunger seiner Lippen. Zum Himmel, ich wollte so sehr mehr davon.

Er lachte.

Grantig schritt ich zur anderen Seite der Küche. „Blauer Himmel, Vögel, Kräuter. Pfeilwurz, Kamille, Mutterkraut, Lavendel, Ringelblumen.“ Ich summte ihre Namen in meinem Kopf.

Als die Tür nach draußen aufschlug, hüpfte ich vor Schreck und mir steckte der Atem im Hals fest.

Nero und Oryn strömten von draußen hinein und traten die Tür hinter sich zu. Ein frischer Kratzer klaffte auf Oryns Arm und auf Neros Brust waren auch einige, aber das Blut war bereits geronnen.

„Was ist passiert? Wo wart ihr? Dagen ist verrückt und er hätte mich beinahe getötet.“ Meine Worte bildeten einen endlos langen Satz, da ich ganz außer Atem war.

„Dagen ist wach?“, fragte Oryn, während er hinaus in den Flur eilte.

Neros Blick folgte ihm, aber er kam auf mich zu und strich mir eine Locke hinters Ohr. „Hat er dir wehgetan, kleines Lamm?“

Ich schüttelte den Kopf. „Er wollte es aber.“

„Das würde er nie tun. Es ist einfach seine Art. Zuerst Knurren, dann erst ist er bereit, jemanden kennenzulernen.“

Nero zog mich in seine Arme und ich schmiegte mich an seine Brust. „Wir haben fünfzig Hektar ums Haus herum in jede Richtung abgesucht, um zu sehen, wie viele von Oryns Wölfen in der Nähe sind. Beinahe zwanzig. Einige konnten wir verscheuchen."

Dieser simple Gedanke ließ mich meinen Körper noch näher an ihn pressen und doch blieb ich auf die vorherige Begegnung im Schlafzimmer konzentriert. „Dagen hasst Menschen, nicht wahr?" Ich sah an Nero hinauf. „Und warum sind so viele Wölfe so nah am Haus? Wenn sie einbrechen würden, dann könnten sie euch drei leicht überwältigen."

„Du machst dir zu viele Sorgen. Das Haus ist stabil und es wird kein Wolf hereinkommen. Und um auf Dagen zu sprechen zu kommen, er hatte einige unglückliche Begegnungen mit Menschen und er ist daher sehr misstrauisch, was eure Rasse angeht."

Ich kaute auf meiner Wange. *Wundervoll.* Ganz gleich worauf meine Hormone bestanden, ich würde mich von ihm fernhalten. Und vielleicht hatte meine Fähigkeit Einfluss auf diese ganze Paarungssache, unter anderen Umständen würde ich doch in Dagen nichts anderes als einen Feind sehen? *Oh, scheiße!* Keine Gedanken dieser Art mehr solange er meine Gedanken lesen konnte. Basilikum, Rosmarin, Hühnersuppe.

Mein Magen knurrte.

„Bist du hungrig?", fragte Nero mich.

„Ich könnte gerade ein ganzes Pferd verspeisen."

Er lächelte mich an. „Das kann ich dir nicht anbieten, aber wie klingt etwas Kanincheneintopf? Ich habe heute Morgen eins gefangen, während ich auf der Suche nach dir war."

„Ja und ich werde dir dabei helfen." Ich tat alles, um meine Gedanken davon abzulenken, dass alles immer schlimmer wurde, je länger ich im Bau blieb.

Als Dagen und Oryn in der Küche erschienen, lachte Nero und ging auf seinen Freund zu. Sie stießen ihre

Fäuste aufeinander und gaben sich eine Männerumarmung, klopften einander auf den Rücken.

„Dagen, ich war nie glücklicher dich zu sehen", begann Nero. „Sogar mehr als damals, als diese Gruppe von Fuchswandlern dich entführte hatte."

Oryn brach in Gelächter aus, nahm Dagen in den Schwitzkasten und rubbelte seinen Kopf. „Du hast dir das doch nur ausgedacht, damit du eine heiße Nacht mit dieser rothaarigen Füchsin haben konntest, stimmt's?"

Okay, Dagen hatte also vielleicht eine Nettigkeit an sich, wenn die Männer untereinander rauften und Scherze machten. Ich widmete mich wieder dem Schneiden von wildem Spinat und Pilzen am Küchentisch und lauschte dem Lachen und den Witzen über die sexy Fuchswandlerin. Was überhaupt war so toll an ihr? Sie musste ja wundervoll gewesen sein, wenn Dagen ihr gefolgt war. Mein Blick fiel auf die langen Haarsträhnen auf meiner Schulter, verknotet und ganz durcheinander. Du meine Güte, ich musste ja wie ein Stachelschwein aussehen.

„Ich bin ihr nicht gefolgt, Scarlet", antwortete Dagen. „Sie hat mich entführt."

Alle drei Gestaltenwandler sahen rasch auf und starrten mich an.

„Es geht mich sowieso nichts an", sagte ich.

„Worüber redet ihr?", fragte Oryn, während er näherkam und eine Hand auf meinen Rücken legte. Er küsste mich oben auf den Kopf.

Dagen knurrte, als er uns anstarrte. „Siehst du nicht, dass sie dich verzaubert hat?"

Meine Finger umschlossen den Griff der Klinge und ich wich zurück.

Oryn aber nahm sie mir aus der Hand und legte sie auf den Tisch, bevor er seine Hände um mein Gesicht legte.

„Denk immer daran, wenn ich in der Nähe bin, bist du in Sicherheit. Du musst niemals Angst haben."

Er stellte sich aufrecht hin und sah Dagen an, der mit erhobenen Fäusten näher gekommen war.

„Hör auf damit", knurrte ihn Oryn an, während er mich hinter sich schob.

„Bitte kämpft nicht wegen mir", sagte ich, aber meine Worte gingen in ihrem Knurren unter.

„Sie gehört uns", sagte Nero. „Oryns und mein Wolf haben sich mit ihr verbunden. Und obwohl wir dich wie einen Bruder lieben, werden wir nicht erlauben, dass du ihr weh tust."

Dagen schlich zur Feuerstelle und zurück, die Schatten sammelten sich unter seinen Augen. „Was zur Hölle? Ist die Welt vollkommen verrückt geworden, während ich bewusstlos war? Sie wendet Magie an und hat euch hypnotisiert. Ich meine, scheiße, sie hatte das Gleiche mit mir vor, als ich aufgewacht bin und jetzt kann ich Teile ihrer Gedanken hören."

Ich lehnte mich hinter Oryn vorbei nach vorne. „Technisch gesehen habe ich dich *gerettet*, erinnere dich daran."

„Was soll das heißen, du kannst ihre Gedanken lesen?" Nero stellte sich zwischen die beiden Streithähne.

Dagen schlug sich mit der Handfläche gegen seinen eigenen Kopf. „Ich weiß es nicht, aber ich bekomme sie nicht aus meinem Kopf. Genau jetzt zum Beispiel bewundert sie die Grübchen über deinem Arsch, Oryn."

Meine Wangen liefen feuerrot an und ich legte die Arme um mich selbst. „Sei ruhig. Wenn du schon in meinem Kopf bist, behalte es gefälligst für dich. Hast du schon mal was von Privatsphäre gehört?"

Er rümpfte die Nase, während mir Oryn ein sexy Zwinkern zuwarf.

„In Ordnung", begann Nero. „Können wir uns bitte alle hinsetzen und von vorne anfangen. Ich bin verwirrt."

Wir setzten uns an den Tisch. Ich, eingewickelt in einer Decke, und die drei Männer, nackt. Nero und Oryn saßen neben mir während Dagen gegenüber Platz nahm, von wo er mich mit einem seltsamen Blick voller Misstrauen und Neugier musterte. Es gab keinen besseren Moment als jetzt, also legte ich direkt los und erklärte, wie ich Dagen aufgeweckt hatte und wie undankbar er dafür war, wofür ich natürlich einen bösen Blick von ihm erntete. Sogar wie er meine Gedanken lesen konnte. Den Teil, in dem er mich als „abscheulich" bezeichnet hatte, ließ ich aus, denn allein die Erinnerung an diesen Hass ließ mich erschaudern und ich wollte glauben, dass er das nur im Affekt gesagt hatte. Und doch brannte es in meinem Kopf… Was war passiert, dass er die Menschen so sehr hasste?

Er schnaubte und lenkte meine Aufmerksamkeit auf sich, starrte mich an, als bereitete er sich auf einen Rückschlag vor. Richtig, er hatte ja eine direkte Verbindung zu meinem Verstand. *Sohn einer Ziege. Ich hab es dir doch vorhin gesagt, hör auf damit. Kannst du nicht probieren, mich zu blockieren?*

„Vertrau mir", antwortete er. „Ich würde, wenn ich könnte."

Ich rutschte auf meinem Stuhl umher und Oryn legte von hinten einen Arm um mich und zog mich näher zu sich. Seine Nähe beruhigte mich, da ich doch einen Stuhl auf Dagen werfen wollte.

„Das bedeutet, dass ihr beide eine Verbindung habt", sagte Oryn.

Nero auf meiner anderen Seite nahm meine Hand in seine. „Ich habe noch nie darüber gelesen, dass jemand die Gedanken einer anderen Person hören konnte."

„Ich auch nicht", fiel ich ihm ins Wort und fragte mich,

ob vielleicht etwas geschehen war, als ich ihn aufgeweckt hatte. Ich hatte ihm so viel Energie gegeben, vielleicht hat uns das miteinander verbunden.

„Also, übernachten wir jetzt hier, während ihr euch verliebt anschaut?", fragte Dagen. „Oryn, dein Rudel ist nach wie vor dort draußen und die Wölfe attackieren sich gegenseitig, töten einander."

„Denkst du, das weiß ich nicht? Ich war dort draußen, stand ihnen gegenüber, während du herum gelegen hast."

Die Spannung in dem Zimmer war erdrückend. „Es muss ja irgendwas geschehen sein, was diese Veränderung ausgelöst hat. Oryn"—Ich drehte mich zu ihm—"du warst in deiner Wolfsform gefangen, genau wie dein Rudel, und es sind nur die Wölfe deines Territoriums betroffen, ist das richtig?"

Er nickte. „Hauptsächlich die, die nahe der Grenze zu Terra jagen und es ist alles an einem Tag letzte Woche geschehen, als wir uns alle verwandelt haben."

„Dann muss da was sein..." Ich hatte den Faden verloren, mein Leben hatte ich darauf verwetten können, dass es etwas mit der Priesterin zu tun haben musste. Der Zeitpunkt ihrer Unternehmung vor einer Woche, den Wolfseisenhut zu verpflanzen, und war laut Nero zeit-gleich mit dem Beginn des seltsamen Verhaltens im Bau.

„Eure Priesterin beansprucht unser Land?" Dagen haute mit der Faust auf den Tisch und ich zuckte zusammen.

„Ich habe sie vor einigen Tagen beobachtet. Das ist auch der Grund, warum sie hinter mir her ist." Nach einer Kurzfassung meiner Begegnung mit ihr knabberte ich wieder auf meiner Unterlippe. Es hätte mir viel früher auffallen müssen und das wäre es auch, wenn meine Lust mich nicht so konsumiert hätte, ich nicht um mein Leben hätte rennen müssen oder ich nicht die ganze Zeit versucht hätte, zu verstehen, was mit mir los war.

„Okay, denken wir nochmal darüber nach", sagte ich. „Wolfseisenhut tötet Wölfe. Erinnert euch daran, wie nur der Hauch eines Spritzers Dagen bewusstlos gemacht hat. Eure Wölfe aber, Oryn, sind wild geworden. Wenn es Wolfseisenhut gewesen wäre, dann wäre dein Rudel tot. Also kann es das nicht sein." Es sei denn die Priesterin hatte Magie angewandt?

„Es ist dann wohl etwas Anderes. Ein Gift. Vielleicht etwas in der Luft", sagte Oryn.

„Oder das Wasser", fügte Dagen hinzu.

„Es gibt einen Fluss der durch unser Land fließt", trug Nero zum Gespräch bei. „Und er verläuft entlang der Grenze zu Terra."

„Also fangen wir dort an." Ich würde das Wasser testen, um herauszufinden, ob es der Übeltäter war. Als ich von der Klippe in den Fluss gestürzt war, hatte ich einen Mund voll davon geschluckt. Ein elektrischer Schlag durchfuhr mich und wäre beinahe für mein Ertrinken verantwortlich gewesen. Mein Verdacht war, dass es nur mir so ergangen war, was aber, wenn dem nicht so war?

Was also, wenn Dagen Recht hatte mit dem Wasser?

Er räusperte sich und als ich ihn ansah erwiderte er meinen Blick mit einem selbstgefälligen Ausdruck.

*Wie auch immer. Vielleicht hast du auch Unrecht.*

Nun lachte er laut los.

Ich sprang auf meine Füße. „Lasst es uns versuchen. Ich brauche einen Eimer Wasser aus dem Fluss und Essig. Und Kristallkraut. Es wächst im Wald. Die Pflanze rankt an Bäumen hoch und hat kleine Blüten mit nahezu durchsichtigen Blütenblättern. Diese brauche ich. Lasst uns ein wenig experimentieren."

Nero und Oryn nickten beide und ohne ein Wort zu verlieren, gingen sie nach draußen.

„Also, du denkst, dass es funktionieren wird?", fragte Dagen mich, mit Hoffnung in seiner Stimme. Am liebsten hätte ich ihm mit „definitiv" geantwortet.

Schulterzuckend sah ich ihn an. „Es wird uns verraten, ob das Wasser vergiftet worden ist." Mein Kopf drehte sich. Die Wölfe konnten aber auch mit anderen Objekten oder Kreaturen in Berührung gekommen sein, verseuchtes Gras gegessen haben. Ich hatte schon davon gehört, dass Tiere dies taten, um ihre Mägen zu reinigen. Wir standen ganz am Anfang. Was, wenn wir keine Lösung fanden? Würde Oryns Rudel sterben? Würde ich jemals wieder nach Hause kommen?

„Mach dir keine Sorgen", sagte Dagen, aber seine Stimme beruhigte mich nicht. „Sobald du Oryn geholfen hast werde ich dich persönlich zur Grenze geleiten, damit du gehen kannst."

Ich starrte in seine Richtung wider Erwarten, dass er Sympathie oder gar Verständnis für meine Gefühle zu Nero und Oryn hatte.

„Und das werde ich auch nicht." Er marschierte in den Flur und ließ mich mit meinen Gefühlen alleine, denen ich nicht trauen konnte und der Vorahnung, dass die Dinge noch viel schlimmer kommen würden.

# KAPITEL VIERZEHN

Ich warf einen weiteren Holzscheit auf das Feuer in der Küche, welcher die Glut aufwirbelte und ich wich zurück, bis sie sich beruhigt hatte. Zum Glück hatte ich noch meine Decke um. Mit einem Küchenhandtuch hob ich den Deckel des Kessels an und rührte den Kanincheneintopf mit einem hölzernen Stock um. Das wärmende Aroma des Rosmarins und der Zwiebeln ließ mir das Wasser im Mund zusammenlaufen. Der Rotwein verströmte keinen starken Duft, aber er würde einen starken Geschmack abgeben. Die Kartoffeln kochten in der siedenden Soße.

Zuhause machte ich mindestens zwei Mal in der Woche einen Eintopf mit Pilzen und Santos aß jedes Mal zwei Schüsseln davon. Was er jetzt wohl tat? Sorgte er sich um mich? Oder hatte die Priesterin ihn gefangen genommen? Ich umklammerte das Stöckchen und die Schuldgefühle zerfraßen mich. Ich bin schon viel zu lange hier. Es war an der Zeit, nach Hause zurückzukehren.

Der Wind pustete gegen die Vordertür und ließ ihre Scharniere wackeln.

Ich schaute auf und erwartete die Rückkehr der Männer. Aber sie waren immer noch nicht zurück und so langsam kam es mir wie eine Ewigkeit vor. Dazu kam, dass sich Dagen irgendwo im Haus aufhielt. Mir war es nur recht, dass er auf Abstand ging. Warum sollte ich meine Zeit auch mit einem Menschenhasser verbringen wollen?

Tief holte ich Luft, verdrängte diese Emotionen und schaute nach dem Brot, das ich in dem kleineren Topf vorbereitete hatte, nachdem ich eine Kiste mit Leckereien unter dem Tisch gefunden hatte—Mehl, Wurzelgemüse, Gewürze und zwei Flaschen Rotwein. Die Wölfe probierten verschiedene Lebensmittel, was mich überraschte, inklusive eines Päckchens Bonbons, welches ich gefunden hatte. War Oryn ein Leckermäulchen? Das erinnerte mich an meinen speziellen Schokoladenkuchen mit Datteln, den ich für ihn hätte backen können, wenn ich all die Zutaten gehabt hatte.

Moment! Was tat ich da? Mich einleben und kochen, als ob es mein Zuhause war? Sicher, Nero bestand darauf, dass sein Wolf mich als seine Partnerin erwählt hatte, aber wir lebten in unterschiedlichen Königreichen… Welten getrennt. Ich hatte in Terra ein Geschäft und dort waren keine Gestaltenwandler geduldet.

Die Außentür schwang auf, ich schoss herum und klammerte mich an den Rührlöffel.

Eine Windböe strömte in die Küche, riss die getrockneten Kräuter von den Haken an der Wand und verteilte sie auf dem Tisch.

Oryn trat herein, nackt und er trug ein kleines, gehäutetes Wildschwein über seinen Schultern. Er grinste, warf einen Blick auf seine Beute und anschließend auf mich. „Heute Nacht wird es ein Festmahl geben." Er ließ die ausgenommene, gesäuberte Karkasse auf den Tisch fallen.

„Aber ich habe gerade den Kanincheneintopf vorbereitet.“

Oryn bahnte sich den Weg zum Kessel und warf einen Blick hinein. „Das ist gerade mal ein kleiner Snack für mich, wie sollte das für uns alle reichen?“

Nero kam ohne einem einzigen Kleidungsstück an sich in den Raum, nicht, dass ich etwas anderes erwartet hatte, da sie immer nackt waren. Und doch hatte es mich überrascht. Nacktheit mag etwas sein, womit sich Bee vielleicht wohler fühlte als ich, da sie die ganze Zeit über Männer sprach. Mich aber machte es immer noch verlegen.

Er trat die Tür hinter sich zu. In der einen Hand trug er einen Eimer Wasser, in der anderen hatte er ein Büschel Kristallkrautranken in der Größe eines Baums.

„Du hast die komplette Pflanze mitgebracht? Ein paar Blütenblätter hätten gereicht, aber Dankeschön“, sagte ich.

Er ließ sie auf den Tisch neben dem toten Wildschwein fallen und zupfte sich die getrockneten Blätter aus seinen Haaren. „Es kommt ein Sturm auf und ich wollte sichergehen, dass du mich nicht für Nachschub zurück in den Wald schickst.“

Ich ging auf ihn zu und zog einen weiteren Zweig von seinem Kopf, den er übersehen hatte. Seine Hände griffen wie das Normalste der Welt nach meinen Hüften und zogen mich zu sich hin. „Der Eintopf riecht köstlich. Wir werden ihn jetzt als kleine Zwischenmahlzeit aufessen. Ich werde nur schnell das Schwein am Spieß über dem Feuer vorbereiten, damit wir später davon genießen können.“

Auf Zehenspitzen streckte ich mich hoch zu seinen Lippen und meine berührten die seinen. Die Kälte draußen hatte seine Haut ausgekühlt, eine willkommene Abwechslung zur Hitze in der Küche. Ich stöhnte vor Lust auf und genoss, wie mein Körper auf ihn reagierte.

„Du bist so liebenswürdig, kleines Lamm. Eines Tages

möchte ich dir den Bau zeigen, die Herrlichkeiten in unserer Welt."

„Das würde mir gut gefallen."

Als ein weiteres Paar Hände meine Schultern von hinten berührte, sah ich zu Oryn auf, der wieder sein teuflisches Grinsen aufgesetzt hatte. „Hab dich vermisst." Er beugte sich nach vorne, küsste mich mit dieser Wildheit, die ihn ausmachte, und die Erregung entbrannte in mir. Meine Nippel wurden unter der Decke, die ich trug, steif.

Ich rang um Luft und bekam meinen stürmischen Puls nicht mehr unter Kontrolle. Es kam nicht oft vor, zwischen zwei Prachtexemplaren von Männern eingequetscht zu sein.

Nero sah auf das kleine Wildschwein hinunter und seufzte. „Ich bin sofort zurück. Wir brauchen ein langes Stück Holz als Spieß. Oryn, halte sie warm für mich."

„Beeile dich", antwortete ich. Meine Seite kühlte ohne ihn aus.

Oryn hielt mich fest, mein Rücken gegen seine Brust gedrückt, und beide sahen wir Nero zu, wie er hinaus eilte. In dem Moment, als die Tür sich schloss, strich mir Oryn das Haar aus dem Nacken und seine Lippen suchten sich ihren Weg zu diesem weichen Punkt hinter meinem Ohr.

„Ich meine ernst, was ich zuvor gesagt habe. Es war mir nicht möglich, aufzuhören an dich zu denken, wie ich dich in die Arme schließen würde bei meiner Rückkehr, und wie perfekt wir uns zusammen anfühlten."

Als seine Hand von meinem Bauch zu meinen Oberschenkeln hinunter wanderte, fing ich wieder an auf meiner Wange zu kauen.

„Ich träume davon, dich zu ficken." Seine Stimme wurde dunkler mit diesem sexy Knurren. „Du bist die ganze Zeit in meinem Kopf."

Wie Butter zerfloss ich in seinen Fingern, legte meine Hände hinter seinen Nacken. „Du machst mich nur mit deinen Worten geil."

Seine Finger strichen über die Locken zwischen meinen Beinen und mein Adrenalin schoss in die Höhe. Draußen heulte der Wind, das Haus klapperte und ich wollte nirgendwo anders sein, als unter Oryns Einfluss.

„Sharlot… wie sehr willst du mich?" Mit seinen Fingern öffnete er meine Schamlippen und ein Finger glitt in mein seidiges Innerstes.

Es bebte in mir und ich konnte mich ohne seine Hilfe nicht auf den Beinen halten.

„Ich werde deine Muschi trocken lecken."

„Zum Himmel", war alles was ich hervorbrachte, als ein Knurren hinter uns laut wurde.

Wir beide blickten uns um und sahen Dagen. Wut umspielte seine Gesichtszüge.

„Bei all der Scheiße in der Hölle, musst du das tun, während du in meinem Kopf bist?", brüllte er mich an.

„Nichts hält mich von ihr fern", antwortete ihm Oryn mit seiner sexy Baritonstimme.

„Warte damit doch wenigstens, bis wir eine Lösung gefunden haben, die uns voneinander trennt", gab Dagen schnippisch zurück und seine Worte verletzten mich.

Ich löste mich aus Oryns Umarmung und richtete meine Decke, die sich gelockert hatte. Währenddessen roch er an seinen Fingern und steckte sich diese dann in den Mund.

Er hätte mich auch von oben bis unten ablecken können, denn die Erregung strömte durch meinen ganzen Körper.

„Genug!", verlangte Dagen. „Sie muss in meinen Gedanken nicht auch noch geil werden."

„Macht dich das so sehr an?", scherzte Oryn.

„Du kennst meine Vergangenheit, also werde ich mich nicht dazu herablassen, dir zu antworten. Lass es sein." Er stürmte wie ein verdammter Griesgram zurück in die Dunkelheit des Hauses.

Naja, er hatte definitiv die Stimmung versaut. „Warum hasst er mich?"

Oryn griff nach meinen Schultern und leckte meinen Hals. Das ließ das Beben vor Verlangen erneut in mir entfachen.

„Es ist kompliziert", sagte er.

Die Außentür öffnete sich quietschend und Nero kam mit mehreren Stöcken herein. Sein Haar war klatschnass und ich fühlte mich wieder vollständig, jetzt da er zurück war.

Ein Donnerschlag entlud sich über unseren Köpfen.

„Lasst uns den Spieß jetzt vorbereiten", sagte Nero, als er bereits nach dem Küchentuch griff um den Kessel auf die Seite zu setzen.

Oryn gesellte sich zu Nero und ich konnte Dagen nicht mehr aus meinem Kopf bekommen; ich musste in Erfahrung bringen, was man ihm angetan hatte. Ich musste ihm begreiflich machen, dass nicht alle von uns die Monster waren, für die er uns hielt. Also schritt ich in Richtung Flur.

„Hey, bleib mir vom Leib damit!", lachte Nero.

„Sharlot macht mich einfach verrückt", sagte Oryn.

Ich konnte kaum glauben, dass er immer noch nicht in der Lage war, meinen Namen korrekt auszusprechen. Aber gut, das reizte mich auch irgendwie.

„Ich kann nicht aufhören, an sie zu denken, sie zu ficken, sie zu halten", fuhr Oryn fort. „So etwas habe ich noch nie zuvor gespürt."

In dem düsteren Korridor hielt ich inne und lehnte

mich gegen die Wand, lauschte den Männern. Die Neugier ließ meine Beine auf der Stelle verharren.

„Scheiße ja, es geht mir genauso. Du glaubst sie ist die Richtige? Unsere Seelenverwandte?"

Mir wurde schwer ums Herz. Sie hatten Zweifel? Na gut, die hatte ich ja schließlich auch. Alles geschah so schnell, aber von ihren Unsicherheiten zu hören zerstörte mich am Boden.

„Was, wenn Dagen Recht hat und wir alle durch ihre Fähigkeit miteinander verbunden sind?", fragte Oryn. „Scheiße, ich würde alles kurz und klein schlagen, wenn das der Fall wäre."

„Ja, ich auch", senkte sich Neros Stimme.

Und genau dieses Gefühl durchfuhr auch mich, es zerbrach mir das Herz, diese Männer zu verlieren. Sicher, ich hatte über diese Sache mit der Magie auch schon nachgedacht und eventuell machte unsere Nähe uns total verrückt. Aber es war so viel mehr als das—von der Bewunderung für Neros Verspieltheit, über seine Leidenschaft zu Kochen, dass er stets um mein Wohlbefinden bemüht war. Und Oryn erinnerte mich auf so viele Arten an mich selbst, als ob wir aus derselben Welt kamen. Ich verstand seine Mission, Verantwortung zu übernehmen, diejenigen zu beschützen, die ihm nahestanden. Seine Liebe war grenzenlos und das liebte ich an ihm, auch wenn er nie zugeben würde, dass er sich um die sorgte, die ihm am Herzen lagen. Ich brannte vor Vorfreude, mehr Zeit mit ihnen zu verbringen, herauszufinden was sie gerne zum Frühstück hatten, Oryn zu zeigen, was es hieß, zu spazieren ohne ständig in Alarmbereitschaft zu sein, und Nero die aromatischen Gewürze zu zeigen, die ein Freund mir aus dem Königreich der Utaara Wüste mitgebracht hatte.

Jemand räusperte sich hinter mir.

Dagen lungerte in der Mitte des Flurs herum und Schatten tanzten auf seinem Gesicht. „Lauscht du?" Ohne einen weiteren Kommentar ging er zurück in sein Schlafzimmer.

Was war sein Problem? Erwartete er, dass ich ihm folgte oder war er der Typ Mann, der Beleidigungen wie Granaten von sich gab? Bumm! Du bist tot. Er hatte mit Nero auf so eine freundliche Art interagiert. Warum nicht auch mit mir?

Mit gestrafften Schultern folgte ich ihm, stürmte in sein Zimmer und blickte nach rechts und links. Seine Augen wurden in einer dunklen Ecke vom Kerzenlicht erleuchtet. Was zur Hölle tat er da?

„Ich versuche zu meditieren, um dich aus meinem Kopf zu bekommen", antwortete er.

„Funktioniert es?"

„Scheiße, nein!"

Ich seufzte und ging auf ihn zu, bevor ich gegen das Bett rempelte. „Warum hasst du mich?"

„Wo soll ich anfangen?" Er knurrte und obwohl sich eine Gänsehaut meinen Rücken hinauf arbeitete, weigerte ich mich, zurückzuweichen.

„Du weißt, du kannst mich nicht für das zur Verantwortung ziehen, was dir Menschen in der Vergangenheit angetan haben. Das war nicht ich. Das verstehst du doch, oder?"

Er trat mit breiten Schultern aus dem Schatten hervor und seine Arme hingen an den Seiten hinab. Er sah mich mit gesenkten Augen an. „Veralbere mich nicht, kleines Mädchen."

Okay, Fortschritt. Ich bevorzugte „kleines Mädchen" über „abscheulich" zu jeder Zeit.

„Mach dir nichts vor." Er kreiste um mich und stellte

sich hinter mich. Ich setzte mich auf das Bett und zog ein Knie unter mich.

Dagen nahm auf dem Hocker auf der anderen Seite des Bettes Platz. Dem Hocker, den ich benutzt hatte, als ich mich um ihn gekümmert hatte, ihn bat aufzuwachen. Wahrscheinlich hatte das jetzt nichts mehr zu bedeuten, weil er mich wie einen Niemand behandelte.

Seine Aufmerksamkeit ruhte auf mir—stoisch ohne zu Blinzeln—seine Ellbogen balancierte er auf den Armlehnen und er verschränkte seine Finger über seinem Bauch.

Ich senkte meinen Blick und er verharrte an der dichten Behaarung seines Intimbereichs. Hitze brannte in meinen Wangen, ich konnte nicht aufhören zu glotzen.

„,*Schwanz*' ist das Wort, nach dem du suchst?", platzte es aus Dagen heraus. „Oder du kannst ihn auch ,*Liebesstab*' nennen." Er grinste, aber sein Lächeln verschwand sofort wieder.

„Wow, du hast einen Witz gerissen! Verlasse den Wald."

Er hob eine Braue. „Du bist doch diejenige, die mich begafft. Heißt das, ich bekomme dieselben Privilegien?"

Ich drehte mich um, überquerte das Bett, um ihn anzusehen und schwang meine Beine auf seiner Seite von der Bettkante. „Ist es das, was ihr mit den Weibchen in eurem Rudel tut?"

Er zuckte die Schulter und sagte keinen Ton.

„Also", sagte ich. „Was stimmt deiner Meinung nach nicht mit den Menschen?"

„Du zielst direkt auf die Halsschlagader ab, oder?" Seine Aufmerksamkeit fiel auf meinen Hals.

Stellte er sich vor, wie er mir die Luftröhre herausreißen würde? Sich an meinem Blut laben würde?

„Ich bevorzuge Fleisch." Seine Worte schossen durch meine Gedanken. „Ich habe von den Hexen im Tritonischen Königreich gehört, die Voodoo praktizieren, um Leute ihres Blutes wegen zu entführen. Also vielleicht verwechselst du meine Rasse mit der ihren."

Richtig, er war ja in meinem Kopf, las meine Gedanken durch diese ungewollte Gedankenverschmelzung. „Trinken sie es?"

„Vielleicht. Oder sie baden darin. Wer zum Geier weiß das schon oder wen interessiert das? Wenn sie aber mein Land auch nur betreten, werde ich sie an ihren eigenen Wirbelsäulen ersticken lassen."

Ich schluckte den Kloß in meinem Hals hinunter, starrte auf meine Füße und den Dreck unter meinen Zehennägeln. Gott, da war jemand aber richtig aggressiv.

„Wärst du das nicht?", fragte er. „Nachdem man von einem Menschen in einen komatösen Schlaf versetzt wurde und anschließend ein weiterer Zauber auf einen gelegt wurde. Und jetzt spukst du in meinem Kopf umher?"

„Naja, wenn du es so darstellst, ja. Aber ich habe nichts davon geplant." Ich hob meinen Kopf um ihm in die Augen zu sehen und dann fiel mir auf, wie er die Armlehnen umklammerte, seine Fingerknöchel waren schon weiß.

Dagen sprang so schnell auf seine Füße und ich zuckte nur.

„Weißt du, was ich nicht geplant habe?" Mit zwei großen Schritten befand er sich über mir. Als er näherkam, blieb mir der Atem in der Lunge stecken und ich wich zurück, die Ellbogen in die Matratze bohrend.

„Was?" Ich hätte nicht fragen sollen, aber es rutschte mir einfach so heraus.

„Dass ich nicht aufhören kann, darüber nachzudenken, dir diese Decke vom Leib zu reißen, deine Beine zu spreizen und dich zu fingern, bis du auf meiner Hand kommst. Dich zu schmecken. Dich vorne über zu beugen, bis du meinen Namen brüllst. An deinen Titten zu saugen, bis du mich anflehst, damit aufzuhören.“

„Oh…“ Ich schnappte nach Luft. Was sollte ich darauf antworten? Alles, was er beschrieben hatte, hörte sich himmlisch an und feuerte bereits den Wasserfall zwischen meinen Beinen an.

„Und diese Gedanken helfen dabei nicht.“ Er wandte sich ab und ich ergriff seine Hand.

Seine Haut war rau verglichen mit meiner. Ich zitterte und presste meine Oberschenkel vor lauter brennender Hitze in mir fest zusammen. Petersilie. Wacholder. Disteln. Gedanken aller Art um dieses rasende Verlangen zwischen uns zu stoppen, welches mich verzehrte.

Er drehte sich zu mir um und befreite sich. „Ich kann nicht mit dir sein.“

„V-Vielleicht sollte ich versuchen, meine Fähigkeit ein weiteres Mal an dir anzuwenden. Versuchen, die Verbindung zu trennen, aber ich kann für nichts garantieren.“ Ich schluckte laut, mein Blick haftete an dem Zucken seiner steifen Intimzone an. Meine Libido bebte.

„Wenn ich nicht bei dir bin“, sagte er, „trommeln deine Gedanken in meinem Schädel. In deiner Gegenwart aber, wird mein Urteilsvermögen vernebelt und mein Wolf heult in meinen Ohren dich zu nehmen, dich zu ficken, bis ich nicht mehr atmen kann. Also ja, ich würde alles begrüßen, was du tun könntest, um diesen Wahnsinn, der mich verzehrt, aus mir zu vertreiben.“

Aber anstatt, dass ich meinen Arm ausstrecken konnte, beugte er sich zu mir herunter, krallte sich meine Knöchel, hob sie an und setzte meine Füße auf der Bettkante ab. Seine Finger wanderten von meinen Schienbeinen hoch zu meinen Knien.

Ich rang nach Luft, starrte diesen Kerl an, dessen Gesichtsausdruck sich in den des Teufels verwandelt hatte, seine Augen waren gefüllt von sexy Absichten. Das Grinsen, welches seine Lippen öffnete, ließ mich alles vergessen.

„Es funktioniert nur, wenn *ich dich berühre.*" Meine Stimme zitterte. Mein Magen war wie zugeschnürt, mein Verlangen nach Dagen heizte mein Inneres an.

„Dann tu es. Aber ich brauche etwas, um diese Unersättlichkeit zu stillen, die mich auffrisst. Eine Kostprobe."

„Oh-oh." Unfähig, mich zu bewegen, lag ich da, als er meine Knie spreizte. Ich zeigte meine intimste Stelle dem Mann, der mich hasste, der mich als ‚abscheulich' bezeichnet hatte und gerade jetzt war alles was ich wollte, genommen zu werden.

„Zeig mir deine Titten."

Ohne zu zögern löste ich den Stoff auf meiner Brust, ohne auch nur eine Sorge zu haben. Ich wollte das mehr als mein Leben. Der Hunger, von dem er sprach, erschütterte mich, geilte mich mit Erregung auf und der Puls in meinen Venen verwandelte sich in einen gehetzten Bullen. Angreifend. Kontrollierend. Überwältigend.

Er streckte seine Hand aus und strich behutsam mit seinem Daumen entlang meines Schlitzes, von oben nach unten, die Seidigkeit meiner Erregung zeigte ihm dem Weg.

Ich stöhnte, ließ mich auf das Bett fallen, die kitzelnde Erregung strömte durch mich.

Dagen starrte auf mich herab. „Kneif dir für mich die Nippel. Ich will sehen, wie du an ihnen ziehst."

Der Moment, als ein Finger in mich eindrang, ließ meinen Rücken zu einem Bogen werden. „Zum Himmel, ja." Meine Hände bewegten sich wie von alleine, liebkosten die Hügel meiner Brüste, kniffen in meine steifen Brustwarzen und ließen sie zwischen meinen Fingern zwirbeln.

In mir brannte ein Feuer und mein Herz raste, als es

das Blut rein und raus pumpte. Als er aber meine Schamlippen spreizte und einen zweiten und dann einen dritten
Finger einführte, stöhnte ich laut und hob mein Becken,
kam seinen immer schneller werdenden Stößen entgegen.

Die Lust schmerzte von seiner Dehnung, aber ich
wollte mehr.

Mit dem Daumen seiner anderen Hand rieb er meinen
Kitzler und meine Welt schwebte auf Wolken. Mein
Körper krampfte in Ekstase, er fingerte mich so schnell,
dass ich nicht aufhören konnte, zu zittern.

„Ja, das ist es, komm für mich. Komm in meine Hand.“

Eine plötzliche Explosion zuckte durch mich. Ich
krampfte und schrie als der Orgasmus Besitz von mir
ergriff.

Dagen machte weiter und ich krümmte mich auf dem
Bett, als die Gefühle durch mich schossen, sie beruhigten
mich, wurden langsamer, als ich nach Luft schnappte.

„Du verfickt nochmal Geilste aller Zeiten.“ Er griff
nach seinem Steifen und ein Liebestropfen thronte auf
seiner Spitze.

Ich griff zu und hielt seinen Schaft, er war wie ein in
Seide gewickelter Felsen.

Er stöhnte. Mit seiner Hand auf meiner gab er die
Geschwindigkeit vor. Ich umfasste seine Eier, spielte mit
ihnen. Wir wurden schneller und ich verlor mich darin,
wie seine Augen zurückrollten und in der Festigkeit
seiner Brust. Einen Mann, stark wie Dagen, dabei zu
beobachten, wie er unter meinen Fingerspitzen zerfloss,
füllte mich mit Hoffnung und eröffnete ganz neue
Möglichkeiten.

„Scheiße!“ Sofort fing die wulstige Vene auf seinem
Steifen an zu pulsieren und er stieß meine Hand weg,
während er sich über mich beugte und cremig weiße
Aufregung heraus spritzte, meine Brüste und meinen

Bauch bedeckend. Er stöhnte, seine Wärme durchflutete mich.

Für diese paar Momente verharrten wir so, beiden von uns noch auf der Welle des Hochgefühls treibend.

„Hat meine Berührung geholfen?", scherzte ich, was mir ein Grinsen einbrachte. Und zum ersten Mal, seit ich Dagen begegnet war, fühlte ich eine Nähe zu ihm. Er lächelte, als er sein Sperma auf meinen Brüsten einmassierte. Seine Finger wanderten zwischen meine Beine und tippten meinen Kitzler ein paar Mal an.

Zitternd konnte ich keine Worte finden.

„Ich muss aber verstehen, wie und warum mein Wolf fordert, dass du mein bist."

„I-Ich auch." Seine Anziehungskraft war magisch, nahm mich mit zu Orten, an denen ich nie zuvor war—geilen Orten, um es genau zu nehmen. „Was, wenn es wahr ist, was Nero und Oryn sagen? Was, wenn wir Partner sind?"

Er ließ von mir ab und ich fing direkt an ihn zu vermissen. Er nahm eine feuchte Bandage und säuberte mich, während die Dunkelheit in seinen Blick zurückkehrte, dann säuberte er sich selbst. Er warf das Stück Stoff in einen Eimer.

„Was ich vorhin gesagt habe, gilt. Ich werde nie wieder mit einem Menschen schlafen."

„Nie wieder? Also hast du mal mit einer Frau geschlafen?" Ich setzte mich auf.

Er wurde wütend. „Vor Jahren schon gab ich mir selbst das Versprechen, dass ich den Menschen nie dafür vergeben würde, was sie mir angetan hatten. Und jedes Mal, wenn ich dich ansehe, erinnert mich das an die Vergangenheit, die Grausamkeit, den Schmerz, der sich wie eine Klinge in mein Herz gebohrt hatte."

Er wandte sich von mir ab und ich stand auf, nackt, es war mir jetzt egal. „Bitte, Dagen. Dieser Moment mag dir nichts bedeutet haben, aber für mich hat er das und du hast gerade eine Kiste mit Gefühlen und einer Anziehungskraft geöffnet, die ich nicht so leicht wieder verschließen kann."

Dagen knurrte. „Mach keine Versprechungen, die du nicht halten kannst." Falten bildeten sich auf seinem Nasenrücken und die Verärgerung dröhnte in seiner tiefen Stimme. „Wenn es darauf ankommt, wirst du dich immer gegen die Wölfe entscheiden. Das ist das, was deine Rasse nun mal tut."

Wut stieg in mir empor und die Worte flogen mir nur so aus dem Mund. „Hör auf, mich in diese Schublade zu stecken, ich kann für die Scheiße, die dir widerfahren ist, nichts. Ich war es nicht, die dich verletzt hat. Kapierst du das nicht?"

Er seufzte. „Es mag sein, dass ich dich wie keine andere begehre. Mein Herz mag für dich schlagen, aber in meinem Verstand kann ich die Schandtaten nicht vergessen. In dir sehe ich die Menschlichkeit. Tod und meinen Hunger nach Vergeltung. Es tut mir leid, wenn du glaubst, dass etwas zwischen uns ist, aber außer puren tierischen Trieben und welchem Zauber auch immer du auf mich gelegt hast, gibt es da nichts."

Meine Brust war wie zugeschnürt. Wie konnte er es wagen, mich so wegzuwerfen? Und ein weiteres Mal schaffte er es, dass ich mich nicht als eine vollkommene Person fühlte.

Mein Hals schwoll zu und Tränen stiegen mir in die Augen.

Er schaute auf mich herab, zuckte mit den Lippen.

Ich konnte nicht anders und schlug ihm auf den Arm. „Fick dich! Du kannst dich glücklich schätzen, so jemanden wie mich zu haben. Und jetzt werden deine Fantasien auf ewig dem Geschmack nachsehnen, den ich dir großzügiger Weise überließ, denn du wirst mich nie wieder anfassen."

Um nicht zu weinen biss ich mir auf die Unterlippe, griff nach meiner Decke und lief mit erhobenem Haupt nach draußen. Im Inneren aber zerfiel ich in Stücke, seine Worte brachten mich um. Aber ich weigerte mich, meinen Gefühlen nachzugeben, nicht so lange dieses Arschloch in meinem Verstand umher spukte.

*Ja genau, du!*

# KAPITEL FÜNFZEHN

Mit der Decke um meine Brust gewickelt stopfte ich eine ihrer Ecken unter meine Achsel und blieb für einen Augenblick vor der Küche stehen.

*Weine nicht. Weine nicht.*

Ich wischte mir eine Träne, die meine Wange hinunterlief, aus dem Gesicht. Warum ging mir das mit Dagen so nah? Ehrlich, alles was ich jetzt brauchte, war es, aus dem Bau zu verschwinden, denn in der Nähe der Gestaltenwandler wurde ich offensichtlich zu einer sexhungrigen Idiotin. Mein Fokus aber lag darauf, Oryn und seinem Rudel zu helfen und dann nach Hause zurückzukehren. Die Distanz würde mir dabei helfen, einen klaren Kopf zu bekommen und darüber zu entscheiden, ob meine Empfindungen real waren oder nicht.

Ich öffnete die Tür und trat ein. Das schmackhafte Aroma des bratenden Wildschweins hieß mich willkommen. Nero servierte gerade den Kanincheneintopf in vier Schüsseln, während Oryn gemütlich am Tisch saß und mit bloßen Händen ein Stück von dem Brotlaib abriss. Sie begrüßten mich mit einem Lächeln und warmen Blicken. Warum hatte ich dann das Gefühl, ihre Zuneigung nicht verdient zu haben? Und sie taten, als hätten sie nichts gehört, aber ich war davon überzeugt, dass dem nicht so war.

Sie waren so liebevoll und fürsorglich, mein Herz schlug für sie. Daher hätte ich nicht in Gedanken an Dagen schwelgen sollen, oder ihn in meinen Tagträumen einschließen sollen.

„Genau zur richtigen Zeit", sagte Nero. „Komm. Du musst ja fast umkommen vor Hunger."

Oryn klopfte auf die Sitzfläche des Stuhls neben ihm und zwinkerte mir zu, mich zu ihm zu setzen.

„Riecht köstlich." Der aromatische Duft umhüllte mich und ich rutschte auf den Stuhl neben Oryn. Er küsste mich auf die Wange.

„Dagens Wolf hat dich beansprucht, nicht wahr?", fragte er mit weicher Stimme.

„Ich möchte nicht, dass er mich beansprucht", sagte ich auf meinen Stuhl gelümmelt, während Nero sich zu uns gesellte.

Er hob meine Hand und presste meine Fingerknöchel an seine Lippen. „Du wirst immer Oryn und mich haben, ganz egal was kommt."

Ich lächelte und lehnte mich gegen seine Brust. Neros Finger fühlten sich weich wie Federn auf meinem Arm an.

„Ihr seid beide unglaublich. Nach dem Essen werde ich das Flusswasser testen."

„Perfekt. Dann werden wir endlich herausfinden, was hier vor sich geht", sagte Oryn und bot mir ein Stück vom Brot an, als Dagen ins Zimmer geschlendert kam.

Mein Puls pochte in meinen Venen und ich richtete meinen Blick auf meinen Eintopf, obwohl ich jede seiner Bewegungen spüren konnte, das Kratzen der Beine seines

Stuhls, das grobe Reißen des Brots und sein Schlürfen. Ja, das konnte man wirklich als unangenehm bezeichnen.

Wir aßen und die Wärme verteilte sich in meinem Bauch, machte mich satt und tröstete mich. Trotzdem roch ich das Wildschwein am Spieß, im Wissen, wir würden heute Abend noch wie die Könige essen.

„Regt euch nicht auf, aber zu Hause…", sagte ich um die Stille zu durchbrechen und eine Unterhaltung anzufachen, „esse ich nur einmal in der Woche Fleisch."

Oryn verschluckte sich an seinem Stück Brot, schlug sich auf die Brust und räusperte sich. „Einmal in der Woche! Kein Wunder, dass du so dünn bist."

„Es ist sehr teuer und ich habe kostenloses Gemüse und Kräuter in meinem Garten. Außerdem ernähren sich die meisten Dorfbewohner auf diese Art. Die königlichen Familien haben persönliche Jäger, um Wild zum Essen zu erlegen."

„Also, kleines Lamm", sagte Nero bevor er sich den Mund abwischte, „du brauchst dir keine Sorgen mehr zu machen. Wir werden dir mehr Fleisch besorgen, als du vertragen kannst."

Oryn brach in Gelächter aus und schlug auf den Tisch. „Man, sprichst du jetzt vom Essen oder von deiner Wurst?"

Nero schubste Oryn an der Schulter. „Sie liebt meinen Schwanz und kann davon nicht genug bekommen."

Ich kicherte und die Wärme kroch meinen Hals hinauf. Da ich daran gewöhnt war, dass Bee mir sexuelle Witze erzählte, sollte ich mich nicht schämen. Obwohl Nero Recht hatte. Grinsend sah ich ihn an und leckte mir über die Lippen.

„Sie hat Dagens noch nicht versucht?", stieß Oryn heraus.

Starr saß ich da, wagte es nicht in Dagens Richtung zu schauen, unsicher wie er reagieren würde. Würde er knurren und aus dem Zimmer stürmen? Ich hatte es ihm mit der Hand besorgt aber er war nie ganz in mich eingedrungen… und die Tatsache, dass Oryn davon wusste, sagte mir, dass sie uns gehört haben mussten. Oder vielleicht suchte er auch nur nach Informationen.

Dagen lächelte breit und griff sich in den Schritt. „Ich habe mehr Fleisch als ihr beide zusammen."

„Ha." Nero warf den Rest des Brots auf Dagen, der es mit seiner anderen Hand auffing. „Du träumst doch."

„Also ist es wahr", fragte ich. „Kerle vergleichen die Größe? Ich dachte immer nur Mädchen reden über so etwas."

„Um das klarzustellen", Oryn setzte die Schüssel von seinem Mund ab, „wir vergleichen nie in Natura."

„Quatsch", warf Nero ein. „Erinnerst du dich noch an damals, als wir diesen Tigerwandler getroffen hatten, der nicht aufhören konnte, dir auf den Schwanz zu starren? Er hatte verglichen."

„Was? Er war neidisch. So einfach ist das. Jeder weiß doch, dass Tiger nicht so gut bestückt sind. Wenn du einen echten Mann willst, dann kann es nur ein Wolf sein." Oryn lehnte sich gegen mich und küsste meine Wange. „Ist das nicht so?"

„Ich kann über die Tiger nichts sagen, da ich noch nie einen gesehen habe. Aber im Verhältnis zu normalen Männern, naja sagen wir mal so, ihr drei seid abnormal, aber in einer guten Art und jede alleinstehende Frau sollte in den Bau ziehen und sich einen Jäger anlachen." Meine Augenbrauen hüpften und Nero musste kichern.

Ich versuchte Dagen einen Blick zuzuwerfen und er beobachtete mich dabei, wie ich in mein Brot biss. Erinnerte er sich daran, dass ich etwas Vergleichbares zu ihm gesagt hatte, während er bewusstlos war? Erinnerte er sich, wie ich ihm geholfen hatte? Erinnerte er sich, dass ich ein guter Mensch war und nicht jemand, der ihm mit Absicht wehtun würde?

Draußen heulte der Wind und die Tür klapperte. Der Regen trommelte auf das Dach und doch hüllte mich in der Küche eine angenehme Wärme ein. Als ich noch zu Hause war, liebte ich es, vor dem Kamin zu sitzen und dem Sturm zu lauschen. Ich würde auf dem Sofa unter einer Decke ein Buch lesen.

Als unsere Schüsseln leer waren, räumte Nero den Tisch ab, Dagen lehnte sich in seinem Stuhl zurück und Oryn brachte den Eimer mit dem Wasser zum Tisch.

„Okay, dann wollen wir mal schauen." Ich kniete mich nahe den Ranken hin und pflückte ein halbes Dutzend der durchsichtigen Blütenblätter. Oryn brachte mir den Essig und ich bereitete mich darauf vor, Tests auf Gift durchzuführen.

Den Essig füllte ich in eine kleine Schüssel und gab die Blütenblätter dazu. Keine Reaktion. Ich musste sichergehen, dass die Säure nicht die Blüten angriff. Mit ein paar Spritzern des Flusswassers in derselben Schüssel ließ ich zwei Blütenblätter in die Mixtur fallen.

Direkt neben mir starrten Oryn und Nero beide auf das Experiment.

„Es verändert sich", rief Nero.

Schwarze Punkte bildeten sich auf den beiden durchsichtigen Blütenblättern, verteilten sich wie Lava und binnen Sekunden sahen beide wie verkohlt aus.

„Ist das, was ich glaube das es ist?", fragte Oryn.

„Ja", antwortete ich.

Dagen stand auf und kam zu uns, also warf ich zwei weitere Blütenblätter in die Schüssel, um ihm das Ergebnis zu zeigen.

Während alle drei auf den Beweis blickten, trat ich zurück. „Der Test mag simpel sein, aber akkurat. Alle vorhandenen Gifte reagieren mit den Blütenblättern des Kristallkrauts."

Oryn starrte mich an und wurde blass. „Also, der Fluss wurde vergiftet?"

„Ich befürchte ja."

„Zumindest grenzen wir es ein."

Nero klopfte Oryn auf die Schulter und sah mich dann an. „Welches Gift ist es denn?"

Alle drei Gestaltenwandler betrachteten mich, während ich mir den Kopf kratzte. „Ich habe nicht die notwendigen Kräuter bei mir, um das herauszufinden. Zur Feststellung muss ich dutzende Tests an Wasserproben vornehmen um zu sehen, welche Pflanze darauf reagiert. Es ist ein Ausschlussverfahren. Und in der Zwischenzeit sollte niemand von dem Wasser trinken, bis wir eine Lösung finden. Vielleicht finden wir andere Quellen und können herausfinden, ob sie vergiftet sind."

Oryn lief zur Tür und wieder zurück, seine Fäuste hatte er neben sich geballt. „Ich werde die Priesterin umbringen. Ich werde ihre Wirbelsäule herausreißen und sie ihr in den Arsch stopfen."

In meinem Kopf kam die Angst auf, dass er sich selbst umbringen würde, wenn er sich der Priesterin gegenüber so benehmen würde.

„Aber ich habe kein anderes Tier gesehen, welches wild geworden ist", fügte Dagen hinzu.

„Das heißt, es wurde etwas Spezielles benutzt, um auf die Wolfswandler abzuzielen", sagte ich.

„Dann gehen wir jetzt", sagte Oryn und griff nach der Türklinke.

„In diesem Sturm gehen wir nirgendwo hin." Nero stellte sich neben seinen Freund. „Lasst uns früh schlafen gehen und im Morgengrauen aufbrechen. Der Regen wird dann hoffentlich aufgehört haben und die Wölfe noch schlafen."

Ich gesellte mich zu ihnen und legte eine Hand auf Oryns Taille, schmiegte mich an ihn und er legte seine Arme um mich. „Ich werde alles daran setzen, herauszufinden, was für ein Gift es ist, um dein Rudel zu heilen."

„Das würde mir die Welt bedeuten."

Nero nickte. „Wir stehen das zusammen durch. Ich werde Scarlet zu ihrem Haus in Terra bringen, damit sie die Tests machen kann."

Seit Tagen konnte ich es nicht erwarten nach Hause zu gehen und jetzt, da es zum Greifen nah war, zögerte ich. Der Gedanke daran, der Priesterin zu begegnen lag mir schwer im Magen. Würde sie in meinem Laden auf mich warten? Sollte ich alleine nach Terra aufbrechen, um zu verhindern, dass die Jungs von den Wachmännern gefangen genommen werden? Das wäre, als würden sie um die Todesstrafe bitten. Und sollte ich verhaftet werden, dann zog ich sie wenigstens nicht in meine Probleme hinein. Vielleicht konnte ich sie dazu bewegen, an der Grenze zwischen unseren Ländern auf mich zu warten.

„Ich auch", fügte Oryn hinzu. „Wir werden mit vereinten Kräften gegen angreifende Wölfe kämpfen."

Tief atmete ich ihren Geruch nach Moschus und Holz ein, schloss dabei meine Augen. Beide Männer hielten mich und ihre Nähe fühlte sich vertraut und wie mein Zuhause an. Und doch drehten sich meine Gedanken um Dagen, ein Teil von mir sehnte sich danach, dass er sich zu uns gesellte. Diese Gedanken waren dumm und er hatte seinen Standpunkt sonnenklar gemacht.

„Bist du also dabei Dagen?", fragte Nero. „Je mehr, desto besser."

Er war nicht begeistert und ich sah über meine Schulter, wie er sich mit dunkler Mine in den Stuhl fallen ließ.

*Ich hätte dich gerne dabei.*

Sein Kopf hob sich und unsere Blicke trafen sich. Für einen kurzen Moment dachte ich, er würde sich für seine Worte von vorhin entschuldigen, herüber kommen und mich in die Arme nehmen. Stattdessen erhob er sich, drehte sich zum Flur und verschwand.

„Gib ihm etwas Zeit", sagte Oryn.

Draußen explodierte eine Donnerwelle und Oryns Griff wurde fester.

Nero ging und schaute nach dem Spießbraten. „Fast fertig."

Trotz des köstlichen Aromas hatte ich meinen Appetit verloren.

Außer, dass das Ziehen in meinem Magen von mehr kam, als dass ich mich mit der Priesterin herumzuschlagen hatte, sondern ich musste mir selbst eingestehen, dass ich entscheiden musste, auf welche Weise ich mit den Gestaltenwandlern umgehen wollte. Würde ich zu ihnen ziehen oder würden sie zu mir kommen? Zum Himmel, das ging viel zu schnell. Aber die kalte, harte Wahrheit schlug mir förmlich ins Gesicht. Sie hatten Rudel, die auf sie angewiesen waren, und sie konnten nicht einfach gehen.

Ich aber konnte mein Geschäft nicht zurücklassen… alles, was mir von Großmutter geblieben war und am Herzen lag, war dort. Die Männer aber zu verlassen… Mit stockte der Atem. Ich konnte mir genauso gut ein Bein abhacken. Mir fiel keine Lösung ein, es gab nur Kummer.

Beim Gedanken daran, wie Dagen meine Unsicherheiten, meine Probleme, meine Sehnsüchte spürte, fuhr ich zusammen. Wenn man bedachte, dass ich keine Kontrolle über seine Gedanken hatte, musste ich akzeptieren, dass er jede verrückte Idee, die mir durch den Kopf ging, mitbekam.

Ich leistete Nero am Feuer Gesellschaft und würzte das Fleisch mit ein wenig Salz. „Köstlich."

„Wenn wir Oryn geholfen haben, werde ich dich meinem Rudel vorstellen. Sie werden dich lieben und dich mit allem, was du begehrst, verwöhnen."

„Das denkst du?" Ich kaute an einem Fingernagel. „Werden sie mich nicht dafür hassen, ein Mensch zu sein?"

Er schüttelte mit dem Kopf. „Nein. Nicht wenn sie sehen, wie unglaublich du bist, wie viel du mir bedeutest. Jäger haben schon in der Vergangenheit Menschen als Partner gewählt. Es ist nicht illegal im Bau."

Ich wackelte mit den Zehen. „Ich kann es kaum erwarten." Und ich meinte jedes einzelne Wort ernst. Die Angst, dass unser Unterfangen schief gehen konnte, schoss mir durch den Kopf, jedoch konnte ich nicht leugnen, wonach mein Herz sich sehnte.

„Was sticht mich da in den Hintern?" Ich räkelte mich und drehte mich auf den Rücken auf unserem Bett aus Fellen, während ich zwischen den beiden Gestaltenwandlern lag.

„Kleines Lamm, das bin ich." Nero lachte und drückte sich entlang meiner Hüfte nach oben, seine Steifheit schmiegte sich an mich.

Oryn war auf seiner Seite und mein Kopf ruhte auf seinem ausgestreckten Arm. „Wir werden keine Schwierigkeiten damit haben, dich heute Nacht warm zu halten. Du kannst dich also von deiner Decke trennen." Er beäugte den Stoff, der mich immer noch umhüllte.

Zur Hölle, ich hatte darüber nachgedacht, aber was

jetzt? Würden wir einen Dreier haben? „Was, wenn ihr euch selbst nicht unter Kontrolle haben werdet?"

Nero liebkoste mein Ohr, seine Hand lag auf meinem Bauch. „Wer hat denn gesagt, dass wir uns benehmen müssten?"

„Du weißt genau, wie du mich verlegen machst. Noch nie zuvor war ich mit Männern wie euch zusammen. Keiner hat mich je berührt, wie ihr das tut oder hat mich so heftig zum Orgasmus gebracht. Aber gleichzeitig mit zwei Männern zusammen zu sein... das ist etwas Neues für mich."

„Nein, nein", sagte Oryn. „Nicht gleichzeitig. Ich habe aber kein Problem damit, zuzuschauen." Er kam näher und seine Lippen berührten meine. Ich zerfloss wie Wachs unter ihm, hungrig ihn zu haben.

Als ich nach Luft rang, drehte Nero meinen Kopf zärtlich am Kinn zu sich, sein Mund küsste meinen mit Leidenschaft und ich schnurrte. Oryns Finger strich über mein Schlüsselbein tiefer zu meinem Dekolleté. Er entblätterte mich von dem Stoff meines Decken-Kleids, packte mich aus und liebkoste meine Brüste.

Ich zitterte voller Versuchung und starrte die beiden Männer an, die mich mit ihren teuflischen Blicken vernaschten. „Ihr beide werdet mich mit euren Küssen noch umbringen."

Nero lachte und drehte mich auf die Seite. Er zog mein Bein über seins und hob mich hoch, damit ich auf ihm saß. „Kleines Lamm, es wird Zeit, uns zu zeigen, wie geil deine Titten hüpfen können. Und ich verspreche dir, ich werde dich dafür belohnen."

# KAPITEL SECHZEHN

Es war noch dunkel, als ich meine Augen aufschlug. Ein sanftes Licht zog meine Aufmerksamkeit auf den Korridor, wo der orange Schein der Feuerstelle an der Wand tanzte. Oryns und Neros schwerer Atem verriet mir, dass sie neben mir noch tief schliefen, mit um meinen Körper geschlungenen Beinen. Jeder Zentimeter in mir kribbelte noch vom Marathon der letzten Nacht und ich war dort unten ganz empfindlich. Wer hatte gedacht, dass es mich so sehr anmachen würde, dabei beobachtet zu werden? Jetzt lag ich neben ihnen, genoss ihre Wärme und ständige Bewunderung, aber die mich begleitenden Sorgen kamen wieder zurück. Die, die mich daran erinnerten, dass wir heute nach Hause aufbrechen würden. Mein Magen schmerzte. Ich war nicht bereit, der Priesterin gegenüber zu treten oder mich den Entscheidungen, die auf mich zukommen würden, zu stellen. An den meisten Tagen hatte ich schon Schwierigkeiten, mich zu entscheiden, was ich anziehen sollte.

Mit dem Drang, meine Blase zu erleichtern, befreite ich mich aus der Umarmung der Männer, nahm meine kleine

Decke und tanzte auf Zehenspitzen um sie herum. Ich eilte den Flur entlang, wo ich Licht von der angelehnten Küchentür strahlen sah. Ob Dagen wach war? Nach meinem Besuch des Badezimmers siegte die Neugier und ich streckte meinen Kopf in die Küche.

„Guten Morgen", sagte Dagen mit rauer Stimme. Es war klar, dass auch er gerade erst aufgewacht war. Er saß auf einem der Stühle, mit verschränkten Armen auf den Tisch gelehnt.

„Darf ich dir Gesellschaft leisten?" Ich wartete nicht, ging hinein und verschloss die Tür hinter mir, um die Männer nicht zu wecken. „Woher weißt du wie spät es hier drin ist, so ganz ohne Fenster?"

Er lehnte sich in seinem Stuhl zurück und reckte sich, wobei seine Wirbelsäule knackte. „Jäger spüren das Auf- und Untergehen des Mondes. Er sagt mir also, wann die Sonne aufgehen wird. Es kribbelt unter meiner Haut, so als ob ich in einen eiskalten Fluss springen würde, so wie jetzt." Er streckte seinen Unterarm aus.

Ich schritt auf ihn zu und sah mir an, wie die Haare auf seiner Haut aufstanden. „Beeindruckender innerer Wecker. "

„Ja."

Ich sah mich in der Küche um, unsicher ob ich mich heute Morgen nochmal zum Schlafen hinlegen konnte, und mein Magen machte Saltos. Die Hälfte des Brotlaibs, den ich gestern gebacken hatte, lag noch auf dem Tisch. „Möchtest du Toast mit Eiern?"

„Keine Ahnung was das ist, aber warum nicht. Ich mag ein Jäger sein, aber meine absolute Lieblingszutat sind Eier."

Nachdem ich ihm ein Messer geholt hatte, nahm ich das Brot und setzte mich vor ihn. „Schneide es in daumenbreite Scheiben."

„Das Brot ist hart. Bist du sicher, dass es noch essbar ist?“

„Aber sicher. Das bedeutet, dass die Brotscheiben mehr der leckeren Köstlichkeit aufsaugen werden und das Endergebnis nicht so durchnässt ist.“ Eifrig platzierte ich eine Pfanne über dem Feuer und benutzte ein Stück des übriggebliebenen Wildschweins zum Fetten. Gestern hatte ich eine Schachtel Eier in der Vorratskiste unter dem Tisch gefunden, also zog ich sie hervor. Vier schlug ich in eine Schüssel und tauchte zwei Stücke des trockenen Brots in die Mischung, um sie dann in der Pfanne zu braten. Im Nu atmete ich das köstliche Aroma ein und das Wasser lief mir im Mund zusammen.

Ich nahm neben Dagen Platz und präparierte weitere Brotscheiben. „Am liebsten esse ich Eier, wenn ich keine Lust zu kochen habe. Eigentlich könnte jede Mahlzeit aus Eiern bestehen. Aber wo bekommt ihr Männer hier die Eier her?“

„Zuhause in meinem Territorium unterhält mein Rudel einen Hof mit Tieren, darunter Hühner und einen Garten, um uns das ganze Jahr über mit Nahrung zu versorgen.“

„Wirklich? Ich dachte ich würde alles jagen und erlegen, was ihr benötigt.“ Ich stand auf und drehte die Scheiben um, Öl spritzte und ich wich zurück.

„Wir jagen, wann immer wir wollen, aber wir mögen Abwechslung. Bei Vollmond veranstalten wir einen monatlichen Rudellauf, um den Zusammenhalt zu stärken. Wir sind also nicht totale Wilde.“

„Das klingt, als könnte es Spaß machen, wenn ich ein Wolf wäre. Während dem Vollmond reinige ich immer meine Kräuter. Man sagt, dass diese Nächte Unreinheiten beseitigen können.“ Mit einem Teller in der Hand holte ich die Scheiben aus der Pfanne und setzte sie Dagen vor. „Lass es dir schmecken.“

Nachdem ich zwei weitere Scheiben in die Pfanne gegeben hatte, nahm ich das Salz vom Tisch und musste feststellen, dass das Essen weg war und Dagen sich seine Lippen ableckte. „Wie hattest du das doch gleich nochmal genannt? Es ist lecker."

„Toast mit Eiern. Mit Salz schmeckt es noch besser." Das Salzsäckchen setzte ich wieder auf dem Tisch ab.

„Verstanden. Sei ehrlich zu mir. Denkst du, unsere Verbindung wird abbrechen, sobald wir voneinander getrennt sind?"

„Vielleicht. Oder du könntest für den Rest deines Lebens lustige Gedanken in deinem Kopf hören. Wer weiß? Das Universum hat einen seltsamen Sinn für Humor."

„Lustige Gedanken? Sag mir Bescheid, wenn du welche hast, damit ich lachen kann." Er grinste. „Bis jetzt ging es nur darum, wie du geil wirst, Sorgen, Nero und Oryn zu verlieren, und der Priesterin gegenüber zu treten. Wenn du mich fragst, wiederholt sich das alles nur." Er lehnte sich mit gehobener Augenbraue in seinem Stuhl zurück.

„Da gibt es noch mehr. Viele Gedanken drehen sich auch um dich."

Er setzte sich in seinem Stuhl zurecht. „Warum kümmert es dich so sehr, ob ich dich mag oder nicht?"

Das Knistern des Öls lenkte mich ab und ich eilte zu dem Toast mit den Eiern. „Ich denke, es ist nicht gerecht, mich mit dem gleichen Maßstab zu beurteilen, den du an allen Menschen anlegst. Jeder ist anders."

„Das ist wahr."

Wieder am Tisch zurück setzte ich mich hin. „Was? Jetzt stimmst du mir zu? Wow." Das war ein Fortschritt.

Dagen antwortete nicht, aber er betrachtete mich, als wäre ich eine seltsame Kreatur, die er noch nie zuvor gesehen hatte.

„Meine Großmutter sagte immer, ganz gleich der Rasse sind wir Eins und haben alle Gutes und Böses in uns."

„Das klingt sehr weise."

„Ich vermisse sie so sehr." Schnell holte ich den Toast mit Eiern, gab neue Scheiben in die Pfanne und kehrte zu meinem Stuhl zurück. „An manchen Tagen wache ich auf und könnte schwören, sie ist im Haus. Einmal habe ich sogar ihren Namen gerufen, als ob sie noch am Leben wäre. Wie verrückt ist denn das?"

„Überhaupt nicht. Bis zum heutigen Tag trauere ich um meinen Bruder. An manchen Tagen habe ich das Gefühl, er ist mir ganz nah und ich unterhalte mich laut mit ihm."

„Das Gleiche mache ich auch." Ich streckte mich zu ihm hinüber und berührte seine Hand. Zu gut kannte ich den Schmerz, jemanden zu verlieren, der dir nahesteht. „Es tut mir leid von deinem Bruder zu hören. War er jünger als du?"

Dagen nickte. „Vor Jahren verliebte ich mich Hals über Kopf in ein Menschenmädchen, Marian, als sie rüber in unser Territorium kam. Wie ein Idiot schmiedete ich Pläne, sie um ihre Hand zu bitten, wie eure Art das tut. Als sie nach über einer Woche nicht zurückgekommen war, brach mein Bruder insgeheim auf, um den Grund dafür herauszufinden. Aber er kam nie wieder nach Hause. Also ging ich los, um ihn zu finden und das tat ich auch, in der Mitte des Dorfes, am Hals aufgehängt, tot. Marian war dort und forderte den Tod aller Wölfe, sie bestand darauf, wir hätten sie entführt und vergewaltigt."

Er senkte seinen Kopf.

„Scheiße! Warum würde sie das tun?" Mir kam der Name nicht bekannt vor, sonst hätte ich Bee darum gebeten, sie mit einem Fluch zu belegen.

Sein Blick hob sich und seine Augen glitzerten. „Eine Woche später entführte ich sie wirklich, um die Wahrheit zu erfahren. Es stellte sich heraus, ich war nur Zeitvertreib für sie und als ihre Eltern sie dabei erwischten, wie sie sich mit meinem Bruder unterhielt, der nackt war, bekam sie Angst und erzählte ihnen eine Lüge. Sie entschuldigte sich für meinen Bruder, aber wie zum Teufel konnte sie einfach da stehen und sagen *es tut mir leid*, für den Tod eines anderen verantwortlich zu sein? An diesem Tag habe ich einen Teil meiner selbst verloren. Ich hätte damit umgehen können, sich zu trennen, wenn sie nicht meine wahre Partnerin war, aber ich war ein verfluchter Idiot. Meinen Bruder auf Grund meines Fehlers beerdigen zu müssen zerriss mich innerlich."

Mein Inneres verkrampfte sich. *Zur Hölle!* „Oh meine Güte, das ist schrecklich." Mein Griff um seine Hand wurde fester als mich der Geruch nach Verbranntem aus den Gedanken riss. Ich stürmte zur Feuerstelle und wendete die Scheiben in der Pfanne.

„Jemanden zu verlieren ist schlimm genug, aber das… Es tut mir so leid." Ich ging auf Dagen zu und nahm ihn in den Arm, während er auf seinem Stuhl sitzen blieb.

Seine Hände umklammerten meine Hüften und seine Wärme haftete sich an mich an. Meine Gedanken drehten sich um meine Eltern, den Tag, an dem Wölfe sie zu Tode zerfleischt hatten.

Ich hielt mich an Dagen fest. Dieselbe Rohheit durchströmte mich jetzt, überzeugte mich davon, dass ich vergessen hatte, wie man atmet. Das Leben war nicht lebenswert und über Jahre hasste ich die Wölfe, wünschte allen von ihnen einen grausamen Tod.

Dagen bewegte sich und sah zu mir hoch, seine Arme immer noch um meine Taille gelegt. „Ich wusste nicht, dass Wölfe deine Eltern getötet haben. Welches Rudel ist dafür verantwortlich?" Seine Stimme wurde düster und er stand auf, überragte mich weit. Mit einer Bewegung drückte er mich auf den Stuhl, ging durch das Zimmer hin zur Bratpfanne und schaute nach dem Toast.

Mein Blick fiel auf den Stapel Toast, ich nahm ein Stück, streute Salz darauf und stopfte es mir in den Mund. Ich nahm einen großen Bissen, denn ich hatte das Bedürfnis, mich auf etwas anderes als meinen Herzschmerz zu konzentrieren.

Als ich den letzten Bissen hinunter geschluckt hatte, antwortete ich: „Keine Ahnung, ist das wichtig? Es ist sowieso zu spät."

Dagen kniete vor mir nieder, nahm meine Hände in seine und eine Falte bildete sich auf seinem Nasenrücken. „Wie hast du aufgehört, die Wölfe zu hassen, nach alle dem, was sie dir genommen haben?"

„Meine Großmutter war eine Hilfe." Obwohl Dagens Gesicht hinter Tränen verschwamm, lächelte ich. „Sie erinnerte mich immer daran, dass nicht alles immer schwarz und weiß ist. Es gibt Gründe dafür, warum Dinge geschehen, Geheimnisse, die ich vielleicht nicht kannte. *Wölfe greifen nicht einfach an*‘, sagte sie immer, aber aus welchem Grund auch immer konnte ich nicht eine komplette Rasse für eine Tat verantwortlich machen, die nur von ein paar begangen wurde."

Er lächelte und sein Ausdruck wurde weich. „Deine Großmutter hätte mir ein paar Dinge beibringen können, da bin ich mir sicher."

„Sie hätte dich gemocht. Sie mochte immer eine Herausforderung." Ich lachte und Dagen stimmte mit ein. Es klang tröstend, als ob er sich selbst endlich erlaubt hatte, zu atmen.

Er erhob sich und bereitete die nächste Runde zu. Zum ersten Mal schien ihn ein Hauch der Entspannung zu umgeben. Seine Finsternis war verschwunden. Ich hasste es, Leuten von meinen Eltern zu erzählen, aber ich konnte ihn nicht aus meinen Gedanken aussperren.

„Ich bin froh, dich gefunden zu haben", sagte er. „So fühle ich mich nicht so allein."

„Geteiltes Leid ist halbes Leid." Ich tunkte die letzte Scheibe in die Eiermixtur, bereit für die Pfanne.

Dagen griff nach einem weiteren Stück, um es zu verzehren, als Oryn in das Zimmer kam.

„Was riecht hier so köstlich?" Oryns Blick fiel auf den Stapel und er stürmte darauf zu. Schnell schnappte er sich zwei Scheiben und mit wenigen Bissen waren sie weg. „Warum hast du die nicht schon eher für uns gemacht?" Auf eine Antwort wartend starrte er Dagen an.

„Das war ich nicht! Sharlot hat Frühstück gemacht."

„Mädchen, gerade als ich dachte du seist perfekt, haust du mich aus den Socken." Oryn nahm zum dritten Mal nach.

Nero torkelte in die Küche, die Hälfte seiner Haare stand zu Berge. Er steuerte auf den Teller zu und nahm zwei Scheiben. „Okay, wolltet ihr die alle essen, ohne mir Bescheid zu sagen?"

In meinen Stuhl zurückgelehnt knabberte ich an meiner Unterlippe, während ich die drei nackten Männer beim Verschlingen des Frühstücks beobachtete und noch nie hatte ich mich so sehr zu Hause gefühlt, wie in ihrer Gegenwart. Wir gehörten zusammen und obwohl ich nicht verstand, wie solch starke Emotionen Besitz von meinem Herz ergriffen hatten, blieb nicht der Hauch von Zweifel zurück.

Dagen wischte sich den Mund ab und verkündete: „Ich komme mit euch nach Terra."

„Wurde auch Zeit, dass du normal wirst." Oryn und Dagen stießen die Fäuste zusammen und Nero umarmte ihn mit einem Schlag auf den Rücken, während er sich noch mehr Essen in den Mund stopfte.

„Ich meine es ernst, Sharlot", sagte Oryn. „Wenn wir bei dir zu Hause sind, musst du mehr hiervon zubereiten."

Ich nickte und mein Kopf drehte sich um die Worte *bei mir zu Hause*. „Sobald ihr mich zur Grenze gebracht habt, werde ich alleine weiter gehen, um das Flusswasser in meinem Laden zu testen. Die Priesterin und ihre Wachmänner würden euch auf der Stelle töten."

„Nein", beharrte Dagen. „Ich werde dich nicht aus dem Blick lassen, wenn du in Gefahr sein könntest. In Terra werden wir in unserer menschlichen Form bleiben, also wird uns niemand verdächtigen."

„Genau", stimmten die anderen beiden zugleich zu.

Ich schnaubte. „Ich hoffe ihr habt Recht, denn ich kann es nicht riskieren, dass ihr in Terra gefangen genommen werdet."

„Wir sind Meister im Anschleichen. Mach dir keine Sorgen", fügte Oryn hinzu.

Nero stürmte aus dem Zimmer, während Dagen ein leeres Einmachglas vom Regal nahm und Flusswasser aus dem Eimer darin abfüllte. Richtig, er hatte einen Plan. Als Nero zurückkam, stand ich auf, er hatte meinen Rucksack in der einen Hand und meinen roten Umhang in der anderen.

„Das gehört dir, kleines Lamm."

Schnell schnappte ich mir meine Sachen und der purpurrote Umhang glitt mir durch die Finger, zerrissen in zwei. Es fühlte sich wie eine Ewigkeit an, als ich ihn das letzte Mal gesehen hatte, zu einer Zeit, als ich hätte schwören können, dass ich meine Welt unter Kontrolle hatte. Aber seit ich Fuß in den Bau gesetzt hatte, stand meine Welt kopfüber. Und jetzt war ich dabei mit drei Wolfswandlern nach Hause zurückzukehren. Meine

Atmung wurde schneller und ich drückte den Umhang gegen meine Brust.

Dagen war bei mir und massierte mir den Rücken. „Alles wird gut. Konzentriere dich auf die Mission. Finde eine Lösung für den vergifteten Fluss. Der Rest kommt später. Okay?"

„Ja, danke dir." Das Einmachglas packte ich in meinen Rucksack und als ich dabei war, den Umhang auch dort hinein zu stopfen, kam mir eine bessere Idee.

Ich stellte den Rucksack auf den Stuhl, löste die Decke, die ich um mich gewickelt hatte, und ließ sie zu meinen Füßen hinabgleiten.

Die Unruhe in der Küche legte sich und als ich aufsah, starrten alle drei mich mit großen Augen an, hinter denen hungriges Verlangen brannte und ich lachte. „Meine Güte, es braucht nicht viel um eure Aufmerksamkeit zu erlangen. "

Einen Streifen des roten Materials legte ich mir um meinen Oberkörper und verknotete die Enden zwischen meinen Brüsten um sicherzustellen, dass es dort blieb. Mit der anderen Hälfte des Umhangs bastelte ich mir einen Rock der kurz über den Knien endete. Meine Kleidung war in den Wäldern wahrscheinlich von den Wölfen in Stücke gerissen worden, als Oryn sie weggeworfen hatte.

„Okay, was denkt ihr?", fragte ich und drehte mich auf der Stelle im Kreis.

„Ich denke, ich muss dich vorne über beugen, um dir meine Meinung mitzuteilen", scherzte Nero und rieb sich mit der Hand seine Schwanzspitze.

Ich verdrehte die Augen. Das war ein weiterer Grund warum sie nicht mit nach Terra kommen konnten, sie waren die ganze Zeit nackt. „Wie wäre es, wenn wir das später machen."

„Denk daran, kleines Lamm, ich nehme dich beim Wort. Und du wirst diesen knappen Rock tragen, ja?"

Ich warf ihm einen Luftkuss zu. „Und ob."

„Jetzt bin ich eifersüchtig", sagte Oryn. „Da möchte ich auch dabei sein. Und ich wette Dagen auch."

Beide schauten zu Dagen rüber, der ein verschmitztes Lächeln auf den Lippen trug, und meine Wangen fingen Feuer bei dem Gedanken an unsere nette Auszeit im Schlafzimmer und wie sehr ich mir eine Fortsetzung wünschte. Aber nur, weil er seine Vergangenheit mit mir geteilt hatte, hieß das nicht, dass er irgendetwas anderes wollte.

„Lasst uns loslegen." Nero öffnete die Außentür und eine kalte Brise strömte hinein, wickelte sich um meine Beine. Oryn ging ihm nach und Dagen tauchte hinter mir auf. Seine Nähe brannte sich in mich ein, mein Blut kochte von Kopf bis Fuß und überall dazwischen.

Seine Finger umschlossen meine Taille und sein Mund kam meinem Ohr näher.

Ich verlor das Gleichgewicht.

„Es ist eine Schande, dass du meine Gedanken nicht lesen kannst." Er spazierte nach draußen und ließ mich aufgewühlt und alleine im Haus zurück.

Himmel nochmal! Mein Verlangen nach Dagen war genauso groß wie das nach den anderen beiden, wie also sollte ich mit drei von ihnen fertig werden, während ich panische Angst davor hatte, was passieren würde, sobald wir die Grenze zu Terra überschritten?

# KAPITEL SIEBZEHN

KAPITEL SIEBZEHN

„Ist das mein Stiefel?" Ich zeigte auf einen Schuh, der auf seiner Seite direkt am Flussufer lag. Bitte lass es ihn sein. Steine und Zweige hatten mir schon ganz die Füße zerschrammt.

Oryn gab einen selbstsicheren Heuler von sich und verwandelte sich in seine Wolfsform. Sein schwarzes Fell wehte ihm Wind. Er rannte aus dem Wald und zielte auf das Flussufer ab.

Dagen hob die Nase in die Luft und roch, sein grauer Kopf drehte sich nach rechts und dann ging er los.

Nero blieb an meiner Seite, sein weißer Pelz schmiegte sich weich gegen meine Beine. Er grummelte und zeigte mit seinem Kinn in Richtung eines Stück Treibholzes, auf welches ich mich setzen konnte.

„Du liest meine Gedanken." Ich humpelte hinüber und ließ mich auf den hölzernen Sitz fallen. Dann überschlug ich meine Beine, rieb mir die Sohle und zupfte mir einen Kieselstein aus der Ferse.

Nero setzte sich neben mich, seine Zunge hing hinaus,

während er die Umgebung im Auge behielt. Ich kraulte seinen Kopf, der unter meiner Berührung zuckte.

„Sicher wird dir im Winter nie kalt mit deinem weißen Fell. Es ist wunderschön."

Er drehte sich, um mich anzusehen und machte ein protestierendes Geräusch.

„Ach ja richtig! Du hast einen gutaussehenden, männlichen Pelz." Innerlich grinste ich.

Er sprang auf die Pfoten als ein paar Zweige knackten und ich sah Oryn und Dagen näherkommen, jeder mit einem Stiefel in der Schnauze. Sie ließen sie mir vor die Füße fallen und ich klatschte.

„Ich kann gar nicht in Worte fassen, wie großartig ihr Kerle seid. Ansonsten hätte mich jetzt einer von euch tragen müssen."

Oryn sprang näher mit erhobenem Kopf, als wolle er mir zeigen, wie stark und breit sein Rücken war.

Ich beugte mich zu ihm und zerzauste sein Fell. „Du bist so süß."

Nero zwängte sich zwischen Oryn und mich mit einem winselnden Geräusch und bot sich selbst an.

„Haha, ihr beide seid lustig." Mein Blick wanderte zu Dagen, der einfach da saß und mich mit angespitzten Ohren betrachtete. Ich schlüpfte in meine Stiefel und an einem Fuß guckten meine Zehen an der Stelle raus, wo das Leder an der Spitze zerrissen war. Der andere war von Zahnabdrücken geziert. Aber die Sohlen waren unversehrt und als ich auftrat, fühlte es sich an, als würde ich auf Wolken laufen.

„Jetzt kann ich einen Marathon laufen." Ganz nah an Dagen stehend lehnte ich mich rüber und umarmte ihn, seine Wärme schmiegte sich an mich. „Danke." Dann stand ich auf und wir brachen erneut auf.

Oryn führte uns an, da dies sein Territorium war, und

er hatte zuvor darauf bestanden, dass wir einen längeren Weg wählten, um den Klippen und Wölfen aus dem Weg zu gehen. Nero lief an meiner Seite, Dagen hinter mir, sodass sich niemand an uns anschleichen konnte.

Wir eilten vorbei an Dutzenden von Tannen und trampelten über Sträucher. Zerbrochene Zweige und herabgefallene Nadeln übersäten den Waldboden. Wir kamen gut voran. Die Morgensonne durchbrach die Baumkronen über uns und wärmte meine Schultern.

Je tiefer und weiter wir vorstießen, desto verkrampfter wurde mein Magen. Was würde ich zu Hause vorfinden? Eine wartende Priesterin vor meinem Laden, bereit mich zu verhaften? Oder uns alle in Gefangenschaft zu stecken? War Santos wohlauf? Was, wenn mich Dorfbewohner mit drei nackten Männern durch die Wälder schleichen sahen?

Ja, es war schon schlimm genug, nur einen Stern an der Kundenzufriedenheitstafel zu erhalten, doch was würde ich jetzt abbekommen?

Mit Mistgabeln aus Terra gejagt werden?

Mein Atem wurde schneller und ich umklammerte meinen Bauch. Mit Sicherheit nicht. Aber was dann?

Ein Vogel krächzte und ein Schwarm Krähen flog am Himmel über unsere Köpfe.

Es grenzte an ein Wunder, dass wir keine Schwierigkeit bei der Überquerung der Grenze hatten und ohne ein einziges Aufeinandertreffen mit Wölfen hatte die Sonne nun ihren Höchststand erreicht. Die von Oryn empfohlene Route war die richtige Entscheidung, jetzt da wir aufs offene Feld hinausgingen. Gelbe Blüten tanzten durch die Wiese und das Gras kitzelte meine Knie. Die Wärme strahlte auf meinen Rücken und meine Schultern.

Nero und Oryn liefen voraus wie Rennpferde, prallten ineinander und stolperten übereinander. Tief in meiner

Brust klang etwas. Ein Gefühl, dass mein Leben genau dort war, wo es hingehörte.

Dagen spazierte neben mir. Hin und wieder strich ich ihm übers Fell. Er belohnte mich mit einem Blick aus seinen großen, wunderschönen Augen, die in meine Richtung starrten ohne zu Blinzeln. Hypnotisierend.

Uns umgaben wieder Bäume, als wir den Mittelpunkt der offenen Waldlichtung erreicht hatten. Äste wehten und der Wind nahm zu, mit ihm wurde es kühl.

Als hinter uns das Echo von Wolfsgeheul ertönte, wirbelte ich herum und presste mir meine Hände an die Brust.

Ein halbes Dutzend Wölfe strömte aus dem Wald, breitete sich aus und griff an.

Das Herz klopfte mir bis zum Hals und ich hätte schwören können, es würde herausspringen. „Zur Hölle nein." Ich hatte es satt, um mein Leben zu rennen und gegen Wölfe zu kämpfen.

Dagen stieß meinen Oberschenkel an und knurrte.

Ja, beweg dich!

Ich drehte mich und rannte los, umklammerte die Träger meines Rucksacks über meinen Schultern fester, damit er aufhörte hoch und runter zu hüpfen. Die Fröhlichkeit von eben verwandelte sich in Angst. Ich rannte so schnell ich konnte und schon sprinteten Oryn und Nero mit aufgestelltem Fell in meine Richtung.

Sie schossen an mir vorbei. Im Visier hatten sie die Wölfe, die mich verfolgten. Dagen blieb nah bei mir und ich rannte schneller, als ich es je für möglich gehalten hatte.

Hinter mir ertönte ein Knurren. Es war mir unmöglich nachzusehen, weil sich mir die Nackenhaare schon bei dem Gedanken daran aufstellten, zu Tode zerfleischt zu werden.

Wir waren ein offenes Ziel auf der Wiese. Am meisten ich. Ich war der wehrlose Mensch, in dem Wölfe Nahrung sahen. Dieser Gedanke schnürte mir die Luft zu und ich sprintete noch schneller.

Ich war völlig außer Atem und meine Seite begann zu stechen. Tapfer rannte ich weiter und presste mir eine Hand auf den Schmerz. Nichts konnte mich aufhalten. Der Waldrand war noch knapp fünfzehn Meter entfernt, was hieß, dass ich eine größere Chance hatte, dort eine Waffe zu finden, mit der ich mich verteidigen konnte, oder eine Stelle, um mich zu verstecken.

Dagen fiel zurück und das donnernde Knurren lag mir in den Ohren.

Nun riskierte ich einen Blick über meine Schulter und Dagen rangelte mit zwei Wölfen. Meine anderen Männer behaupteten sich in ihren eigenen Kämpfen, aber ein Wolf, braun wie Schlamm, umkreiste das Spektakel und setzte dann zum Sprung in meine Richtung an.

Mit einem Schrei, der in meinem Hals feststeckte, rannte ich los.

Eine Waffe musste her. Schnell.

Ich zog mir meinen Rucksack von den Schultern, setzte ein Bein vor das andere und griff nach der Wolfseisenhutwurzel.

Hinter mir hörte ich Pfoten die auf den Boden trafen.

Schwerer Atem war mir direkt auf den Fersen.

Furcht vereiste mein Innerstes. Wenn ich den Wald erreichen würde, konnte ich auf einen Baum klettern und wäre in Sicherheit.

Ich sprang über einen Holzstamm.

Ein Schatten sauste von rechts auf mich zu. Ich drehte mich, schrie und zog die Hand mit dem Wolfseisenhut hervor.

Der braune Wolf krachte in meine Seite, die Luft wurde

aus meinen Lungen gepresst und ich knallte auf den Boden.

Rückwärts kriechend rammte ich dem Tier die Pflanze ins offene Maul.

Er ging jaulend zu Boden. Ich wollte ihm nicht wehtun, aber ich wollte auch nicht sterben.

Ein weiterer Wolf rannte mit gefletschten Zähnen auf mich zu.

Aus Angst verschwamm die Welt vor meinen Augen.

Auf Knien holte ich mit meinem Rucksack nach seinem Gesicht aus und die Wucht warf ihn zur Seite. Ich rappelte mich auf, was mir genug Zeit verschaffte, um Dagen herbei stürmen und den Wolf mit dem Kopf in die Seite rammen zu sehen, so hart, dass dieser gegen einen Baum geschleudert wurde.

Weitere Wölfe tauchten aus dem Wald hinter uns auf. Ich konnte nicht auf die anderen warten. Trotz der Angst, die mir das Herz zerriss, ob es ihnen gut ging oder nicht, drehte ich mich um und rannte.

Die Realität traf mich wie der Blitz. Wie sollte ich je im Bau leben, wenn die Wölfe in mir nichts weiter als eine Mahlzeit sahen? Sicher, sie standen unter einem Einfluss, aber es brauchte nicht mehr als einen Welpen mit jugendlichem Leichtsinn oder den Angriff eines verärgerten Wolfs, und ich wäre tot. Weder heilte ich rasch noch hatte ich die Gabe zu kämpfen.

Ich erreichte den Wald und die kleinen Zweige zerbarsten unter meinen schweren Schritten. Und direkt vor mir entdeckte ich eine riesige Hecke aus Wolfseisenhut, der die Grenze zwischen dem Bau und meinem Land markierte. *Himmel.* Der beste Anblick der Welt. Ich stürmte voran, schob mich an den Sträuchern vorbei und stolperte durch ihre verwachsenen Äste, bevor ich die Grenze zu Terra überschritt.

Schnaufend stützte ich meine Hände auf meine Knie und blickte zurück über die Hecke. Dagen rannte hin und her vor dem Hindernis. Hatte er Angst mir zu folgen? Ich eilte rüber zu den Pflanzen, stellte mich zwischen sie und drückte mit gespreizten Armen die kleinen Stämme zur Seite, öffnete so eine schmale Lücke für meine Männer.

„Komm schon", schrie ich, aber Dagen bewegte sich nicht von der Stelle. Soweit ich konnte, stemmte ich den Wolfseisenhut zur Seite und verbreiterte den Durchgang, doch Dagen starrte ins Feld und wartete auf Nero und Oryn. Eine dunkle Wolfsarmee jagte hinter ihnen her.

Die Angst kratzte an der Innenseite meines Schädels wie dreckige Fingernägel auf Stein.

Ich betete, dass die Barriere die Wölfe verscheuchen würde und sie nicht verrückt genug davon wurden, um zu versuchen, sie zu überwinden.

Ein leichtes Jucken breitete sich bereits auf meinen Armen aus an den Stellen, wo ich den giftigen Wolfseisenhut berührte.

„Beeilung", schrie ich.

Binnen Sekunden war sie da. Dagen stürmte an mir vorbei. Dann Oryn, gefolgt von Nero.

Ich kletterte zwischen den Pflanzen hervor und stellte sie wieder aufrecht hin um die Lücke zu schließen und wich zurück, als dunkle Gestalten auf meiner anderen Seite erschienen. Mein Fleisch kribbelte und mein Kopf drehte sich.

Die Tiere pirschten vor und zurück und wir mussten hier weg, falls sie einen Sprung in ihr eigenes Verderben wagten. Ich drehte mich um und versuchte auf die Beine zu kommen. Der Wald erschien doppelt in meinen Augen.

Nachdem ich mich selbst geschüttelt hatte, vermied ich es aber, mir mit den Fingern in die Augen zu fassen, da meine Hände und Arme mit Wolfseisenhut überzogen waren. Auf keinen Fall durften diese Kräuter meine Männer verletzen, noch nicht mal aus Versehen.

Ein elektrischer Stromschlag kroch meine Beine hoch und ich sah wie Dagen sich verwandelte, während Oryn und Nero das Rudel durch die Büsche hinweg anknurrten.

In seiner menschlichen Gestalt eilte Dagen zu mir, sein Gesicht von Sorge gezeichnet.

Ich wich zurück und hielt eine Hand zwischen uns hoch. „Fass mich nicht an. Ich habe Wolfseisenhut auf meiner Haut. Ich glaube, es bekommt mir nicht." Obwohl es mir nicht so stark zusetzen sollte.

„Okay, welcher Weg führt zu deinem Laden?" Seine Worte sprudelten aus ihm heraus.

Wo waren wir? Dies waren nicht die Wälder, die ich sonst aufsuchte und ich konnte nicht aufhören mir die Arme zu kratzen. „Wir müssen gehen, bevor uns jemand sieht." Mein Plan war es geradeaus zu gehen, bis wir auf etwas trafen, was mir bekannt vorkam, in der Hoffnung, dass es kein Wachmann sein würde.

Im Moment war ich mir nicht sicher, was schlimmer wäre; wenn ich mit Wölfen oder nackten Männern ankäme. Zur Hölle, egal wie, ich war in Schwierigkeiten.

Die Spitze meines Stiefels verkeilte sich unter einer Wurzel, ich stolperte vorwärts und landete auf meinen Händen und Knien.

Das heulende Knurren meiner Wölfe kam näher und Dagen bot mir seine Hand an, aber ich kämpfte mich aus eigener Kraft auf die Beine und kratzte meine Unterarme. „Ich werde euch nicht krank machen."

Die Angst erstickte mich, wie jemand, der mir Mund und Nase zuhielt. Es war mir kaum möglich, genügend Luft in meine Lungen zu bekommen. Krank zu werden war keine Option, besonders nicht mit drei Gestaltenwandlern in Terra, Oryns Rudel noch immer in Gefahr und der

Priesterin auf meinen Fersen. Innerlich zerriss es mich, aber ich lächelte die Männer an und versuchte sie zu beruhigen.

Außer Dagen, der mich panisch anstarrte, seine Bedenken aber für sich behielt. Sicher, er hatte meine Gedanken gelesen, aber nur zu wissen, dass ich nicht allein war, linderte den Juckreiz ein wenig.

Wir liefen durch die Wälder. Nicht immer den direkten Weg, aber die Bäume waren unsere Lebensretter, da ich sie nutzte, um mich zu stützen, und um nicht aufs Gesicht zu fallen. Rote Flecken—sowie unzählige Schnittwunden— zierten die Haut auf meinen Armen. Ein kalter Schauer lief mir den Rücken hinunter.

Das Atmen schmerzte und ich drückte mich für eine paar Augenblicke rückwärts gegen einen Baumstamm, nicht in der Lage, mit dem Kratzen aufzuhören.

„Scarlet, sag mir was ich tun kann", verlangte Dagen. „Du bist blass wie ein Gespenst."

„Basilikum." Ich deutete auf die Kräuter, die um uns herum wuchsen. „Zerkaue die Pflanze und reibe meine Arme dann damit ein."

Dagen suchte den Boden ab, aber übersah das grüne Kraut scheinbar. Nero und Oryn verwandelten sich, beide Wölfe wuchsen mit Leichtigkeit. Das Fell verschwand und ihre Ohren schrumpften. Nero stand vor mir und Sorge verzerrte seinen Blick.

„Kleines Lamm, ich habe das im Griff." Er pflückte die Basilikum Blätter und gab sie Dagen und Oryn. Alle drei zerkauten die grünen Blätter mit verzogenen Gesichtern bevor sie die Masse in ihre Handflächen spuckten.

Ich streckte meine Arme aus. „Verteilt sie überall auf meinen Armen und meinen Händen, aber berührte meine Haut nicht mit eurer. Das sollte den Juckreiz stillen."

Das zerkaute Basilikum fühlte sich warm auf meiner

Haut an und trotz unserer Situation konnte ich nicht anders, als darüber zu lachen, dass diese starken Alphas im Gleichtakt auf der Pflanze herumkauten. „Würde einer von euch mir bitte auch ein paar frische Blätter in den Mund geben?"

Nero tat mir den Gefallen und gab Acht, mich dabei nicht zu berühren.

Als die grüne Paste endlich meine Haut bedeckte, ließ der Juckreiz nach und ich schluckte meinen Mund voll Basilikum hinunter, in der Hoffnung, dass dies gegen den Schwindel helfen würde.

„Lasst uns weitergehen", sagte ich zu den drei nackten Männern. Es war schon Nachmittag und ich wollte an meinem Haus ankommen, bevor die Nacht einbrach.

Wir liefen weiter und es fühlte sich wie eine Ewigkeit an.

„Ich rieche Feuer", sagte Oryn.

Selbst mit erhobenem Kopf konnte ich nichts riechen. Wir gingen weiter bis ich einen leichten Rauchgeruch wahrnahm. Endlich, Zivilisation. Sobald wir Häusern näherkamen, würde ich die Wölfe im Wald zurücklassen, um herauszufinden wo wir waren.

„Ich bezweifle, dass dies eine so gute Idee ist", mischte Dagen sich ein.

„Genauso wenig wie mit drei nackten Männern in das Dorf einzufallen", fauchte ich zurück.

Ein geschnitztes Zeichen an einem Baum, an dem wir vorbeikamen, zog meine Aufmerksamkeit auf sich. Schützende Runen. Mein Herz schlug schneller, da ich sie zuvor schon mal gesehen hatte. Ich entdeckte weitere Kiefern mit ähnlichen Markierungen und drehte mich zu der sprudelnden Quelle in der Nähe um und das Land stieg unter unseren Füßen nach oben an.

„Oh, ich weiß, wo wir sind." Bestimmt schritt ich voran. „Meine Freundin lebt hier."

Meine Oberschenkel schmerzten beim Anstieg und mein Blick war noch immer unscharf.

Es dauerte nicht lange, bis wir den Gipfel erreicht hatten und hinter einem zweistöckigen Steinhaus standen. Dekorative Holzbrettchen waren vor den Fenstern angebracht und auf dem spitzen Dach thronte ein Hahn auf einer eisernen Wetterfahne.

Mit der ganzen Welt hätte ich es aufnehmen können, jetzt, da ich hier war. Ich wandte mich den Männern zu. „Bitte bleibt hier, ich bin gleich zurück."

Oryn nickte und ich eilte zur Vorderseite des Gebäudes, zog dabei meinen Rock nach unten, der sich an meinen Oberschenkel hochgeschoben hatte. Aber als ich meinen Blick nach vorne richtete, konnte ich Bee schon im Flur erkennen. Sie trug Hosen und ein langärmliges Hemd, nicht wie gewöhnlich ein Kleid.

Ihre Augen wurden riesig. „Scarlet? Wo zur Hölle warst du?"

Die Tränen schossen mir in die Augen, jetzt da ich ein bekanntes Gesicht erspähte. „Ich war mir nicht sicher, ob ich es je nach Hause geschafft hätte. Dann traf ich diese Wölfe und ich hätte schwören können, ich müsse sterben."

„Heilige verfickte Kröten." Sie musste schlucken, eilte näher und ihr Blick wanderte hinter mir umher.

Ich drehte mich um und sah die Gestaltenwandler hinter mir, stolz auf ihre Nacktheit. Nero stemmte mit einem Zwinkern seine Hände in die Hüften, Oryn hatte die Arme verschränkt und Dagen studierte uns mit seinem finsteren Blick.

Bee schob mich ins Haus, wo zwei Sofas gegenüber dem Feuer standen. Das war die Stelle, an der wir uns die Nächte um die Ohren geschlagen hatten, über Jungs und

Zaubersprüche quatschend. Wir teilten uns einen ganzen Kuchen und tranken unzählige Tassen Kaffee dazu. Zum Himmel, ich vermisste diese Zeiten so sehr.

Sie knallte die Tür zu und wandte sich mir zu. „Wer zum Teufel sind die? Sind sie dir gefolgt? Warum sind sie nackt?" Sie schritt zum Fenster und lugte hinaus. „Was wollen sie?"

„Entspann dich, sie sind mit mir gekommen. Ich muss dir so viel erzählen." Ich stolperte ihr entgegen und sie ergriff meinen Arm um dann mit ihre Nase zu runzeln, als sie das grüne Zeug anstarrte.

„Was ist mit dir passiert? Was ist das für ein Grünzeug und was hast du da an? Mädchen, deine Haare sehen grauenvoll aus."

„Ist dein Vater zu Hause?" Ich nahm meinen Rucksack ab und ließ ihn neben dem Sofa fallen.

Sie schüttelte mit dem Kopf. „Er ist auf dem Markt. Ich war gerade dabei zu gehen, um weiter nach dir zu suchen, da du seit Tagen verschwunden warst."

Ich schluckte den Kloß in meinem Hals herunter und schritt in Richtung der Tür, öffnete sie für die Männer und winkte sie herein. Dann drehte ich mich zu Bee und sagte: „Sie werden dir nicht wehtun."

Sie kamen hinein und jeder von ihnen ging in einen anderen Teil des Zimmers, um diesen zu inspizieren. Nero steuerte direkt auf das Sofa zu, ließ sich darauf fallen und legte die Füße hoch. Oryn begutachtete eine Schüssel mit Obst auf dem Tisch in der Ecke und nahm sich einen Apfel. Dagen blieb in der Nähe der Tür, erstarrt, wie ein Krieger.

*Es ist in Ordnung Dagen. Du bist in Sicherheit, versprochen.*

Bee schritt rückwärts auf das Fenster zu und die Spitzengardine flatterte um sie herum. „Scarlet, was zur Hölle geht hier vor? Bist du jetzt endgültig völlig

übergeschnappt und hier, um eine Orgie zu veranstalten?"
Sie grinste. „Weil dem würde ich mich vielleicht sogar
anschließen."

„Das klingt verlockend", fügte Nero hinzu.

„Was?" Ich wollte zu Bee laufen, stolperte aber über
meine eigenen, tauben Füße. Ich rammte gegen das Sofa,
aber konnte mich gerade noch auffangen, bevor ich auf
dem Holzboden landete.

„Hey! Okay", begann Bee. „Irgendwer erzählt mir jetzt,
wer ihr seid oder ich hole meinen Schlagstock raus."

Mich überkam ein Hustenkrampf und so bekam ich
kein Wort heraus.

„Sie hat eine Wolfseisenhutvergiftung", brüllte Nero,
„und sie braucht eine Dusche um das Gift abzuwaschen."

Schritte trampelten um mich herum, aber ich blieb auf
meinen Knien sitzen und krümmte mich. Die Welt um
mich kippte.

„Komm." Bee war an meiner Seite und stützte mich am
Ellbogen, drängte mich nach draußen zur Rückseite des
Hauses. „Ich habe dort eine Badewanne. Vater wäscht sich
dort manchmal, wenn er im Garten gearbeitet hat." Sie
drehte sich zu den Männern um. „Geht ins Badezimmer
und bringt mir einige Handtücher. Schnell."

Ohne zu zögern eilten sie los. Sie würden wahrscheinlich mit dem kompletten Inhalt des Badezimmerschranks
zurückkommen.

Bee führte mich zu der Holzbadewanne hinter dem
Haus. „Es tut mir leid, Scarlet", sagte sie. „Wir müssen dafür
jetzt kaltes Wasser verwenden. Ich befürchte, es ist nicht
mehr viel Zeit, da du bereits dabei bist, das Bewusstsein zu
verlieren. Jetzt zieh dich aus und steige hinein."

Ich stieg in die Wanne und entledigte mich meines
spärlichen Outfits aus Großmutters Umhang. „Es ist so
viel passiert", sagte ich.

„Du schuldest mir eine Erklärung." Sie pumpte Wasser in einen Eimer. „Warum du mit drei nackten Kerlen hier bist. Warum du mit blauen Flecken und Schnitten übersät bist. Und wo bist du diese Woche hin verschwunden?"

Sie brachte den Kübel rüber und ließ ihn auf den Boden knallen. Mit ihren Händen über der Wasseroberfläche kreisend murmelte sie einige Worte, die ich nicht verstehen konnte.

„Was machst du?", fragte ich.

„Ich helfe dir nur, schneller gesund zu werden." Sie rannte zur Hintertür hinein und nur Sekunden später kam sie mit zwei Schwämmen zurück. Einen davon drückte sie mir in die Hand.

„Jetzt wasch dich und erklär mir was los ist."

Ich tunkte den Schwamm in das Wasser und ließ die Flüssigkeit meine Arme hinunterlaufen, während ein leichtes Kribbeln durch mich fuhr. Bee schrubbte meinen Rücken. Ich zitterte von der Kälte des Wassers, aber die Sonne über uns hielt mich warm. Zum Glück lebte sie alleine draußen in den Wäldern und niemand kam vorbei, ohne ihre Meldezaubersprüche auszulösen. Bee vertraute ich mein Leben an, daher erzählte ich ihr die stark gekürzte Version und ließ die pikanten Details meiner sexuellen Bekanntschaften aus. Das würde später kommen, wenn Zeit dafür war. Aber ich erwähnte diese Verpaarungssache. Den Teil des Zwischenfalls mit Dagen ließ ich auch aus, da ich mir selbst noch nicht im Klaren darüber war, was mit uns beiden vor sich ging.

„Scheiße, Scarlet. Wolfswandler? Bist du dir sicher, dass du in Sicherheit warst?" Sie wrang ihren Schwamm aus, bevor sie sich den Rückseiten meiner Arme widmete. „Ich meine, wenn sie dich beschützt haben, müssen sie sich wirklich um dich sorgen. Aber alle drei? Halten sie es so in ihren Rudeln? Mehrere Männer mit einem Mädchen?

Mist, sie sind aber auch sexy und ich könnte dir einen abnehmen, wenn sie dir mal zu viel werden. Ha... Wenn ich an deiner Stelle wäre, dann würde ich mich von allen drei gleichzeitig nehmen lassen."

„Bee!" Ich drehte mich um und sah sie an. „Das könnte ich nie. Wäre das nicht seltsam?"

„Ha. Du hast drei Schwänze um dich und bist immer noch schüchtern? Hör zu, einen für deinen Mund, einen für deine Muschi und einen für deinen Arsch. So einfach ist das."

Meine Wangen brannten. „Zum Himmel, du hattest schon mal Sex mit drei Männern?" Für mich persönlich war das höchste der Gefühle von Oryn beobachtet zu werden, während Nero und ich dabei waren, und dann trieb ich es mit Oryn und Nero schaute zu.

„Ich wünschte es wäre so." Sie lachte, während die drei Männer um die Ecke des Hauses kamen und sie stapelweise Handtücher trugen. Hatte es doch gesagt.

„Gut, ihr seid zurück", sagte Bee.

Nero kam näher. „Kann ich ihre Brüste waschen?"

„Hey." Ich warf mit dem Schwamm nach ihm, aber er duckte sich und ich verfehlte ihn.

Bee lächelte und nahm den Wassereimer. „Okay ihr geilen Böcke. Sie ist vom Wolfseisenhut gesäubert. Macht euch nützlich und trocknet sie ab."

Oryn und Nero kamen zu mir und ich kicherte. Jeder von ihnen nahm einen Arm und trocknete mich ab, Nero konzentrierte sich auf meinen Rücken und ließ sich genüsslich Zeit bei meinem Hintern während Oryn meine Brüste durch das Handtuch knetete und seine Daumen meine Brustwarzen rieben.

Es kribbelte überall, aber ich konnte mich in Bees Nähe nicht in eine Sexsklavin verwandeln. Also entriss ich ihm das Handtuch und trocknete mich selbst zu Ende ab.

Dagen unterhielt sich mit Bee nur ein paar Schritte weiter, jedoch konnte ich sie nicht verstehen. Sie lachte und ich liebte sie so sehr, aber trotzdem flammte Eifersucht in meinem Bauch auf. Ich kletterte mit Neros und Oryns Hilfe aus der Wanne und wickelte mich dann selbst ein.

Mit einem Mal versteifte sich Bee und kam näher. „Schnell, Vater ist zu Hause. Geht alle ins Haus und in mein Schlafzimmer. Jetzt!"

Wir folgten Bee ins Haus und Nero lag mir in den Ohren. „Ist das Geheimsprache für das, was ich denke, was es ist?"

Ich rollte mit den Augen und schüttelte meinen Kopf. „Nein. Ihr Vater *ist* hier und wenn er einen von euch sieht, wird er Alarm schlagen."

# KAPITEL ACHTZEHN

Bee schloss die Männer und mich in ihrem Schlafzimmer ein und ging hinunter um ihren Vater zu begrüßen und ihn zu beschäftigen. Dagen stand am Fenster, starrte durch die Vorhänge nach unten in den Hof, während Nero es sich in dem Doppelbett bequem gemacht hatte und die geblümte Bettwäsche zerknitterte. Die Wände waren voll mit glänzenden getrockneten Blumen und Oryn öffnete den Kleiderschrank, worin jede Farbe des Regenbogens enthalten war. Mist, ich musste also definitiv bald mal meine Garderobe auffrischen.

Noch immer hatte ich das Handtuch um mich geschlungen und war mir sicher, dass es Bee nichts ausmachen würde, wenn ich mir etwas zum Anziehen bei ihr lieh.

Oryn zog ein langes ärmelloses rotes Kleid mit tiefem V-Ausschnitt heraus. „Das wäre perfekt an dir."

Ich schüttelte mit dem Kopf. „Ich bin nicht so der Typ für Röcke oder Kleider."

Nero richtete sich auf und saß am Fußende des Bettes.

„Sie stehen dir aber. Außerdem, erinnere dich, du hast mir versprochen, dich mir in einem Rock zu präsentieren."

Oryn drückte mir das Kleidungsstück in die Hand und wenn man bedachte, dass jedes andere Kleidungsstück in Bees Kollektion ein Kleid war, hatte ich diesen Kampf verloren. Ich ließ mein Handtuch fallen und sogar Dagen lehnte sich mit verschränkten Armen gegen den Fenstersims und betrachtete meinen Körper.

*Gefällt dir die Show?*

Er grinste und wandte sich ab, um nach draußen zu schauen.

Das Kleid zog ich über meinen Kopf und ließ es meinen Körper entlang nach unten gleiten. Es saß ein bisschen locker, aber Bee war auch etwas kräftiger als ich. Der V-Ausschnitt saß trotzdem tief genug, um mein Dekolletee zu zeigen.

„Das ist sexy", sagte Nero. Er berührte mein Kleid, strich es an meinen Beinen hinab glatt und drückte meinen Hintern. „Und es gehört uns."

Oryn stöberte in den Schubladen des Wandschranks und zog knappe pinke Unterwäsche hervor.

„Leg sie zurück." Schnell ging ich hinüber und stopfte sie zurück.

„Ja, warum willst du, dass sie Unterwäsche trägt?", protestierte Nero.

Ich warf Nero einen Blick zu und mein Körper wurde heiß, da jede Unterhaltung mit ihnen immer sexueller Natur endete. Nicht, dass ich mich beschwert hätte, aber jetzt gerade war dafür nicht der richtige Zeitpunkt oder Ort, um mich ihnen anzubieten, egal wie sehr meine Libido danach verlangte.

„Oh, jetzt wird es interessant." Nero ging an Oryn vorbei und nahm einen hölzernen Stamm in Form eines

Penis heraus, dick und glatt. „Mir gefällt die Denkweise deiner Freundin."

Die Tür öffnete sich und mein Herz sackte mir in die Knie. Ich warf den Lustprügel zurück in die Schublade und schmiss sie mit der Hüfte zu, als Bee mit einem Arm voller Kleidung reinkam.

Sie kam näher und stoppte, als sie erst einen von uns und dann alle ansah. „Was? Ihr seht alle verdammt verdächtig aus, wisst ihr?"

„Also, wir—"

Ich stieß Nero an ruhig zu sein und sagte: „I... ich habe durch deinen Schrank gestöbert und mir ein Kleid ausgeliehen. Ich hoffe das ist in Ordnung für dich?"

„Aber natürlich Süße. Du kannst dir alles ausleihen." Sie ließ das Bündel Kleidung aufs Bett fallen.

„Alles?" Nero ließ sich auf die Matratze fallen und sah mit einem Auge zu mir hinüber.

Ich ignorierte ihn und die Art, wie er den Schrank mit dem Lustprügel anstarrte und ging auf Bee zu. „Was ist das alles?"

„So sehr ich es auch liebe, Männern auf den Schwanz zu glotzen, sie müssen sich etwas anziehen, um in Terra nicht aufzufallen. Bedient euch. Sie gehören Vater, aber er wird es nicht merken, da er die Sachen jahrelang nicht getragen hat."

Die Männer gingen durch die Kleidungsstücke und ich folgte Bee zum Fenster. „Scarlet", begann sie, „während du weg warst, hat die Priesterin deinen Laden auf den Kopf gestellt. Sie ist hinter dir her."

Wie angewurzelt stand ich da und war nicht in der Lage dazu, mich zu bewegen. „Geht es Santos gut?"

Sie nickte. „Ja, ich habe ihn zu uns geholt, damit er sich in Sicherheit fühlt. Er ist jetzt auf dem Markt und verkauft

Tee, um Geld für die Renovierung des Ladens zu verdienen."

Mir blutete das Herz. „Er ist ein unglaublich toller Junge. Falls ich ihn heute nicht sehen werde, sag ihm bitte, dass es mir gut geht." Wie schlimm wurde mein Geschäft wohl zugerichtet? Und wenn die Priesterin nach mir suchte, welche Zukunft hatte ich dann noch in Terra? Was war mit allem, wofür Großmutter so hart gearbeitet hatte, um es aufzubauen?

„Was wirst du tun?" Bee drückte meinen Arm.

Ich konnte nicht auf den Ernst der Lage, wie schlimm meine Situation geworden war, antworten. Sie nahm mich in den Arm und hielt mich fest. „Du kannst so lange hier bleiben, wie es notwendig ist. Ein Wachmann kam hier auf der Suche nach dir vor ein paar Tagen vorbei und nachdem er das Haus durchsucht hatte, entschuldigte er sich für die Unannehmlichkeiten und ging. Also bezweifle ich, dass sie zurückkommen werden."

„Danke." Aber mein Leben war so viel komplizierter geworden, nachdem ich auf diese drei unglaublichen Männer getroffen bin. Außer, dass sie nicht in meine Welt gehörten, und vielleicht tat ich das selber auch nicht mehr. Aber auch der Bau war nicht sicher.

Als Nero anfing zu kichern, drehten wir uns zu den Männern um und fanden sie angezogen und sich gegenseitig umher schubsend vor. Es war keine Überraschung, dass Nero die glänzende Weste ohne Hemd darunter und knielange Shorts angezogen hatte. Es stand ihm mit seinen muskulären Armen.

Oryn knöpfte ein schwarzes Hemd zu und trug eine dazu passende Hose. Aber beides spannte über seinen Körper und es sah aus, als würden die Kleidungsstücke jeden Moment aufreißen, wenn er sich bewegte. Mit seinem langen rabenschwarzen Haar war er der Inbegriff eines Schattenattentäters oder dessen, wie ich mir sie vorgestellt hatte, jagend in den Königreichen von Darkwoods.

Dagen hatte nur eine Hose in der Farbe getrockneten Grases an, die ihm bis zur Hälfte seiner Schienbeine reichte. Sie hing tief auf seiner v-förmigen Hüfte, lenkte alle Aufmerksamkeit auf seine Bauchmuskel und dem verführerischen Paket darunter.

Als ich aufsah, hob er eine Augenbraue in meine Richtung. „Was soll ich obenrum anziehen?"

„Ich hab es dir doch gesagt", antwortete Nero. „Zieh den Umhang an."

Dagens böser Blick ließ mich grinsen. „Ich laufe doch nicht wie eine Fledermaus herum."

„Das stammt von einer Kostümparty", sagte Bee. „Keine Ahnung wie es sich in den Haufen verirrt hat. Versuch doch die kurze Tunika? Sie sitzt locker und du siehst damit wie ein großer Junge aus."

Er kramte die sandfarbene Tunika hervor und zog sie über seinen Kopf. Sie passte zu seinem hellen Haar.

„Also was jetzt?", fragte Bee. „Was werdet ihr vier tun? Wenn ihr Hilfe braucht, komme ich mit euch." Sie sammelte die restliche Kleidung ein und reichte mir meinen Rucksack, den ich unten gelassen hatte.

„Wir müssen zu meinem Laden, da ich Tests auf Gift im Fluss machen muss, um den Wölfen zu helfen. Außerdem muss ich sehen in welchem Zustand er und mein Zuhause sind." Ich stellte mir das Gebäude demoliert vor, in Schutt und Asche, und legte die Arme um mich selbst, als mir Kälte die Arme empor kroch.

„Das klingt nach einem Plan", sagte Oryn. „Wir werden Sharlot beschützen."

„Ist das so, Sharlot?" Bee grinste in meine Richtung. Als sie mich aber zur Seite nahm, wurde ihr Ton ernst. „Ich weiß, es gehört gerade nicht hier hin und es tut mir leid, dass ich frage"—sie spielte mit ihren Fingern—„aber gestern hat Vater unsere letzten Hühner auf dem Markt verkauft. Und—"

„Oh scheiße. Ich schulde dir noch den Wolfseisenhut für deinen Auftrag." Ich wühlte in meinem Rucksack, sicher, dass noch zwei Wurzeln übrig waren. Behutsam hob ich sie an einer feinen Seitenwurzel heraus. „Hier sind sie. Es tut mir leid, dass es so lange gedauert hat."

Bee nahm eine Schmuckschachtel vom Schrank, kippte den Inhalt aus und hielt mir die leere Schatulle hin, damit ich die Pflanzen dort hinein legte.

„Verdammt Mädchen, du hast die beste Entschuldigung der Welt", sagte sie. „Aber ich denke, du musst dir um mich keine Sorgen machen. Meine Verspätung in die Berge zu gehen, um den Auftrag abzuschließen, sind nur wenige Tage und mit ein bisschen Glück werden meine neuen Kunden nicht sauer sein. Sobald Vater wieder zum Markt geht, werde ich dort hin aufbrechen." Sie sah mich an und schloss die Schatulle. „Außer du brauchst mich hier?"

„Nein, es ist in Ordnung. Tu was du tun musst. Wenn du zurückkommst, haben wir uns eine Menge zu erzählen. " Ich hoffte, ich würde dann noch hier sein.

---

$B$lätter raschelten um uns herum und die Nachmittagssonne senkte sich bereits, aber wie vier waren durch die Wälder gegangen und hatten das Dorf und die Häuser gemieden. Der Wald bewegte sich um uns. Wir folgten der nächsten Biegung. Dann hielt ich inne und musste nach Luft schnappen, als mein Blick auf meinen Laden fiel. Mein Leben. Alles was Großmutter mir hinterlassen hatte.

Die Fenster des kleinen Steingebäudes waren eingeschlagen, die hölzernen Fensterläden aus ihren Verankerungen gerissen, genau wie die Vordertür. Das Schild baumelte über dem Eingang, als ob es jeden Moment abfallen würde. Mein Herz blutete und Tränen schossen mir in die Augen.

Dagen war direkt neben mir und nahm meine Hand in seine, während Nero und Oryn voraus gingen. Aber alles in mir zerfiel in Stücke. Ich hatte so verdammt hart gearbeitet, nur, damit mir alles genommen wurde. Ich ließ meinen Blick über das Gebiet streifen. Kein Anzeichen von Wachmännern. Ob sie lauerten? Wenn dem so war, hätten sie uns schon längst verhaftet.

Dagen sog die Luft ein. „Keiner außer uns ist hier."

Ich rannte los, Tränen strömten mir über mein Gesicht. Ich trat auf Splitter, zerbrochene Gläser, und überall waren Kräuter verteilt. Die Theke lag auf der Seite, sowie auch die Vitrinen im Schaufenster. Jeder Artikel, der auf den Regalen der hinteren Wand gestanden hatte, war zerborsten. Alles, außer einer einzigen Teetasse, die unbeschädigt geblieben war.

Jemand hatte sogar meine Registrierkasse gegen die Wand geschmissen und ein riesiges Loch damit in ihr verursacht. „Bastarde", mir versagte die Stimme, zitternd, nicht in der Lage mit dem Verlust umzugehen. Ich sank auf meinen Knien zusammen und die Gefühle raubten mir den Atem. Das Leben, das ich mir aufgebaut hatte, war mir entrissen worden. All meine harte Arbeit, die Heiltränke, die ich für die Kranken gemischt hatte, zerstört.

Nero war an meiner Seite, mit seinen Armen um meinen Schultern und seinem Kopf gegen meinen gelehnt. „Kleines Lamm, es tut mir so leid." Er hielt mich ganz fest.

Ich schluchzte gegen seine Brust und war erschöpft davon, immer die Regeln zu befolgen und das Richtige zu tun. Dennoch war ich Zeuge davon geworden, wie die Priesterin das Gesetz gebrochen hatte ohne dafür bezahlt zu haben.

„Das ist nicht fair", flüsterte ich. „Ich möchte Menschen helfen, in die Fußstapfen meiner Großmutter treten. Ich habe niemanden verletzt."

Er rieb meinen Rücken und küsste meine Stirn. „Niemand wird dir je wieder wehtun."

„Wir werden dir helfen, deinen Laden wieder aufzubauen", fügte Oryn hinzu.

Ich befreite mich und wischte mir die Tränen aus den Augen. „Und dann was? Die Priesterin wird wieder kommen, um alles zu zerstören und mich dann lebenslänglich einsperren oder hinrichten lassen."

Alle drei traten an mich heran und umgaben mich in einer Gruppenumarmung, während meine Tränen weiter flossen.

„Sharlot, wir würden eine gesamte Armee bekämpfen, um dich zu beschützen." Oryn wischte mir eine Träne mit seinem Daumen weg. „Wir werden dir mit allem helfen."

Mein Hals schwoll zu. „Aber ich sollte doch euch und den Wölfen helfen." Ich löste mich aus der Umarmung und sah mich in dem Chaos um uns herum um, sah dann in Richtung des Flurs zu meinem Vorratsraum, wo ich meine Kräuterreserven aufbewahrte. „Vielleicht kann ich das noch." Ich ging zum Hinterzimmer und fand das meiste darin noch intakt vor.

Auf dem Boden fand ich eine leere Schüssel, die ich aufhob. Dann setzte ich meinen Rucksack ab und nahm das Einmachglas mit dem Flusswasser aus ihm heraus. Mit zitternden Händen nahm ich eine Dose mit giftigem Efeu vom Regal. Es war an der Zeit die Kräuter zu testen, um herauszufinden, ob sie mit dem Gift reagierten.

„Und du meinst, dass wir hier sicher sind?", fragte Oryn

aus dem Flur, als er über seine Schulter zu der zerstörten Eingangstür blickte.

Mein Kopf drehte sich. Hatte er Recht? Was wenn jeden Moment die Wachmänner wieder auftauchten? „Okay, schnappt euch so viele Kräutergläser wie ihr tragen könnt. Wir verlassen das Geschäft."

Als wir draußen waren, jeder mit einem Arm voller Gläser, ging ich um das Gebäude herum und marschierte tiefer in die Wälder. Ich sah nach links und nach rechts, auf der Ausschau nach Bewegungen jeder Art. Aber alles war ruhig.

„Wohin gehen wir?", fragte Nero.

„Zu meinem Haus. Es ist eine kleine Wanderung durch den Wald." Ich dachte immer Großmutter litt unter Verfolgungswahn, da sie ihr Haus so weit vom Laden entfernt und hinter einem Hügel gebaut hatte, aber jetzt hatte ich nicht dankbarer dafür sein können. Seit Jahren nahm ich ehrlich an, dass sie das Grundstück mit einem Tarnzauberspruch belegt hatte, da bis zum heutigen Tag nicht eine einzige Person an dem Haus vorbeigekommen war.

Keiner sprach auch nur ein Wort, aber wir liefen mit straffem Schritt. Jedes Mal nahm ich einen anderen Weg, wenn ich von meinem Laden nach Hause lief. Großmutter hatte mir beigebracht keinen Trampelpfad zwischen den beiden Gebäuden zu hinterlassen, falls ich je ein Versteck brauchte.

Wir erklommen einen Abhang und über der Kuppe fand ich mein Haus vor. Ich lächelte und eilte voran zum zweistöckigen Holzgebäude mit einer kleinen Terrasse davor. Alles sah heil aus, sogar die Vogelfutterstation in der Wiese. Ich liebte es, zu ihren Gesängen aufzuwachen.

An der Tür reckte ich mich und griff nach meinem Ersatzschlüssel, der auf der Zarge lag.

„Ich werde zuerst reingehen", verdeutlichte Oryn und

im Fall eines Überraschungsangriffs wollte ich ihm nicht widersprechen.

Ich wartete und Nero hielt meine Hand.

Halb im Wohnzimmer angekommen, drehte Oryn sich mit düsterem Blick um und runzelte seine Nase. „Was ist das für ein seltsamer Geruch?"

„Was?" Ich eilte hinein und wurde von einem beißenden Geruch begrüßt. *Richtig.* Ich hatte Hüttenkäse gemacht und ihn zu lange draußen gelassen.

„Es ist bloß Käse. Öffne die Fenster." Meine klitzekleine Küche hatte eine lange Arbeitsfläche entlang der einen Wand, einen feuerbetriebenen Ofen am Ende und Regale voller Vorräte. Der Übertäter stand in der Nähe des Fensters und hing von einem über einen Eimer gehängten Stock. Ich schnappte mir das schleimige Desaster im Leinentuch und lief damit nach draußen, während ich die Luft anhielt. Ja, es war übel. Ich schmiss ihn tiefer in den Wald hinein, denn ich würde es später zusammen mit den Resten meines Ladens entsorgen. Jetzt musste ich eine Lösung für das vergiftete Wasser finden und wie um alles in der Welt ich in Terra bleiben konnte, wenn die Priesterin auf der Jagd nach mir war.

# KAPITEL NEUNZEHN

Zurück im Haus verschloss ich die Tür hinter mir und fand die drei Männer vor, wie sie das Haus erkundeten. Ein seltsames Gefühl lag mir quer im Bauch, die Gewohnheit, zu Hause zu sein und es doch mit drei Gestaltenwandlern zu teilen.

Nero fuhr mit seiner Hand entlang der hölzernen Wände, während er die Balken über uns betrachtete. Er schritt zur Feuerstelle im Wohnzimmer. Der Sims war voller Tannenzapfen. Es war eine Macke von mir. Ich hatte sie gesammelt, als ich jung war, und konnte mich nicht dazu bewegen, sie wegzuwerfen, da sie mich an meine Eltern erinnerten.

„Das also ist mein kleines Häuschen", sagte ich. „Es ist nichts Besonderes, aber perfekt für mich." Im Erdgeschoss waren die Küche, sowie das Badezimmer und ein Wohnzimmer, während im ersten Stock die Schlafzimmer waren.

„Ich liebe es", sagte Nero und nahm Holz vom Stapel neben dem Kamin. „Und jetzt wärmen wir die Bude erst mal auf."

Oryn blickte nach oben und hielt sich an dem hölzernen Geländer fest, als ob er sich daran nach oben ziehen wollte. „Es gibt dort oben nur zwei Zimmer?“

Ich sah hoch zum Gästezimmer, das meiner Groß-mutter gehörte und erinnerte mich, wie ich mitten in der Nacht, wenn ich aufgewacht war, auf Zehenspitzen an ihrem Zimmer vorbei geschlichen war. Aber sie hatte mich jedes Mal gehört und mir in der Küche Gesellschaft geleis-tet. In diesen Nächten lief es meist darauf hinaus, dass wir ein Festmahl aus jeder Menge Resten gekocht und uns dämliche Witze erzählt hatten. Die besten Erinnerungen aller Zeiten.

„Brauche ich weitere Zimmer?“ Ich ging zurück zur Küche und feuerte den Ofen an, um eine große Kanne Tee zu kochen.

„Wenn es dich stört, Oryn“, rief Nero kichernd, „nimm das Gästezimmer. Ich werde bei meinem kleinen Lamm schlafen.“

Oryn schüttelte den Kopf und sah sich die Stufen an.

Dagen betrachtete die Gemälde des Waldes an den Wänden.

„Die sind von mir“, sagte ich. „In meiner Freizeit habe ich geübt.“

„Ich liebe dieses Bild. Es erinnert mich an dich.“ Er zeigte auf das Bild mit meiner Großmutter auf dem Weg in den Wald. Ihren roten Umhang hatte sie darin um die Schultern geworfen. In den Schatten hatte ich drei Wölfe gemalt, die sie beobachteten.

„Ich bewundere dieses Stück.“

Dagen warf mir ein wissendes Lächeln zu. „Du hast Talent.“

Während alle auf dem Sofa einen Platz gefunden hatten, verging der Rest des Nachmittags wie im Flug. Das Feuer brannte und ich hatte Knoblauchbrot und geröstetes Gemüse gemacht, mit Honighaferflocken zum Nachtisch.

Von den Männern gab es keine Klagen. Wir alle saßen dort, Löffel klapperten in den Schüsseln und Lippen schmatzten.

„Okay, ich werde jetzt der erste sein, der es sagt“, begann Nero. „Für Essen ohne Fleisch darin war das fantastisch.“

„Siehst du.“ Ich stieß ihn mit meiner Schulter an. „Du kannst vorzüglich speisen, auch ohne ein Tier zu töten.“

„So weit würde ich jetzt nicht gehen.“ Oryn stand auf und sammelte unsere Teller ein, bevor er in die Küche ging.

„Also, wie sieht der Plan aus?“ Dagen rutschte auf dem Ende des Sofas herum, um mich anzusehen. „Wenn die Priesterin hinter dir her ist, werden ihre Wachmänner zu deinem Laden zurückkehren.“

Die Mahlzeit in meinem Magen kam mir hoch.

„Wir können nicht ewig hier bleiben“, sagte er.

„Dem stimme ich zu.“ Oryn kam zurück. „Wir werden die Tests mit dem Wasser machen, selbst wenn es die ganze Nacht dauert. Ich kann mein Rudel nicht im Stich lassen.“ Seine Stimme klang angespannt.

Ich eilte zu ihm und nahm eine Schüssel aus den Küchenschränken zusammen mit einer Flasche Essig. „Lasst uns anfangen. Was auch immer dafür nötig ist.“

Die drei kamen mir zur Hilfe, in ihren Armen die Gläser und Dosen, die wir aus meinem Geschäft mitgebracht hatten. Die Frage, was als Nächstes kam, ignorierte ich. Mein Fokus lag auf unserem Plan. Oryns Rudel helfen. Um alles andere sorgten wir uns später.

Ich gähnte, meine Augenlider waren schwer als ich die letzte Runde getrockneter Blätter in die Schüssel mit Essig und dem verunreinigten Wasser bröselte. Sogar um auf das Etikett zu schauen war ich zu müde.

Die Männer waren bereits eingeschlafen. Oryn lag auf dem Sofa, Nero in einem Sessel daneben und Dagen schlief auf dem Rücken vor dem brennenden Kamin. Das Bedürfnis, hinüber zu krabbeln und mich einzukuscheln überkam mich. Aber stattdessen starrte ich in eine Schüssel mit Wasser und Partikeln, die darin umher trieben. Nichts, wie bei all den anderen Tests, und es brachte mich um, kein Gegenmittel für Oryn gefunden zu haben. Bis wann würde sein Rudel sich also weiterhin gegenseitig angreifen? Stellten sie sich auch gegen die anderen Wölfe und töteten diese? Was, wenn sie nach Terra kamen? Sie würden so viele Menschen umbringen.

Eine unsichtbare Schraubzwinge hatte sich um meine Brust gelegt. Es war mir kaum noch möglich zu atmen.

Ich hatte keine Zeit zu schlafen oder so zu tun, als ob alles in Ordnung kam, weil das nicht eintreffen würde. Meine Aufgabe war es, weitere Proben zu testen. Ich griff zu einer Kerze und einem Streichholz und marschierte nach draußen in die Nacht. Die Männer wollte ich nicht aufwecken. Sie hatten sich eine Pause verdient und ich würde sofort wieder zurück sein. Mir waren die Wälder bekannt und ich würde mich schließlich beeilen.

Eine flotte Brise umspielte mich und ich legte einen Zahn zu. Das Rascheln trockener Blätter klang, als ob es ganz aus der Nähe kam.

„Es ist nur der Wind", flüsterte ich, eilte den Abhang hinunter und nutzte den Vollmond über mir zur Orientierung. Diesen Pfad war ich schon hunderte Male gegangen und ich konnte ihn mit geschlossenen Augen entlang laufen.

Als ich den Laden erreicht hatte, standen mir die Haare zu Berge und es fühlte sich an, als ob die Nacht mich erdrückte. Aber ich hatte beobachtet, wie faul die Wachmänner waren, und ich betete, dass sie sich nicht in den Wäldern auf die Lauer nach mir gelegt hatten. Einmal sah ich, wie einer der Wachleute einen Dieb laufen ließ und darauf bestand, dass er jetzt seine Mittagspause hatte. Ich verließ mich auf ihre faule Natur.

Auf Zehenspitzen schlich ich durch den dunklen Laden und trat auf zerbrochene Dinge, die mir mal sehr am Herzen gelegen hatten, jetzt aber über den Boden verteilt waren wie vergessene Erinnerungen.

Mein Knie stieß gegen etwas und ich unterdrückte den Schmerz. Ich griff nach unten und spürte die Ecke meiner Ladentheke, die auf ihrer Seite lag.

Ich stellte die Kerze ab und zündete den Docht an. Sofort wurde es im Zimmer hell und der Raum sah noch immer wie ein Kriegsschauplatz aus. Zerbrochene Regale, Vorratsgläser und Jahre harter Arbeit. Was Großmutter wohl gedacht hätte, wenn sie sehen würde, was ich angerichtet hatte?

Mir stockte der Atem. Ich konnte immer noch nicht glauben in was für Schwierigkeiten ich mich gebracht hatte und auf die Frage, wie ich mich in Bezug auf die Priesterin verhalten sollte, hatte ich auch keine Antwort.

Drei Männer schliefen in meinem Haus, von denen jeder einen Platz in meinem Herzen hatte. Wenn ich mir ihre Unterstützung und Liebe vor Augen hielt, hatte ich kaum noch Zweifel, dass wir nicht füreinander bestimmt waren. Wer sagte schon, dass eine Frau sich nur einen Mann aussuchen kann?

Zu meinen Füßen lag eine halbe Tasse mit einer Mondphase, die ich bemalt hatte, daneben ein Säckchen Tabak und die Schatulle, in der ich Münzen für Einkäufe sammelte. Ich bückte mich, hob sie hoch und öffnete sie. Leer. Natürlich.

Mehr als alles andere aber wünschte ich mir, Großmutter würde noch leben. Sie wüsste, was als Nächstes zu tun wäre. Wie ich mich selbst aus diesem Schlamassel wieder rausbekäme.

Ich suchte nach Kräuterpäckchen und fand eine Handvoll, aber dann, zitternd von einem eisigen Windstoß, sah ich das Loch in der Wand. *Bastarde.* Die vom Wind flackernde Kerze warf Schatten über die Wände. Nun, ich konnte jetzt nicht hier sitzen und mich selbst bemitleiden. Zeit, es anzupacken.

*Konzentration.* Das waren Dagens Worte.

Mein Fuß blieb an etwas hängen, als ich über das Chaos hinter der Theke kletterte. Ich verlor das Gleichgewicht. Mit rudernden Armen muckte ich auf, fiel aber und kam mit den Knien auf dem Boden zu Fall. Schmerz kroch meine Oberschenkel hinauf und ich wimmerte.

Mit einem angsteinflößenden Knacken gaben die Bodenbretter unter mir nach. Ich schrie und versuchte mich an einem nahen Regal festzuhalten. Meine Knie trafen auf festen Boden knapp einen halben Meter tiefer.

„Scheiße!" Ja, in dieser Situation war es angebracht zu fluchen.

Ich befreite mich, aber etwas klebte an meinem Knie und ich zog es ab. Ein kleines Buch. Es hatte einen verstaubten Ledereinband und war an den Kanten zerfleddert, als ob eine Maus daran genagt hatte. Noch nie zuvor hatte ich es gesehen.

Als ich heraus geklettert war, setzte ich mich mit dem Rücken zur Wand und blätterte in dem Buch, jede Seite war von Hand beschrieben. „Morgenübelkeit" war der

Titel einer Seite zusammen mit einer Liste von Zutaten. Der nächste Text war gegen Kopfschmerzen, gefolgt von der Heilung gebrochener Knochen.

Texte von Heilmitteln! Hatte es Großmutter gehört?

Ich blätterte weiter durch die Seiten. Dutzende davon. Warum hatte sie mir das nicht gezeigt? Und ich dachte, sie hatte all ihr Wissen im Kopf. Tränen schossen mir in die Augen, während ich lachte. Sie hat mich immer damit aufgezogen, dass ich ein furchtbares Gedächtnis hatte, sie aber war doch genauso.

Das Wort *giftig* zog meine Aufmerksamkeit auf sich.

*Heilmittel gegen vergiftetes Wasser.*

Ich stand auf, robbte näher zur Kerze hin und versuchte mir die Zutaten einzuprägen. Fünf Dinge und ich hatte sie alle in meinem Haus. Das konnte als Gegenmittel für Oryns Rudel funktionieren, da es davon handelte, wie man Gift aus einem Eimer Wasser entfernen konnte. Vielleicht ließ es sich auch für den Fluss anwenden?

Das Buch drückte ich mir fest an die Brust und stellte mir vor, wie ich Großmutter umarmte. Sogar aus dem Grab heraus hat sie mir geholfen. „Danke."

Etwas fiel flatternd aus dem Buch und landete auf meinem Stiefel. Ich beugte mich herunter und hob ein gefaltetes Stück Papier auf.

Es war ein handgeschriebener Brief. Mit Großmutters Handschrift. Die Kringel an ihrem *g* und *r* bestätigten das.

*L*iebste Scarlet,

. . .

*ein süßes Mädchen. Wenn du dies liest, kann das nur eins bedeuten:*

*Ich bin von dir gegangen und wusste, du würdest mein Buch entdecken. Darauf verlasse ich mich. Du hast die Gabe, alles zu finden, was ich vor dir versteckt habe. Ich kann mir vorstellen, wie du lachen wirst, wenn du mein Geheimnis entdeckst... Ich gebe zu, mein Gedächtnis war nie so besonders gut und daher habe ich diese Heilmittel in einem Tagebuch niedergeschrieben. Jetzt gehört es dir, meine Liebste.*

*Aber es gibt noch etwas, was ich dir viel zu lange verschwiegen habe. Bitte hasse mich nicht dafür, aber es war die einzige Möglichkeit dich zu beschützen. Manchmal rechtfertigt der Zweck ein Geheimnis.*

*Deine Eltern wurden nicht von Wölfen getötet.*

*Ich habe gelogen, um dich vor demselben Schicksal zu bewahren. Vor demselben Monster, das ihnen ihr Leben genommen hat.*

*Unsere Priesterin hat deine Mutter und deinen Vater abgeschlachtet.*

erdammt!" Ich zitterte so stark, dass ich das Papier kaum ruhig in den Händen halten konnte. Eine Ecke fing an der Kerze Feuer. Sofort begann es zu brennen, die Flamme breitete sich aus und panisch ließ ich den Brief fallen. Schnell trat ich das Feuer aus und konnte kaum noch atmen. Ich hob das Papier auf und las weiter.

enn du das nicht wusstest, würdest du nicht nachforschen oder versuchen, sie zu rächen. Ich habe dies zu deiner eigenen Sicherheit getan.

*Weißt Du, dein Vater war ein Wolfswandler, der sich mit deiner Mutter, einem Menschen, verbunden hatte. Sie trafen die Entscheidung, im Grenzgebiet des Baus zu Darkwoods zu leben. Eines Tages kamen deine Eltern nach Terra um dich abzuholen, nachdem du das Wochenende bei mir verbracht hattest. Leider hatten die Wachmänner deinen Vater dabei beobachtet, wie er sich im Wald nahe der Grenze verwandelt hatte. Deine Mutter versuchte, ihn zu retten. Die Priesterin aber verlangte ohne ein Verfahren ihrer beider Tod. Ihre Körper wurden dann von einer Klippe geschmissen. Die Priesterin hatte keine Ahnung davon, dass sie ein kleines Kind hatten. Also behielt ich dich bei mir und erzählte jedem, dass deine Eltern von Wölfen getötet worden waren.*

*An diesem Tag dachte ich, der Verlust meiner Tochter würde mich umbringen. Aber dich bei mir zu haben, hielt mich bei Verstand.*

*Dutzende Male habe ich mit mir selbst gerungen, dir die Wahrheit zu erzählen, aber ich konnte es einfach nicht. Du zeigtest keine Zeichen davon, dass Wolfsblut in deinen Adern floss und hast dich bei Vollmond nie verwandelt, also schwieg ich.*

*Bitte verzeih mir, dass ich es dir auf diese Art erzähle, aber es war eine Absicherung für den Fall, dass ich nie den Mut aufbringen würde, es dich wissen zu lassen. Ich hatte Angst, du würdest mich verlassen, da ich so ein großes Geheimnis vor dir bewahrte. Aber ganz egal was, du wirst immer meine Liebste sein, Scarlet.*

*Ich liebe dich so sehr. Ganz gleich wie groß die Entfernung zwischen uns ist.*

*Großmama*

· · ·

*I*ch glitt auf den Boden, hielt mich an dem Brief fest und schaukelte vor und zurück. Mein Kopf schmerzte und das Abendessen kam mir hoch, beinahe musste ich mich übergeben.

Meine Beine waren weich und ich stolperte gegen die Wand, konnte mich kaum aufrecht halten.

Die Priesterin hatte meine Eltern umgebracht? Ich war teils Gestaltenwandlerin?

Geschah das wirklich? In meinem Kopf war alles durcheinander. Vater war ein Wolf, aber ich konnte mich nicht daran erinnern, ihn je sich verwandeln gesehen zu haben. Diese ganze Zeit war der Tod meiner Eltern eine Lüge. Kein Wunder, dass ich nie eine Grabstätte von ihnen gefunden hatte. Kein Wunder, dass Großmutter immer das Thema wechselte, wenn ich sie danach fragte. Niemand im Dorf hatte es angezweifelt, da die meisten von ihnen glaubten, Wölfe waren Wildtiere.

Die Tränen liefen und es war mir egal. Warum wurde Mutter getötet, wenn sie doch ein Mensch war? Es gab kein Gesetz gegen die Heirat mit Gestaltenwandlern. Die Priesterin hasste nur jeden, der mit ihnen in Verbindung stand.

Ein brennendes Feuer rollte durch meinen Körper, Hass ließ meinen Puls in die Höhe schießen. Ich erhob mich und ging entlang der hinteren Wand, schritt über zerbrochene Teebecher und Teeblätter. Die Priesterin verdiente es nicht, zu leben. Wer war sie, darüber zu entscheiden, wer lebte und wer starb? Ich ignorierte die Ironie meiner Gedanken und es war mir egal. Ich hatte nur noch Hass für die Priesterin.

Großmutter hätte es mir erzählen sollen und mich meine eigenen Entscheidungen treffen lassen sollen. Ich zerknüllte ihren Brief und warf ihn auf das Buch mit den

Heilmitteln. Das, auf welches sie sich bezog, wenn sie den vielen Dorfbewohnern mit ihren Leiden half.

Nichts davon spielte mehr eine Rolle. Nicht, wenn ich der Priesterin die Kehle herausreißen wollte.

Ein tiefes Knurren rollte durch mich, genau wie damals, als ich sie beim Umpflanzen des Wolfseisenhuts beobachtet hatte, beim Versuch das Bau Territorium zu übernehmen.

*Warte!* Hatte ich wegen meines inneren Wolfs geknurrt? War das der Grund dafür, warum Nero darauf bestand, dass sein innerer Wolf sich mit meinem verbunden und mich beansprucht hatte? Genau wie Oryns und Dagens?

Mein Atem wurde schneller. Wäre mein Leben anders verlaufen, wenn ich die Wahrheit gewusst hätte? Ich unterdrückte meinen nächsten Atemzug und meine Tränen.

Großmutter hatte gelogen und ich verstand, dass sie dazu gute Gründe gehabt hatte, aber ihr Geheimnis verletzte meine Seele.

Ich war verloren, stellte alles in Frage, von dem ich glaubte, über mich zu wissen.

Meine Schläfen massierend blickte ich in die von der Nacht umgebenen Wälder. Noch bevor ich einen klaren Gedanken fassen konnte, stürme ich aus dem Laden hinaus in die Dunkelheit. Ich brauchte frische Luft, irgendetwas um meiner Verwirrung Sinn zu geben.

Über mir hing der zunehmende Mond am Himmel.

Ich wandte mich in Richtung meines Hauses um und war zu entmutigt, um etwas anderes zu tun, als mich der Verzweiflung komplett hinzugeben.

Zweige schlugen mir ins Gesicht, verfingen sich in meiner Kleidung und ich hielt inne, schluchzte laut in meine Hände. Wegen des Verlusts meiner Eltern, meiner Großmutter und der Zeit, die ich mit ihnen gehabt haben konnte.

Das Knistern von Laub ertönte hinter mir.

Ich wirbelte herum und erwartete einen der Jäger hinter mir.

Stattdessen fiel ein Seil über meinen Kopf. Schwer und dick, auf meine Schultern drückend.

Ich schrie.

Zwei Gestalten kamen näher, schnaubend wie Hyänen, und sie trugen dunkle Uniformen. Wachmänner.

Sie zogen an dem Seil, welches an einem Netz befestigt war, was mich zurückwarf. Die Luft entwich aus meinen Lungen.

„Nein. Bitte nicht!" Ich wehrte mich gegen das Netz, aber es zog sich zu, und zwang meine Knie gegen meine Brust.

Furcht zerquetschte mein Herz und ich schrie laut, während sie mich über den Waldboden schliffen, der meinen Rücken zerkratzte.

# KAPITEL ZWANZIG

Ein scharfer Schmerz fuhr meinen Arm hinab. Mit einem Schreck wachte ich auf, meine Augen öffneten sich und ich atmete einen Zug voller Uringestank ein. Ich musste würgen.

Ein Wachmann stand vor mir, grinste mich fies an und hielt dabei ein blutiges Messer in seiner Hand.

„Was geht hier vor sich?" Ich schnellte nach vorne, aber meine Arme waren an den Handgelenken an der Wand gefesselt, genau wie meine Knöchel. Ich war in Ketten gelegt.

Terror kroch mir den Rücken hinauf, denn ich war von genau der Person festgenommen worden, die ich meiden musste.

Uns umgab ein Raum mit fleckigen Wänden und in den Ecken hingen Spinnweben. Lichtstrahlen fielen durch das Fenster über meinem Kopf. Das musste der Kerker unter dem Gutshaus der Priesterin sein. Und da die Sonne jetzt schien, musste ich wohl die ganze Nacht bewusstlos gewesen sein. Die Männer mussten krank vor Sorge sein und was, wenn sie in ihrer Panik durchs Dorf rannten,

Menschen umher schubsten und sich verwandelten? Sie würden sich selbst umbringen.

Mir schnürte es die Kehle zu. Ich wollte die Zeit zurückdrehen, die Sonne vom Firmament ziehen und nie mein Zuhause verlassen haben.

Der rotzende Wachmann mit dünnem Haar auf seinem Kopf holte aus und schlug mir mit dem Handrücken ins Gesicht, wobei der Griff seines Messers gegen meinen Kiefer prallte. Mein Gesicht pochte. Ich schrie laut auf, als ich in meiner Kehle Kupfer schmecken konnte. Aber der Bastard grinste nur, also spuckte ich ihm auf die Stiefel.

„Ich verlange meine Freilassung." Mit erhobenem Kinn fuhr ich fort. „Ich habe nichts Falsches getan."

Er zog eine Grimasse als wäre ich ein Schmutzfleck auf seiner Kleidung. „Du bist ein illegaler Eindringling in unserem Land."

„Was? Bist du verrückt? Ich habe mein ganzes Leben in Terra verbracht. Du kannst alle fragen." Die Beklemmung saß mir im Magen. Hatte die Priesterin mich mit den drei Männern im Wald gesehen, als sie sich verwandelt hatten? Aber das ergab keinen Sinn; die Wachmänner hätten uns dann schon längst angegriffen. Das bedeutete, sie hatten nur mich im Laden gesehen. Außer sie waren uns zu Großmutters Haus gefolgt und jeder meiner Männer saß nun in seiner eigenen Zelle und wurde gefoltert—oder war tot?

Ich keuchte und kämpfte gegen meine Fesseln an. „Lass mich frei!"

Er presste die Spitze seines Messers unter mein Kinn und ich hielt die Luft an.

„Alle Gestaltenwandler werden sterben."

Ich fand keine Worte, nicht nachdem Großmutters Geständnis ergeben hatte, dass Wolfsblut in meinen Adern floss. Aber woher wusste dieser Esel das? Ich hätte den

Brief im Laden nie wegwerfen sollen. Was, wenn die Wachmänner ihn gelesen hatten, nachdem sie mich gefangen genommen hatten?

„Du hast uns ausspioniert.“ Mir spritzte seine Spucke ins Gesicht, ich wich zurück und mir wurde übel.

Die Klinge durchstach meine Haut und ich hielt mein Wimmern zurück. Er würde mich nicht zusammenzucken sehen, diese Genugtuung würde er von mir nicht bekommen. „Das ist nicht wahr.“

„Doch das ist es.“ Er erhob seine Stimme. „Damit du deinen inzüchtigen Wolfsfreunden erzählen kannst, wo sie zuerst angreifen sollen. Wo unsere Schwächen liegen.“

Meine Antwort verstummte, als sich die Tür hinter ihm krächzend öffnete. Er trat zurück und senkte sein Haupt.

Die Priesterin spazierte in die Gefängniszelle hinein. Ihr azurblaues Gewand schliff über den schmutzigen Boden, aber es war ihr egal. Stattdessen stemmte sie ihre Hände in die Hüften und meine Aufmerksamkeit fiel auf die kleinen Knöpfe, die in einer Reihe von ihrem Hals bis zum Bauchnabel reichten; weitere liefen an ihren Armen hinab. Es muss Ewigkeiten gedauert haben, das anzuziehen, aber wahrscheinlich hatte sie Sklaven, die ihr halfen. Dunkles Haar fiel ihr über die Schultern und wurde von einem schwarzen Band zusammen gehalten. Die Falten an ihrem Hals aber und um ihre Mundwinkel bestätigten ihr Alter von sechzig Jahren. Für die meiste Zeit ihres Lebens hatte sie über Terra geherrscht; es war jetzt an der Zeit, sich zur Ruhe zu setzen.

„Scarlet.“ Sie kam näher und betrachtete mich mit schmalen Augen. „Was für eine interessante Person du doch bist.“

„Nicht wirklich“, antwortete ich. „Ich bin die langweiligste Person im ganzen Dorf. Ich pflege noch nicht mal Sozialkontakte.“

Sie lachte, laut und selbst verherrlichend. „Du hast Sinn für Humor. Gut. Den wirst du brauchen."

Ich schluckte den Kloß in meinem Hals hinunter und hasste es, wie ihre letzten Worte düsterer als die davor klangen. „Was habe ich getan? Mir steht ein gerechter Prozess zu, um herauszufinden, warum ich gefangen gehalten werde."

„Du dummes Mädchen." Sie schritt näher auf mich zu, schnappte sich einen Teil meiner Haare und zog meinen Kopf daran zur Seite.

Ich unterdrückte einen Schrei, der darum flehte, freigelassen zu werden.

„Du hast alle lange genug an der Nase herumgeführt."

„Das stimmt nicht", plädierte ich. „Bitte, was immer Sie denken, ist nicht wahr. Ich habe einen Kräuterladen, in dem ich Leuten helfe. Sogar Ihnen habe ich einmal geholfen, erinnern Sie sich daran?"

Sie nickte und zog noch fester an meinen Haaren und diesmal entwich meinem Mund ein leises Schluchzen.

„Du hast mich getäuscht und mir deine verdorbene Medizin angeboten. Schon da hätte ich mir denken können, dass du ein Geheimnis bewahrst, aber ich ließ mich selbst glauben, dass du eine gute Person warst. Weil ich ein Herz habe."

Beinahe verschluckte ich mich an ihrem Wahn. Vielleicht gab es noch einen Funken Menschlichkeit in ihrer Seele und sie würde Gnade zeigen, wenn sie keinen Beweis für ihre Vermutungen fand. Doch sie wusste, dass ich sie in den Wäldern beobachtet hatte, wie sie das Wolfsterritorium an sich reißen wollte.

Sie stieß meinen Kopf weg, der gegen die Wand schlug, und ich zuckte zusammen. Ja, kein Hauch von Güte war übrig. Sie ging im Zimmer umher wie ein eingesperrter

Tiger, während der Wachmann in der Ecke stand und mich mit Ekel anblickte.

„Als wir uns vor ein paar Tagen in den Wäldern begegnet sind", fing sie an, „hast du geknurrt, wie es nur ein Wolf tut. Außerdem haben dich deine Augen verraten, sie hatten sich in die eines Wolfs verwandelt. Das machte mich neugierig. Wer genau ist diese Scarlet?"

Meine Augen hatten sich verwandelt? Mein Kopf dröhnte, da klar wurde, wohin dies führen würde. Ich musste sie aufhalten. „Das bin ich, wenn ich besorgt bin, sonst nichts. Jeder macht dann Geräusche." Ich redete so schnell, dass meine Worte miteinander verschmolzen. „Nehmen wir Ihren Wachmann dort drüben als Beispiel. Er grunzte wie ein Schwein, bis Sie gekommen sind. Das führt aber zu keinem Verdacht nach nichts. Außer vielleicht dem Bedarf einer Dusche."

Sein Mund verzog sich und er hob seine Klinge, um damit auf mich zu zeigen. Die wirkliche Bedrohung aber war die Priesterin. Sie ging auf ihren Leibeigenen zu, nahm ihm das Messer ab, und kam zurück an meine Seite.

Soweit es mir meine Fesseln erlaubten, wich ich zurück.

„Das Lustige aber ist, als ich tiefer geforscht habe, fand ich heraus, dass deine Eltern von Wölfen getötet worden sind. Vor sechzehn Jahren." Sie klopfte mit der flachen Seite des Messers auf meine Wange. „Und weißt du was noch? Ich führe Buch über jede Begegnung mit einem Wolf, wann und wo. Vor sechzehn Jahren traf ich auf unserem Boden auf einen Wolfswandler und seine Frau, der darauf bestand, dass er ein Mensch sei."

In mir bebte es und Rache brannte wie Feuer in meinen Adern. In meinem Kopf erinnerte ich mich an die Worte von Großmutter. Der Hass stieg mir im Rachen hoch, aber ich riss mich zusammen, denn sonst hätte ich direkt mein Todesurteil unterschreiben können.

„I... Ich bezweifle, dass es sich um die gleichen Personen handelt. Ich habe mit eigenen Augen gesehen, wie meine Eltern nahe der Grenze von Wölfen zerfleischt wurden. Zusammen mit meiner Großmutter habe ich sie im Hof hinter meinem Geschäft beerdigt. Grabt an der Stelle und ihr werdet es selbst sehen." Hoffentlich konnte ich mir mit dieser Lüge genug Zeit herausschlagen, um zu fliehen. Dennoch dachte ich darüber nach, dass sie die drei Gestaltenwandler nicht erwähnt hatte. Das bedeutete, dass sie in Sicherheit waren, oder?

*Dagen! Wenn du mich hören kannst, renne zum Bau. Nehme die anderen beiden mit dir. Bitte.*

Ich konnte nicht riskieren, dass sie herkamen, gefangen genommen und abgeschlachtet werden würden.

Die Priesterin drehte die Klinge und schnitt mir in die Wange.

Ich zuckte zusammen.

„Schluss mit den Lügen. Dein Vater war ein Wolf und das macht auch dich zu einem."

Die Angst, was sie als Nächstes tun würde, ergriff Besitz von mir und ich biss mir auf die Unterlippe. „Ich weiß nicht, was Sie von mir wollen. Ich habe nie jemandem etwas zu Leide getan."

„Ja, nun, das ist das Problem." Sie vergrub ihre Fingernägel in meinem Hals, meine Haut gab nach, ich verkrampfte und mein Atem wurde schneller.

„Du magst noch niemanden angegriffen haben. Es ist aber nur eine Frage der Zeit, bis sich das Biest in dir befreit. Ich werde nicht die Sicherheit meines Volks riskieren."

„Ihr Volk hasst Sie, es verabscheut alles, was Sie tun."

Der Schlag in mein Gesicht kam schnell und alles drehte sich. „Genug. Jetzt zeige mir deine Wolfsseite."

„Verflucht nochmal! Ich bin keine Gestaltenwandlerin. Sie töten immerzu unschuldige Menschen. In Wirklichkeit sind Sie das Monster."

Sie antwortete nicht, aber schwang die Klinge zwischen uns, und die scharfe Spitze verletzte mich am Bauch.

Dieses Mal schrie ich auf und lehnte mich nach vorne, soweit es mir meine Fesseln erlaubten. Der Schnitt pochte. Vor meinen Augen sah ich den Tod. Bisher klammerte ich mich an die Hoffnung zu überleben, aber ich war ein Narr. Ein Idiot. Und jetzt würde mich das gleiche Schicksal erwarten wie meine Eltern. Drei Männer würde ich zurücklassen, jene, die mir gezeigt hatten, dass es im Leben so viel mehr gibt. Mehr als alles andere wollte ich meine Zukunft mit ihnen gestalten, vielleicht sogar eine Familie haben.

Diese dummen Wünsche aber zerplatzten wie Seifenblasen, als ich dem Teufel persönlich gegenüber saß.

Mein Hals zog sich zusammen. „Bitte, ich bin nicht anders als Sie."

„Du bist nicht wie ich", brüllte sie mich an, während sie mir in Zeitlupe eine Schnittwunde über dem Schlüsselbein zufügte.

Ich schrie vor Schmerzen. Es fühlte sich an, als würde ein Feuerball in mir explodieren. Jede Bewegung fühlte sich an, als ob sich rostige Nägel tiefer in mich bohrten.

„Bringt ihn rein", fauchte die Priesterin. Der Wachmann eilte nach draußen.

Mein Herz wurde zu Stein und ich konnte nicht mehr atmen. War es Nero? Oryn? Dagen?

Jedoch stolperte Santos in die Zelle. Sein Gesicht blass wie Asche, seine Kleidung war zerrissen und seine Arme mit Schnitten übersät.

„Nein!“, schrie ich. „Er hat nichts damit zu tun. Er ist mein Assistent im Laden.“

„Als wir ihn gestern auf dem Markt sahen, dachte ich mir, er könnte uns sagen, wo du bist. Aber das hier ist so viel besser. Je mehr Leute Zeuge von dem Beweis werden, was du wirklich bist, desto besser. Sie werden es weiter erzählen und jeder wird überzeugt davon sein, dass ich die Wahrheit über die Gestaltenwandler und ihre Absicht, unser Land zu infiltrieren, erzählt habe.“

„Lassen Sie ihn gehen. Bitte.“ Tränen liefen mir über die Wangen und der Schnitt brannte, als wären meine Tränen aus Säure. Ich war mir nicht sicher, welche Wunde mehr schmerzte. Aber ich kannte die Antwort. Mein Herz brach wegen Santos in tausend Stücke.

Die Priesterin grinste. „Ich lasse ihn frei, wenn du deinen Wolf rauslässt.“

Ich kochte vor Wut, jeder Zentimeter zuckte.

„Lasst ihn frei, dann gebe ich euch alles, was ihr wollt.“ Mein Blick fiel auf meinen Assistenten, der ihn bat, so weit weg von Terra zu laufen wie nur möglich, wenn er hier raus käme. Natürlich log ich, aber mein Schicksal war besiegelt und ich würde nicht erlauben, dass Santos litt.

Die Priesterin schaute zu Santos hinüber, der sich aufrecht hielt und in Anbetracht unserer Situation bewunderte ich ihn für seine Stärke. *Bitte Mutter Gottes, beschütze Santos. Bitte lass die Priesterin ihn freilassen.*

Mit gerunzelter Stirn wandte sie sich um und mir sank der Magen in die Knie. Niemals würde sie ihr Wort halten.

Sie schüttelte mit dem Kopf und rammte mir ihre Waffe in die Schulter. Die Klinge drang tiefer und Blut spritzte mir ins Gesicht.

Ich schrie und krümmte mich vor Schmerzen. Scharfer Schmerz drang durch mich und meine Sicht verschwamm.

„Lasst sie in Ruhe", brüllte Santos laut. „Sie ist keine Gestaltenwandlerin."

„Jetzt!" Sie schrie das Wort in mein Gesicht und drehte die Klinge in meiner Schulter. „Zeigen wir deinem kleinen Freund, dass er falsch liegt."

Mein Körper war taub und ich zitterte. Meine Schreie kannten keine Unterbrechung mehr und mein Gesicht war tränenüberströmt. Tod. Fühlte sich so das Ende an—als würde mir meine Seele aus der Brust gerissen werden?

„Beeile dich, oder Santos ist der nächste." Sie stieß das Messer noch tiefer.

Ich schüttelte mich, das Atmen wurde schwer, als Energie um mich herum zu zucken begann und über meine Haut knisterte. Als ich mich wieder auf die Priesterin konzentrierte, wurde auch der Rest des Raums wieder scharf. Ein kleiner Nager saß in der Ecke, wo ich zuvor nichts außer Schatten erkennen konnte, und ich roch den stinkenden Schweiß des Wachmanns. Ein Knurren kroch mir aus der Brust.

Schwer. Kehlig. Angsteinflößend.

Rache umhüllte meine Gedanken. So etwas hatte ich noch nie zuvor gefühlt. War das mein Wolf?

Die Priesterin ergriff mein Kinn und drückte es. „Da bist du ja." Sie schubste mich zurück und winkte dem Wachmann zu. „Bringt sie nach oben. Ich habe alle Beweise die ich brauche. Wir beenden das jetzt!"

Der Wachmann stieß mir mit der Hand in den Rücken und ich stolperte durch die geöffneten Holztüren des Landhauses in Richtung eines gepflegten Rasens. Bäume standen dicht um uns herum. Weiter zu meiner Rechten konnte ich die große Mauer erspähen, die das Grundstück umgab.

„Beweg dich." Der Mann schubste mich an meiner verletzten Schulter und ich schrie laut auf, als der stechende Schmerz wie eine Glasscherbe durch sie hindurch stach.

Blut lief mir den Arm herab und jeder weitere Schritt fiel mir schwer. Die Umgebung drehte sich und ich stolperte im Zickzack voran.

„Bitte." Ich wandte mich dem Mann zu. „Würdest Du mir helfen? Ich will nicht sterben."

„Dir helfen? Einem beschissenen Wolf, der Menschen frisst? Du verdienst alles, was auf dich zukommt." Er zischte seine Worte und warf einen Blick zurück auf das Landhaus mit seinen Bogenfenstern, aber nicht eine einzige Seele schaute heraus, um diese Gräueltat zu beobachten. Wo lebte der Rest der königlichen Familie?

Vor mir stand die Priesterin. Sie gähnte, als ob ich sie langweilte. *Schlampe.* Zwei weitere Wachmänner standen rechts und links von ihr. Auch Santos war dort, bewusstlos, am Hals an einen Baum gebunden, als wäre er ein Hund. Ich zitterte. Was hatten sie ihm angetan?

Als mein Blick auf die Guillotine fiel, verschlug es mir den Atem. Wer zum Teufel hatte so ein Gerät in seinem Hinterhof? Die Klinge sah verrostet aus vom wenigen Gebrauch—oder war das Metall mit Blutflecken beschmutzt? Sie war ganz offiziell verrückt, da dies bedeutete, dass sie die Guillotine zuvor schon benutzt hatte. Wie viele Unschuldige hatten hier ihren Kopf verloren? Ich zuckte und wich zurück, sah mich selbst schon enthauptet.

Mir fiel ein Flimmern am Rande des Waldes ins Auge. Ein Fuchs sprang über einen Stamm und fort von hier. Genau was ich auch tun würde.

Meine Muskeln setzten sich gewaltsam in Bewegung und ich schoss auf das Baumgrüppchen in Richtung des vorderen Tores zu.

Der Wachmann schnappte mich am Arm und zog mich zurück. Ich stolperte über meine Füße und knallte auf den Hintern, jeder Zentimeter meines Körpers schrie vor Schmerzen.

„Steh auf", brüllte er mich an.

„Nein. Ich habe nichts Schlimmes getan. Ihr seid die Monster hier, ihr tötet unschuldige Menschen."

Der Kerl schliff mich über das Gras, mein Körper schmerzte durch und durch, dann ließ er mich der Priesterin vor die Füße fallen.

„Oh du meine Güte", scherzte sie. „Sie denkt tatsächlich, dass sie ein Mensch sei."

Die Priesterin griff nach meinen Haaren und zog mich daran nach oben. Ich richtete mich auf und knirschte mit den Zähnen; ich hatte es leid, wie ein Niemand behandelt zu werden. Es war kein Wunder, dass die Wölfe uns hassten, wenn dies die Art war, wie die Wachmänner sie behandelten.

Ich hielt mich aufrecht obwohl meine Knie zitterten und meine Sicht vom Blutverlust verschwommen war, und schaute ihr in die Augen.

„Sie werden nie etwas anderes als eine verfickte Schlampe sein", schrie ich sie an.

Sie lachte und der Zorn brannte in meiner Brust. Die Verbindung zu meinem Wolf war vorhin in der Zelle wieder verschwunden. Es war auch egal. Ich versuchte das Gleichgewicht zu finden und schlug ihr mit meinem Kopf mitten ins Gesicht. Klar, der Rückschlag des Schmerzes verteilte sich in meinem Kopf und herab an meinen Schultern, doch ich biss mir auf die Zunge, bis das Pochen nachließ.

Ihre Unterlippe war aufgeplatzt und mit weit aufgerissenen Augen hielt sie ihren Mund.

„Ich bin stolz auf das, was ich bin", grölte ich. „Kein Abschaum wie Sie wird mir das je nehmen können."

Der Wachmann griff mich von hinten an und wir schlugen beide auf dem Boden auf. Die Luft wurde aus meinen Lungen gepresst und ich brüllte wegen der Ungerechtigkeit, wie viel Schaden die Priesterin Terra zugefügt hatte.

„Bereitete sie vor. Jetzt!" Sie hielt sich ein Tuch an die blutige Lippe.

„Sie verdienen noch Schlimmeres", sagte ich.

Ich stemmte mich gegen den Wachmann, aber es eilte ihm ein weiterer zur Hilfe, der meinen verletzten Arm nahm und ihn so stark verdrehte, dass ich vor Schmerzen heulte. Sie schoben mich in Richtung der Guillotine und ich drückte ein Bein gegen den Holzrahmen, hinderte sie daran mich näher zu bringen. Mein Herz raste und in meinem Gehirn brannte ein Feuer, als ich den Korb erblickte, in den mein Kopf fallen würde. Übelkeit stieg in mir hoch.

Jemand trat mir in die Kniekehle und ich brach weinend zusammen. Es war mir nicht möglich, aufzuhören.

Eine Hand ergriff meinen Nacken und drückte mich nach vorne.

„Nein!", schrie ich.

Irgendwo hinter uns donnerten Schritte auf den Boden, wurden lauter und kamen näher.

Der Griff lockerte sich und ich stolperte weg von dieser monströsen Erfindung, aber der Wachmann hielt mich am Handgelenk fest. Ich versuchte mich aus seinem eisernen Griff zu lösen, aber seine Finger gaben nicht nach.

„Was ist denn jetzt?", rief die Priesterin.

Ich starrte die vier Wachmänner an, die zwischen den Bäumen aus Richtung des vorderen Tors auftauchten und auf uns zuhielten. Mir gefror das Blut in den Adern, als ich sah, dass zwei von ihnen ein Person zwischen sich trugen.

„Oryn?", flüsterte ich.

Er war nackt und sein Körper mit blutenden Schnitten übersät. Ein Stein lag mir in der Magengrube und ich kratzte die Arme des Wachmanns.

„Wer ist das?" Sie ging näher.

„Priesterin, wir haben diesen Gestaltenwandler auf unserem Land in seiner Wolfsform gefunden. Er war aber nicht stark genug gegen uns." Die Männer standen stolz da, mit gestraffter Brust und erhobenen Häuptern.

„Ja, ihr seid große Krieger, wenn es vier gegen einen sind", sprudelte es aus mir heraus.

Oryn hob den Kopf, unsere Blicke trafen sich und, als er mir zuzwinkerte, durchschoss mich frische Energie. Die Männer waren wegen mir gekommen und ich hätte Freudensprünge machen können. Oryns Gefangennahme war kein Versehen. Ich hatte ihn gegen angsteinflößende Wölfe kämpfen sehen, also waren vier Wachmänner kein Problem für ihn. Aber sie hätten nicht kommen und sich selbst in Gefahr bringen dürfen.

„Das ist dein Tun", sagte die Priesterin. „Du rufst weitere deiner Art in mein Land." Die Priesterin verhöhnte mich und drehte sich zu Oryn um. „Bringt ihn zu mir." Sie griff in ihre Tasche und zog ein Stoffsäckchen heraus. „Die Gestaltenwandler werden bald ausgerottet sein. Ihr zwei werdet nur etwas früher sterben."

„Was ist in dem Beutel?", fragte ich und meine Gedanken drehten sich um den vergifteten Fluss.

Ihr Grinsen flößte mir Angst ein. „Eine kleine Besonderheit, die ich in Darkwoods bestellt habe. Wusstet ihr, dass man dort fast alles finden kann? Ein abscheulicher Ort, aber manchmal muss es eben sein."

Als der Wachmann gegen Oryns Bein trat, sank er auf die Knie, aber seine Hände befreiten sich aus dem Seil, das seine Handgelenke hinter seinem Rücken gefesselt hatte.

Mir stockte der Atem.

Er sprang auf die Füße, als sie eine Prise von dem, was in dem Säckchen war nahm und ihm ins Gesicht pustete.

Oryn wich zurück und nieste. Dann rollten seine Augen nach hinten, er fiel auf die Seite und bewegte sich nicht mehr.

„Oryn!" Ich trat dem Wachmann auf den Fuß und riss mich los. Dann rannte ich um die Guillotine herum zu ihm und rutschte auf Knien heran, hielt seinen Kopf in meiner unverletzten Hand. „Wach auf." Ich horchte an seiner Brust. Es gab einen Herzschlag, aber nur schwach.

Mein Blick galt der Priesterin. „Was haben Sie getan?"

Sie zuckte mit den Schultern, verstaute ihr Säckchen wieder in der Tasche des Kleids. „Nur eine Kleinigkeit, die seine Organe versagen lässt. Das ist die humanste Art. Er leidet nicht."

Wippend saß ich auf der Stelle. „Sie töten ihn ohne Grund." Ich legte meine Handfläche auf seine Brust und schickte ihm meine Kraft. Es kribbelte in meinem Arm. Das hatte ich zuvor getan, also *musste* es jetzt auch funktionieren. Mit meinem Blick fixierte ich die Priesterin um sie abzulenken.

„So also haben Sie das Flusswasser im Bau vergiftet?"

„Schlaues Mädchen. Das Gift im Flussstrom lässt die Biester sich gegeneinander wenden, bis sie alle tot sind. Meine Arbeit ist erledigt. Dann werde ich ihr Territorium beanspruchen und Terra vergrößern. Wir sind die ursprünglichen Geschöpfe. Pur und frei von Makeln."

„Wie können Sie nachts schlafen? Mit dem Wissen, dass Sie für das Aussterben einer ganzen Rasse verantwortlich sind?"

Ein Wachmann stieß mich in den Rücken.

„Sie stellt irgendetwas mit ihm an. Ihre Hand glüht."

Ich drehte mich um, aber eine Faust traf mich im Gesicht. Sterne tanzten vor meinen Augen und ich fiel auf den Rücken. Meine Welt tanzte, Stimmen sprachen, aber nichts davon ergab einen Sinn. Nicht, so lange mein Kopf vibrierte, und es sich anfühlte, als ob mir jemand den Unterkiefer herausgerissen hatte. Wie zur Hölle konnten Männer weiterkämpfen, nachdem sie einen solchen Schlag eingesteckt hatten?

Hände ergriffen mich an der Taille und zogen mich auf die Beine, aber ich sah alles nur noch doppelt.

„Jetzt macht schon, lasst es uns zu Ende bringen. Ich

verhungere." Die Priesterin strich ihr Kleid glatt und bürstete die getrockneten Blätter weg.

Er umgriff meinen Arm fest und ich winselte vom Schmerz in meiner Schulter, während er mich zur Guillotine zog.

„Lass mich gehen." Ein kurzer Blick hinter mich, während ich voran stolperte. Oryn hatte sich nicht verwandelt. Aber die anderen Gestaltenwandler kamen und ich musste ihnen Zeit verschaffen, also wandte ich mich an die Priesterin.

„Ich kann Ihnen Kräuter anbieten, die nahezu alles heilen. Vielleicht bevorzugen Sie eine Verjüngungsmixtur für glattere Haut. Niemand sonst in allen sieben Königreichen kann Ihnen ein solches Angebot machen."

„Hör auf meine Zeit zu verschwenden", sagte sie.

„Lassen Sie mich Ihnen zeigen, was ich tun kann", bettelte ich, während ich mit der freien Hand nach meiner verletzten Schulter griff, was hoffentlich dabei half, die unwillkürlichen Zuckungen zu stoppen, die meinen Arm hinab zappelten. Ich verspürte das verzweifelte Bedürfnis, zu weinen und um Gnade zu flehen. Oryn, Nero und Dagen. Sie hatten ihr Leben riskiert, um mich zu retten. Und ich konnte nicht zulassen, dass sie starben.

„Jeder kommt mit einem Grund in meinen Laden", begann ich und mein Kopf dröhnte noch immer. „Ich habe eine Pflanze gefunden, die, wenn man sie auf schmerzende Knie legt, den Gelenkschmerz verschwinden lassen. Meine Kräuter wirken."

„Genug!" Ihre Lippen wurden schmal. „Denkst Du, ich würde einen Trank von einer Gestaltenwandlerin verwenden?" Sie runzelte die Nase und wandte sich an den Wachmann. „Jetzt mach schon."

Als er Hand an mich anlegte, trat ich ihm gegen das Schienbein.

„Ich bin hier nicht der Feind.“

Er zeigte keine Reaktion, aber er drückte meinen Arm so fest, dass es wehtat. „Hör auf dich zu wehren oder ich sorge dafür, dass du etwas bekommst, weswegen du *wirklich* schreien kannst.“ Er hob eine Augenbraue und starrte mich mit seinen runden Schweineaugen an.

„Du wirst mich nie anfassen.“ Ich trat ihm mit dem Knie in die Eier und rannte zurück zu Oryn, aber die anderen Wachmänner kesselten mich ein und griffen nach mir. Ich drehte mich um mich selbst und hielt meine verletzte Schulter fest. Verzweiflung erdrückte mein Herz. Endlich hatte ich drei ganz wunderbare Männer gefunden und war nun dabei, sie zu verlieren.

Jahrelang hatte ich mit der Dunkelheit gelebt, nachdem Großmutter gestorben war; ich hatte genug davon für eine Ewigkeit. Sie hat mich dazu erzogen, für mich selbst einzustehen, also hob ich das Kinn und war bereit zu kämpfen.

Als das Echo eines Heulens uns umgab, tat mein Herz einen Sprung.

Ein Wirbel aus Körpern sauste um uns und nur ein Wachmann blieb an meiner Seite. Die anderen eilten zur Priesterin, ihre langen Messer gezückt. Ich blickte durch das Chaos, versuchte gegen meine verschwommene Sicht anzukämpfen.

Weitere Wachmänner kamen aus dem Haus gelaufen.

Ich atmete schnell und starrte Oryn an, in der Hoffnung, er würde aufstehen. Aber er bewegte sich nicht.

Ein Knurren kam aus Richtung der Guillotine.

Als ich mich umdrehte, sah ich eine Armee aus mindestens einem Dutzend Wölfen auf uns zu stürmen, geführt von Dagen in seinem dunklen Fell.

*Dagen. Ja. Ich liebe dich so sehr.*

Dem Wachmann, der mich hielt, verpasste ich einen

Tritt. An ihm vorbei taumelte ich auf Oryn zu. *Bitte lass es noch nicht zu spät sein.*

Hinter mir gab es eine knurrende Explosion. Kurz sah ich zu der Gruppe Wölfe, die mit den Wachmännern in einer Schlacht lagen. Der Wachmann, der mich festgehalten hatte, schloss sich dem Kampf an. Ich musste daran glauben, dass Dagen wusste, war er da tat. Hatten die Gestaltenwandler den Morgen damit zugebracht, Rudelmitglieder aufzustöbern, die nicht von dem Gift betroffen waren, um mich zu retten?

Ich ging neben Oryn in die Hocke und legte ihm wieder eine Hand auf die Brust. „Komm zurück zu mir."

Dabei ignorierte ich, wie die Priesterin auf einem Pfad floh, das Geschrei und Gejaule in der Nähe, denn mein Herz zerriss bei dem Gedanken daran, dass Blut wegen dieser verrückten Frau vergossen wurde.

Mit geschlossenen Augen konzentrierte ich mich auf mein Innerstes, die zischende Energie und wie ich sie meine Arme hinab leitete. Sie schoss durch meine Hände und ich öffnete die Augen. Was ich vorfand war ein Netz aus Energie, die über Oryns Oberkörper hüpfte.

Immer noch keine Regung. Ich lauschte an seinem Herzen. Er lebte. Aber wie lange noch? Und warum funktionierte meine Berührung nicht?

Ich stand auf und humpelte der Priesterin hinterher, die wie ein Feigling floh, während ihre Männer fielen.

„Welche Kräuter haben Sie in das Säckchen gepackt?" Ich verlangte eine Antwort.

Sie winkte ab, als wäre ich Ungeziefer in ihren Augen.

Aber in diesem Augenblick pumpten meine Venen, ich weigerte mich auch nur einen meiner Männer zu verlieren. Ich schnappte mir ihre Finger und bog sie nach hinten.

Sie kreischte und bewegte sich für mich zu schnell, ich

konnte die Waffe in ihrer anderen Hand nicht sehen. Sie holte mit der Klinge in meine Richtung aus und rammte sie mir in die Brust.

Schreiend ging ich in die Knie. Der quälende Schmerz lähmte mich. Jede Zuckung ließ mich aufschreiben. Das Blut strömte heraus.

„Jetzt wirst du sterben, wie das Tier, das du bist." Die Priesterin stieß mich zur Seite und rannte in Richtung ihres Landhauses.

So stürzte ich zu Boden, schrie vor Schmerzen, aus Angst mein Leben zu verlieren und die, die ich liebte, nie wieder zu sehen.

# KAPITEL ZWEIUNDZWANZIG

Um mich herum tobte ein Krieg. Wolf gegen Mensch. Und ich lag im Gras, der Boden schien unter mir zu schwanken. Jeder Atemzug war schmerzvoll, als ob meine Rippen gebrochen waren. Ich hielt meine Brust, das Messer steckte noch immer in mir.

Tränen traten mir in die Augen, aber ich schaute in denselben Himmel, zu dem ich früher gebetet hatte. Gebetet, den richtigen Partner zu finden und eine Familie zu haben, meinen Laden zu vergrößern, um Heiltränke zu brauen für jeden der sie brauchte, nicht nur für die Bewohner Terras.

Würde irgendetwas davon noch eine Bedeutung haben, wenn ich starb?

Ein Beben erschütterte mich. Ich hatte alles verloren. Der Tod wartete auf mich und ich bereute so vieles. Ich hätte nachforschen sollen nach dem, was meine Großmutter über den Tod meiner Eltern angedeutet hatte. Ihr geheimes Versteck und den Brief früher finden müssen. Dann hätte ich dieses Ende irgendwie verhindern können.

Ein Schatten fiel auf mich, aber es war mir egal, wer

gekommen war, um es zu beenden. Es war mir kaum noch möglich, mich zu bewegen.

„Kleines Lamm." Neros Stimme war angespannt und er sank auf die Knie. „Ich werde die Klinge entfernen."

„Nein!", bekam ich heraus. „Ich würde zu sehr bluten." Waren meine Worte noch deutlich?

Blut klebte an seinen Wangen, ein tiefer Schnitt zierte die Seite seines Gesichts und Bluttropfen fielen auf meine Haut. Es schien vor meinen Augen, als ob die Wunde sich selbst zusammennähte. Zur Hölle, wie schnell heilten diese Wölfe?

Wie viele Wölfe und Menschen sind wegen dieser Priesterin bereits gestorben?

„Geh", stotterte ich.

Er legte seine Hand auf mein Schlüsselbein. „Wage es nicht, uns zu verlassen! Halte durch." Seine Augen funkelten und genau in diesem Moment schimmerte seine ehrliche Liebe für mich durch seine Taten, seine Worte, seine Wärme.

Er zog das Messer heraus, ich konnte das schmatzende Geräusch hören.

Ich schrie auf und mein Körper verkrampfte sich durch den fürchterlichen Schmerz.

Nero drückte mir mit der flachen Hand auf die Wunde. „Verwandle dich, kleines Lamm."

Seine Worte schwebten durch meinen Verstand, losgelöst von den Qualen, die mich fest im Griff hatten. Ich brüllte los.

„Ich habe den Brief deiner Großmutter gelesen. Du bist teils Jägerin. Verwandle dich und du wirst schneller heilen. Du bist nur zum Teile eine Gestaltenwandlerin und benötigst deine Wolfsseite, um dir zu helfen."

„I… Ich." Nichts machte mehr Sinn, da ich mich fühlte, als ob mich jemand in Stücke gerissen hatte.

Neros Lippen berührten meine, stahlen mir den Atem. Etwas Warmes tropfte auf mein Gesicht, meinen Hals und in meinen Mund. Sein Blut.

Ein Energieschwall zuckte durch mich hindurch und meine Haut kitzelte. Mein Inneres dehnte sich. Jeder Atemzug war wie eine Klinge, die mich aufschnitt. Ich krümmte mich und ein gewaltsamer Schrei verließ meinen Mund. Knochen brachen. Mein Herz pochte in meinen Ohren.

Ich starb.

„Hör auf dagegen anzukämpfen." Ich konnte Neros Stimme hören, aber um mich herum wurde es dunkel.

„Nero!", rief ich ihn, aber es schien jetzt unmöglich, meine Arme zu bewegen.

Energie zuckte über meine Haut und ich schnappte nach Luft.

„Öffne deine Augen", sagte er.

Das tat ich und blickte Nero an, wie er neben mir kniete. Der Wald erschien mir schärfer, die Farben satter, genau wie vorhin im Verlies. Knurren, Jaulen und das stumpfe Aufprallen von Schlägen erreichte mich, jedes Geräusch war ganz präzise.

Das Stechen in meiner Brust war schwächer und die Qualen waren verschwunden. Wie?

Nero streichelte meinen Kopf. „Du siehst wunderschön aus in deinem silbernen Fell. Und es sieht so aus, als wärst du schneller geheilt, als ich je irgendjemand anders zuvor dabei beobachtet habe."

*Fell!* Zum Protest öffnete ich meinen Mund aber es kam nur ein Schrei heraus. Ich erstarrte. War ich das? Beruhigend murmelte Geflüster in meinen Ohren.

Ich rappelte mich auf meine Füße... alle vier, und sah mich in der Gegend um. So viele Geräusche wirkten auf mich ein—von dem Kampf, über den Fluss in der Ferne bis hin zum Gesang der Vögel. Der Geruch von Blut stieg mir in die Nase.

Der stechende Schmerz in meiner Brust kam und ging, ließ mich auf der Stelle erstarren, während ich innerlich zitterte.

Nero war da, seine Arme um meinen Brustkorb gelegt. „Ich habe dich. Du musst jetzt von hier wegrennen. Lass uns das hier ein für alle Mal beenden." Er klopfte mir auf den Rumpf und schob mich in Richtung des vorderen Tors.

Aber ich konnte mich einfach nicht bewegen, da ich mich gerade erst in einen Wolf verwandelt hatte. Dies zu realisieren ließ mich auf der Stelle zu Stein erstarren, nicht ein einziger Muskel reagierte, noch nicht mal die Panik in meiner Brust konnte mich in Bewegung setzen.

Nero rannte in die Schlacht und, während er noch in der Luft war, verwandelte sich sein Körper mit der Eleganz eines Adlers in den Lüften. Binnen Sekunden landete er auf seinen Pfoten, sein weißes Fell wehte im Wind, als er sich auf zwei Wachmänner stürzte, die einen Wolf herunterdrückten.

Überall lagen Körper, sowohl Menschen wie auch Wölfe, und es brachte mich um. Furcht hämmerte in meinem Bauch, hohl und taub, erinnerte mich an die Geschichten, die ich über die verschiedenen Rassen Havens gelesen hatte, die sich bis zum Tod bekämpft hatten. Das war der Grund dafür, dass die Welt in sieben Königreiche aufgeteilt wurde. Um Frieden zu wahren—das Gegenteil von dem, was die Priesterin erreicht hatte.

In Richtung des Hauses sah ich sie, mit dem Rock in ihren Händen rannte sie ins Gebäude. Bevor ich mich selbst stoppen konnte, ging ich ihr hinterher, langsam Schritt für Schritt. Zwischendurch stach meine Schulter, als ob sie jemand mit kochendem Wasser überbrüht hatte.

Scheinbar brauchte es als Wolf Zeit um zu heilen… Ein Luxus, den ich nicht hatte.

Ich drückte ein Bein vor das andere, dann wieder und wurde schneller dabei.

Das Bild eines dunklen Wolfs flog an mir vorbei und donnerte durch den Innenhof.

*Oryn?*

Meine Beine weigerten sich, einen Rhythmus zu finden, und ich stolperte gegen einen Baum. Zur Hölle, wie sollte man auf vier Pfoten laufen? Okay, eine nach der anderen.

Ein Schrei ertönte aus dem Herrenhaus und ich beeilte mich. Als ich den mit Kopfstein gepflasterten Innenhof erreichte, schnappte ich nach Luft.

Sechs Wachmänner hatten Oryn umzingelt, während die Priesterin ein langes schmales Messer in ihrer Hand hielt, bereit zuzustechen.

„Schnappt ihn euch und drückt ihn runter", schrie sie.

Mir drehte es den Magen um und ein tiefes Knurren rollte durch mich, ließ mich erschaudern. Niemand würde meinen Gestaltenwandler anfassen. Eine Art Besitzgier ergriff mich.

Alle Blicke fielen in meine Richtung und ich steuerte auf die Priesterin zu, voller Hass erfüllt von dem, was sie Terra angetan hatte, der Angst, die sie geschürt hatte und den gnadenlosen Morden.

Sie wirbelte herum und die Klinge zeigte auf mich.

Alles geschah so schnell und ich konnte schwören, der Wolf in mir ergriff die Oberhand, versicherte mir, dass wir das im Griff hatten. Ihm zu vertrauen.

Ganz nah kämpfte Oryn seinen eigenen Kampf gegen die Wachmänner. Einer aber wandte sich mir zu.

Ich war nur knapp außerhalb der Reichweite der Priesterin und schwang in einem weiten Bogen um sie herum, stieß mich von der Wand ab, um Schwung zu bekommen. Der Schmerz wurde in Wellen immer größer, aber ich verdrängte ihn. Im Flug drehte ich mich und warf mich ihr entgegen.

Sie wandte sich um, als ich gegen sie krachte und mein Maul sich in ihrem Hals verbiss. Wir fielen beide zu Boden, die Klinge glitt ihr aus der Hand und ich verbiss mich weiter.

Ihre Schreie bedeuteten nichts.

Blut quoll meiner Zunge entgegen.

*Töten.* Mein Wolf heulte. Für den Tod meiner Eltern. Für Dagens Bruder. Für Oryns Rudelmitglieder. Und für die unzähligen anderen Wölfe und Menschen.

Ein Wachmann stürmte los und trat mir zwischen die Rippen.

Ich krümmte mich, sträubte mich, der Schmerz saß tief, stach und brannte.

Er kam näher, das Messer weiterhin gezückt.

Mein Blut färbte das Kopfsteinpflaster rot, als ich mich auf die Hinterbeine stellte. Die Erschöpfung überkam mich.

„Töte es", rief die Priesterin, als sie sich aufraffte, ihr Hals und ihr Gewand waren blutrot.

Ich knurrte. Schluss mit Rückzug und Selbstmitleid. Ich würde für das kämpfen, woran ich glaubte und mich dem Feind entgegen stellen.

Gerade als der Wachmann sich auf mich stürzen wollte, duckte ich mich und wich ihm aus.

Meine Zähne bohrten sich in den Arm, der die Waffe hielt und drangen durch den Knochen.

Er schrie vor Schmerzen und sank auf seine Knie.

Im Winkel meines Auges huschte etwas in den Innenhof.

Weitere Wachmänner? Als ich mich umdrehte, sah ich

zwei Wölfe! Nero eilte Oryn zur Hilfe, während Dagen dem Wachmann in den Rücken sprang, den ich gerade gebissen hatte.

Jetzt gab es nur noch mich und die Priesterin.

Langsam näherte ich mich ihr mit gesenktem Kopf. Kurzes scharfes Stechen machte sich über meinem Schulterblatt bemerkbar, als ob mich jemand mit einem glühenden Stock stach.

Aber nun war Schluss mit den Verzögerungen. Wenn ich überlebte, würde ich heilen.

Als sie über den Hof zu einer Tür rannte und ihr Kleid zwischen ihren Füßen raschelte, setzte ich zum Sprung an und rammte ihr meinen Kopf in die Kniekehlen.

Sie stolperte und fiel mit dem Gesicht voran auf den Boden.

Oryns schwarzer Wolf befreite sich aus der Rauferei und stürmte an mir vorbei auf die Priesterin zu.

Sie schwenkte in seine Richtung, kauerte sich zusammen und hielt ihre Arme schützend über ihren Kopf.

Oryn griff an. Zähne verletzten ihren Hals, Blut spritzte. Ihr Flehen und Weinen hallte wider, genau wie das hungrige Knurren und das Reißen von Fleisch.

Ich wandte mich ab, war nicht in der Lage, das Blutvergießen mitanzusehen und machte mir Vorwürfe, dass ich je von mir angenommen hatte, zu so einer Tat fähig zu sein.

Vielleicht kam das mit der Zeit, behielt man im Hinterkopf, dass ich noch nicht mal die Sache mit dem Laufen auf vier Pfoten perfektioniert hatte.

Als mich jemand an der Pfote berührte, zuckte ich und drehte mich um.

Oryn war hier, Blut glänzte in seinem Fell und um sein Maul herum, aber er drückte sich an mich, gab ein tiefes Knurren von sich. Hinter ihm lag bewegungslos die Priesterin, ihre Beine standen im falschen Winkel ab, ihr Kopf war mit toten Augen dem Himmel zugewandt.

Ich hätte von Freude erfüllt sein sollen, aber ich konnte mich selbst nicht dazu bringen, mich zu freuen. Ein verlorenes Leben war trotzdem eine verschwendete Seele.

Nero kam zu uns. Sein weißes Fell ganz verdreckt, beide waren sie mir nah.

Wachmänner lagen verteilt auf dem Boden, tot.

Dagen kam ohne zu zögern auf mich zu. Eine Freudenwelle durchfuhr mich als ich begriff, dass alle drei Gestaltenwandler in Sicherheit und an meiner Seite waren.

Dagen stupste meine Pfote an als weitere Wölfe den Innenhof betraten und sich wie eine beschützende Armee verteilten.

Oryn fing schrill an zu heulen. Alle anderen hoben ihren Kopf und stimmten ein in seinen Schrei des Triumphs. Mein Wolf brodelte in meiner Brust und ich streckte mein Kinn nach oben, mein Anteil bahnte sich den Weg durch meinen Hals.

Unsere Lieder vereinten sich, vermischten sich zu der wundervollsten Melodie. Das erste Mal, seit ich meine Großmutter verloren hatte, fühlte ich mich nicht mehr allein.

# KAPITEL DREIUNDZWANZIG

Ich wandte mich meinen drei Wölfen zu, die neben mir her trabten, während wir noch in unserer Wolfsform zur Grenze zwischen Terra und dem Bau marschierten. Oryn trug meinen Rucksack in seiner Schnauze, der mit den Zutaten für das Gegenmittel gegen den vergifteten Fluss gefüllt war. Er hatte die Priesterin getötet, das getan, was ich wahrscheinlich nicht übers Herz gebracht hätte. Aber er hatte seine eigenen Gründe, ihr Leben zu beenden und ich konnte nicht leugnen, dass die Welt ohne sie ein besserer Ort war.

Es war so viel einfacher in dieser Form durch die Wälder zu laufen, leicht und flink. Ich war ein Wolf! Dazu noch mit einem atemberaubenden silbernen Fell.

Hinter uns folgten uns ein Dutzend Wölfe; einige von ihnen trugen ihre gefallenen Krieger in menschlicher Form auf ihren Rücken. Mein Herz blutete bei dem Gedanken daran, dass Familien ein Mitglied verloren hatten. Diese Jäger hatten ihr Leben gegeben, um das Monster auszulöschen, das Terra beherrscht hatte. Wer wusste schon, wie die königliche Familie reagieren würde, wenn sie von ihrem Tod erfahren würde. Aber wir blieben nicht, um das herauszufinden. Oryns Rudel zu helfen stand noch immer an erster Stelle.

Ich lief über Blätter und Nadeln, der piksende Waldboden tat mir an den Pfoten nicht weh. Was mich aber noch mehr beeindruckte war, wie schnell mein Körper sich von den Stichwunden in meiner Brust und meiner Schulter erholt hatte, sobald ich mich in einen Wolf verwandelt hatte. Zum Himmel… Ich, eine Gestaltenwandlerin. Ich konnte es nicht glauben.

Wir machten einen kurzen Abstecher zu Bees Haus und lieferten Santos dort ab. Er war von einem Schlag auf den Kopf bewusstlos. Abgesehen von ein paar Kratzern aber war er in Ordnung und das machte mich mehr als glücklich. Jetzt musste er für ein paar Wochen untertauchen.

An der Grenze arbeiteten einige Wölfe als Team zusammen und schoben zwei tote Baumstämme über die Wolfseisenhutbüsche, um sie zu plätten. Im Handumdrehen hatten sie einen schmalen Durchgang geschaffen.

Ihre Strategie verriet mir so viel über sie. Zum Beispiel, wie leicht es für die Gestaltenwandler war nach Terra zu kommen, wann immer sie wollten, aber sie taten es nicht, weil sie kein Bedürfnis hatten, uns zu bekämpfen oder zu töten. Die wahre Verrückte war die Priesterin und zu wissen, dass sie keine Gefahr mehr darstellte, nahm mir die Last von den Schultern. Sicher, die Gefahr war nicht gebannt, aber es war ein Aufschub um Luft zu holen und herauszufinden, was ich als Nächstes tun würde, ohne dass ich um mein Leben fürchten musste.

Außerdem musste ich jetzt an meine Familie denken.

Die Wölfe überkreuzten die Grenze in den Bau, gefolgt von Oryn und Nero. Als Dagen und ich hinübergegangen waren, stellte er sich mir in den Weg.

Er verwandelte sich in seine menschliche Form. Seine knisternde Energie berührte mich und als ob mein Wolf die Veränderung gespürt hatte, fühlte ich, wie sie sich in mir zurückzog und verschwand. Meine Beine wurden weich und ich fiel auf alle vier, das Fell verschwand von meinem Körper und meine Gliedmaßen verkürzten sich. Dieses Mal schmerzte die Verwandlung nicht mehr, aber es fühlte sich an, als ob ich einen Regenmantel auszog, der auf meiner verschwitzten Haut klebte.

Dagen erhob sich, nahm meine Hand in die seine und zog mich auf meine Füße.

Ich sah dem Rest des Rudels nach, sie liefen auf das offene Feld zu und wir blieben zurück unter den Schatten der Kiefern.

„Jetzt da wir alleine sind, muss ich mich entschuldigen", sagte er.

Ich schüttelte mit dem Kopf. „Nein brauchst du nicht. Für was denn?"

Mit einem Kuss auf meinen Handrücken zog er mich näher an sich und unsere nackten Körper schmiegten sich aneinander. „Dafür, dass ich an dir gezweifelt und dir Angst gemacht habe. Aber hauptsächlich dafür, dass ich dich ‚*abscheulich*' genannt habe."

Mein Mund öffnete sich, aber er presste seine Lippen auf meine und meine Welt zerbröselte unter seiner Wärme.

„Du bist die schönste Person, die ich je getroffen habe", sagte er und wir lehnten Stirn an Stirn. „Ich möchte dich in meinem Leben haben, falls du mich willst."

Ich starrte ihm in die Augen, verloren und mein Herz schlug voller Aufregung, dass Dagen sich mir anbot, wie wild. „Zur Hölle, ja. Ich hatte nie auch nur einen Zweifel."

Er lachte. „Ich weiß. Aber ich wollte es von dir mit deiner süßen Stimme hören."

Heulen erreichte uns über das offene Feld und ich

befürchtete Gefahr. Ich fuhr herum, sah die Wölfe aber herumspazieren, während Nero zu uns zurück blickte. Ich atmete tief aus, Dagen nahm meine Hand und wir beeilten uns das Rudel einzuholen.

Als wir die Spitze einer Klippe nahe dem Fluss erreicht hatten, hielten wir an. Ich war außer Atem, aber schließlich rannten wir Abhänge hinauf und wieder herunter.

Oryn verwandelte sich mit solch einer Geschmeidigkeit, dass ich es nur als anmutig bezeichnen konnte. Er kam auf mich zu. „Sharlot, hier entspringt der Fluss und es ist die beste Stelle um sicherzustellen, dass wir die Flussquelle bereinigen."

Ich nickte, aber die Erschöpfung stand mir ins Gesicht geschrieben. Was würde ich dafür geben, eine ganze Woche zu schlafen. Kratzer und blaue Flecken zierten meinen Körper, noch immer tropfte Blut von der Wunde in meiner Brust, aber es erstaunte mich, dass ich kaum noch Schmerzen hatte. Kein Wunder, dass Wölfe weiterkämpften mit dieser unendlichen Ausdauer. Aber meine Arbeit hier war noch nicht erledigt.

Langsam kroch ich ans Ufer des Flusses und Oryn brachte mir meinen Rucksack.

„Was kann ich tun?", fragte er.

Ich nahm das Päckchen, das ich im Laden vorbereitet hatte und wandte mich ihm zu. Verzweiflung leuchtete in seinen Augen. „Bring mir einen betroffenen Wolf damit wir sehen, ob es funktionieren wird."

Er nickte mir zu und verschwand hinter mir und den anderen Wölfen.

Ehrlich gesagt, wenn das nicht die Lösung für das Problem war, wusste ich auch nicht mehr weiter. Ich hatte Großmutters Buch durchsucht und kein anderes Heilmittel war die Lösung bei einer Vergiftung. Die Priesterin hatte erwähnt, dass sie das Gift im Darkwoods Königreich gekauft hatte. Beim Himmel, das konnte alles Mögliche sein und da sie tot war, würden wir es nie herausfinden. Mein Magen verkrampfte, aber ich musste positiv denken.

Aus dem Rucksack zog ich eine Schüssel hervor, beugte mich über die Strömung und entnahm dem Fluss etwas Wasser damit. Um mich herum stand die Natur in ihrer schönsten Pracht. Die Sonne ging unter, tauchte die Kiefern in goldenen Glanz und glitzerte über dem Fluss.

Ich öffnete die Kordel des Päckchens mit den vorbereiteten Kräutern. Ratlos, wie viel ich davon brauchte, um eine so große Menge Wasser zu reinigen, hatte ich die Mengen verdreifacht. Aber Flüsse waren riesig und was also, wenn das Heilmittel herausgewaschen war, bevor es das große Becken erreichte, wo Oryn und ich uns hinter dem Wasserfall versteckt hatten? Er hatte mir erzählt, dass die Wölfe dort oft tranken, weil das Wasser flach war und die Strömung nur langsam floss. Das gab dem Gift die Möglichkeit sich an einer Stelle zu sammeln. Dies war sicher auch der Grund dafür, dass nur ein kleiner Teil der Wölfe des Baus für eine bestimmte Zeit betroffen waren. Das Gift verlor sich stromabwärts. Was also, wenn meine Mengen nicht ausreichten?

„Zeit loszulegen", flüsterte ich mir selbst zu, bevor ich den Inhalt in die Schüssel kippte. Er schwamm auf der Oberfläche des Wassers und ich hielt meine Handflächen darüber, ein Energieschub rollte meinen Arm hinab. Er schoss an meinen Fingerspitzen heraus und durchströmte den Inhalt der Schüssel. Unermüdlich dachte ich darüber nach, wie die Wölfe es tranken und sofort wieder gesund werden würden.

Eine Schwindelwelle überkam mich und ich hielt inne. Okay, ich hatte mich überanstrengt, also erhob ich mich langsam auf meine Füße und spritzte das verstärkte Wasser aus der Schüssel über den Fluss.

In dem Moment, als es das Wasser berührte, sprühten glitzernde Funken über die Oberfläche, so als ob es von einem Blitz getroffen worden wäre.

Jemand schnappte hinter mir nach Luft und dort war Nero, der in mein Ohr flüsterte. „Was war das?"

„Hoffentlich die Lösung um Oryns Rudel zu helfen."

Aggressives Knurren kam näher und ich sah Oryn und Dagen mit einem gebeutelten Wolf. Dagen hielt ihm seine Schnauze mit der Hand zu.

Ich schnappte mir meine Schüssel und füllte sie mit dem gereinigten Wasser, eilte dann damit zu ihnen. „Lasst ihn runter", sagte ich. „Wir müssen ihn dazu bewegen dies zu trinken."

Oryn hielt seinen Kopf. Kiefer schnappten. Das Tier knurrte, sein Rachen grölte, Sabber lief ihm an den Seiten seines Mauls hinunter.

Ich lehnte mich vor und kippte ihm die Flüssigkeit ins Maul. Er schüttelte sich, spuckte es wieder aus und machte uns alle nass damit.

„Versuche es weiter", sagte Oryn.

Ein weiteres Mal flößte ich ihm Wasser ein und dieses Mal schluckte er es. Also machte ich weiter.

Als aber die Augen des Wolfs nach oben rollten, sagte ich: „Lasst ihn los."

Wir alle machten einen Schritt zurück, als der betroffene Wolf anfing, zu zittern.

Ich hielt den Atem an und griff nach Oryns Hand.

Sekunden später bebte der Körper des Tieres. Ein Bein trat aus, streckte sich, dann die anderen. Seine Haut dehnte sich und die Ohren verkürzten sich.

„Ja, es funktioniert", rief ich.

Keiner von uns bewegte sich und wir vier starrten alle

den ehemaligen Wolf an, der nun einer Frau in ihren Vierzigern ähnelte.

Sie sah zu uns auf, von Angst erfüllt. „Oryn?" Ihre Stimme klang schrill. „Was ist los?"

Er ging neben ihr in die Hocke und half ihr hoch. „Nexy, du bist jetzt in Sicherheit."

Freude erfüllte mein Herz, denn das bedeutete, dass mein Heilmittel wirklich wirkte.

Nero war an meiner Seite und hob mich hoch in seine Arme, wirbelte mich umher. „Kleines Lamm, du hast es geschafft."

Ich lachte und konnte damit nicht aufhören, denn das erste Mal seit langer Zeit hatte etwas funktioniert. „Jetzt müssen wir dafür sorgen, dass alle betroffenen Wölfe von dem Wasser trinken."

Oryn kam zu mir, als Nero mich wieder auf den Füßen abgesetzt hatte. „Ich kann dir nicht genug danken."

„Du schuldest mir gar nichts", sagte ich.

„Doch, das tue ich." Er lehnte sich vor und küsste mich. „Ich schulde dir mein Leben, meine Zukunft, meine Liebe. "

Es schmerzte zu sehr, als das ich Lächeln konnte und die drei Männer, die mich voller Bewunderung anstarrten, ließen mich vor Aufregung bibbern.

„Ich auch", fügte Nero hinzu.

„Und ich." Dagen drückte meine Hand.

„Jeder einzelne von euch gehört mir", sagte ich.

Nero fing laut an zu lachen. „Also jetzt weißt du, worüber wir zuvor gesprochen haben, oder?"

Ich boxte ihn in den Bauch. „Es fühlt sich wundervoll an. Aber was jetzt?", fragte ich.

„Nun", begann Oryn, „ich werde so viele Rudelmitglieder wie möglich dazu bewegen, von dem Wasser zu trinken."

„Meine Wölfe und ich werden dir dabei helfen", fügte Nero hinzu.

„Ich auch." Dagen straffte seine Schultern. „Lasst es uns angehen."

Oryn sah mich an, sein Blick wurde weich, als ob er mich dazu auffordern wollte, mich in seine Arme zu stürzen. „Dagen, wie wäre es, wenn du bei Scarlet bleibst? Kümmere dich um ihre Wunden. Wir sollten nicht aufbrechen, bis wir sicher sein können, dass alle Wölfe geheilt sind."

Dagen blickte mich mit einem teuflischen Grinsen an und nickte. Er nahm mich fest in seine Arme.

Sekunden später waren alle in unterschiedliche Richtungen verschwunden und als Dagen und ich das Haus betraten, überkam mich ein seltsames Gefühl. Dieser Ort hatte mein Leben für immer verändert. Wenn ich nicht von dieser Klippe gestürzt wäre oder diese Gestaltenwandler nicht getroffen hätte, würde ich dann mein gesamtes Leben leben, ohne zu wissen, wer ich in Wirklichkeit war? Nie davon Kenntnis erlangen, dass in meinen Adern Wolfsblut floss? Oder von der Priesterin erfahren, wie sie ihre Leute und Wölfe endlos quälte?

Ich drehte mich zu Dagen um, der mich in seine Arme nahm.

„Endlich habe ich dich ganz für mich alleine", schnurrte er mir ins Ohr und ich bebte vor Verlangen. Die Gefühle erwischten mich so hart, dass meine Knie weich wurden.

„Du denkst also, dass das funktionieren wird? Wir alle zusammen, wenn wir doch weit voneinander entfernt leben?"

Dagen hob mich hoch, hielt mich wie ein Baby in seinen Armen und trug mich in das Wohnzimmer, wo ich zum ersten Mal in diesem Haus aufgewacht war. Er trat die Tür hinter uns zu.

„Jeder von uns mag sein eigenes Territorium regieren und an unterschiedlichen Orten leben, aber wir teilen uns auch ein riesiges Haus, tiefer im Bau. Also könnten wir alle uns dort niederlassen." Er zwinkerte und ich konnte nicht aufhören, zu lächeln.

„Ich habe mir überlegt, dass ich mich etwas zurückziehen sollte, bis sich die Dinge in Terra beruhigt haben."

„Du gehst nirgendwo hin, bis wir nicht wissen, dass du in Sicherheit bist. Du bist in jener Nacht allein zu deinem Laden losgezogen, also wird dich von jetzt an immer einer von uns begleiten. Darüber wird nicht verhandelt. Bis dahin bleibst du bei uns."

Es passierte also wirklich… Wir zusammen. Aber was war mit meinem Geschäft? Ich musste warten, bis sie einen neuen Herrscher über Terra bestimmt hatten.

Aber als Dagen seine Lippen auf meine senkte, vergaß ich jede Sorge und ließ das Verlangen Besitz von mir ergreifen.

Er legte mich auf dem Teppich vor dem Kamin ab und schwebte über mir.

Ich kaute auf meiner Unterlippe, mein ganzer Körper summte voller Vorfreude. Ja, alles passierte in Windeseile, und zum ersten Mal war ich mit mir im Reinen. Ich verstand, welche Rolle ich im Leben spielte und anstatt die Anziehungskraft der Gestaltenwandler auf mich in Frage zu stellen, nun… Ich wollte sie und hatte keine Hemmungen, mir zu nehmen, was ich wollte.

„Willst du mich noch länger anstarren?", fragte ich. „Oder gibst du mir jetzt worauf ich schon so lange warte?"

Ein sexy Knurren entwich Dagens Kehle und ich zitterte unter dem riesigen Kerl, der auf mir lag, mit diesem Hunger in seinen Augen und seiner Steifheit, die sich gegen meinen Bauch presste.

„Du hast keine Ahnung, was du herauf beschwört hast, oder?"

Ich zuckte mit den Schultern und kicherte. „Ich bin bereit für alles, was du zu bieten hast."

Dagen kroch an meinem Körper hinunter, mit seiner Zunge auf mir, spielte mit meinen Brustwarzen und biss mir neckisch ins Fleisch.

Auf meinem Rücken liegend stöhnte ich, nicht in der Lage, mein Glück zu fassen, dass ich nicht nur mit einem atemberaubenden Mann zusammen war, sondern mit dreien.

„Hey", sagte Dagen und gab mir einen leichten Klaps auf meinen Oberschenkel. „Du bist noch immer in meinen Gedanken, also konzentriere dich auf den Mann, den du hier hast." Er grinste, spreizte meine Beine und senkte seinen Kopf. „Dein Duft berauscht mich."

„Ich denke, wir werden immer eine Verbindung haben." Ich lächelte und zitterte am ganzen Körper, als ich diesen riesigen, starken Kerl zwischen meinen Beinen knien sah. Er leckte mit seiner Zunge entlang meiner seidigen Spalte und nahm mir damit den Atem.

Die Luft strömte aus meinen Lungen, als ich stöhnte.

Sein Mund saugte sich an meinem Kitzler fest, lutschte daran, zog an meinen inneren Schamlippen. Es war unmöglich noch zu denken.

Ich hob mein Becken, wippte vor und zurück zum sexy Rhythmus seiner Leidenschaft. Unter ihm gekrümmt antwortete mein Körper Dagen, entzündete sich zu einer Flamme. Ich verlor das Bewusstsein, verloren in einer Welt, die ich nie wieder verlassen wollte.

„Ja. Oh, scheiße." Ich zuckte, mein Körper war in seiner eigenen Ekstase gefangen.

„Das ist es. Reibe deine geile Muschi an meinem Gesicht. Komm in meinem Mund." Er saugte sich an meinen empfindlichen Falten fest und saugte daran so stark, dass ich mich ergab.

Ich schrie, als er meinen Körper für sich beanspruchte. Ich gehörte ihm. Er besaß mich.

Meine Muskeln verkrampften sich, als er über meinen Eingang leckte. Er spreizte mich weiter und seine Zunge fickte mich. Mit dem Daumen rieb er meinen Kitzler.

Die Hitze brannte in meinem Körper. Meine Nippel waren so hart, dass sie schmerzten und ich brauchte mehr. Einmal noch an meinem Knopf gerieben und ich zerfiel in tausend Stücke.

Ein Schrei befreite sich aus meinem Hals, als ein Orgasmus Besitz von mir ergriff.

„Daaagen!" Ich brüllte seinen Namen.

Seine Zunge hörte nicht auf und leckte jeden einzelnen Tropfen auf.

Ich zerfloss, weich wie Pudding und keuchend, auf den Boden, während er sich erhob und sein Mund und sein Kinn glänzten. Dieses Lächeln gehörte dem glücklichsten Mann der Welt.

„Komm her." Er saß auf dem Teppich, streckte seine Beine rechts und links von mir aus, also rollte ich auf meinen Bauch und kroch zu ihm hin.

Ich setzte mich auf ihn und er winkelte meine Beine um seine Hüften an.

„Ich mag es, zuzuschauen", sagte er, als er mich an der Taille näher zog. Mit seinem Schwanz in der Hand ließ er seine Spitze durch meinen Schlitz gleiten.

„Ja. Ich will alles von dir spüren." Ich lehnte mich zurück auf meine Hände, damit ich auch zusehen konnte.

Er drang in mich ein und ich schnappte nach Luft, als er nach meinen Beinen griff und sie über seine Schultern legte. „Jetzt halt dich fest, Kleine." Mit seinen Händen hinter sich zur Unterstützung hob er seine Hüfte und drang noch tiefer in mich ein. Spreizte mich weiter. Himmel… er war riesig.

Ich hob meinen Hintern und er fickte mich mit kreisenden Bewegungen, berührte Stellen, an denen noch nie zuvor jemand war, sein Blick war zwischen meinen Beinen gefangen.

„Zur Hölle."

„So ist es richtig." Er lachte und stieß weiter, seine Hüfte war leicht vom Boden gehoben und wir bewegten uns zusammen. Er rammte so fest in mich, dass ich von jedem euphorischen Stoß taumelte.

Sein Gesicht behielt den gleichen intensiven Ausdruck, während er mich fickte. Verdammt, die Schimpfwörter schossen mir nur so in den Kopf.

Ich zuckte, stöhnte und liebte es, dass Dagen mich so weitete.

Er legte einen Arm um meinen Rücken und zog mich an sich, sein Schwanz steckte noch immer tief in mir. „Du bist so wunderschön. Ich werde dich ficken, bis wir beide vor Erschöpfung nicht mehr können."

„Herausforderung angenommen." Ich winkelte meine Beine unter mir an und rutschte hoch und runter.

Mit seinen Händen an meinen Hüften bewegte er mich noch schneller auf seinem Schwanz.

Ich bekam kaum noch Luft.

„Ich mag es, wie dein Körper sich um mich verengt."

In dem Moment, als er sich vor beugte und meine Nippel in seinen Mund nahm, schmolz ich dahin. Mein Bauch spannte sich an und ich zitterte, als der Orgasmus mich durchschüttelte.

„Das ist es", stöhnte er. „Drücke meinen Schwanz mit deiner Muschi." Seine Augen rollten zurück, als ich explodierte und er zur gleichen Zeit in mir pulsierte.

Ich sank in seine Arme, unsere Körper waren von

Schweiß überzogen, unsere Herzen rasten und ich konnte nicht aufhören, zu lächeln. Er hielt mich ganz fest und flüsterte: „Ich glaube ich verliebe mich so schnell in dich, dass es mir schon Angst macht."

Aus seiner Umarmung gelöst hielt ich sein Gesicht in meinen Händen und küsste seine Lippen. „Es gibt nichts, wovor du dich fürchten musst. Du bist Alles. Euch dreien gehört mein Herz. Vor einer Woche noch hätte mich das zu Tode geängstigt. Jetzt kann ich mir kein anderes Leben mehr vorstellen."

Er kam näher und küsste mich, weich und leidenschaftlich, seine Finger gruben sich tief in mein Fleisch, so als ob er mir nicht nahe genug kommen konnte. Und ich kannte die Angst, zu denken, dass etwas zu gut war, als dass es wahr sein konnte. Aber verdammt, nach all dem, was wir zusammen durchgemacht hatten, musste das Universum uns zusammengebracht haben, weil es so bestimmt war. Jetzt und für die Ewigkeit.

# KAPITEL VIERUNDZWANZIG

**Sechs Monate später**

Der frühe Morgenhimmel erstrahlte in Rot und Gelb. Ich lehnte mit der Hüfte gegen das hölzerne Geländer, während ich eine warme Tasse Kamillentee trank. Eine kühle Brise wehte mir durchs Haar und zupfte an meinem langen Überziehkleid. Sie brachte die Kälte von den White Peak Bergen in der Ferne mit sich.

Seit Monaten lebte ich mit meinen Gestaltenwandlern mitten im Bau in einem zweistöckigen massiven Haus als Holz. Ich lernte das wahre Ich eines jeden einzelnen kennen und sie waren noch großmütiger, als ich zu Anfang angenommen hatte, noch liebender und rücksichtsvoller, als ich es mir je von einem Partner hätte wünschen können. Das hieß nicht, dass alles zu jedem Moment perfekt war, wie das eine Mal, als Nero Wild jagte und das tote Tier, gefolgt von den Wölfen, in unser Lager schliff und sie sich ungeniert daran labten. Vielleicht war das etwas, an das ich mich gewöhnen musste, anstatt zu erwarten, dass sie sich für mich änderten. Schließlich waren wir alle Wolfswandler und mein Leben würde nie wieder so sein wie zuvor.

Außerdem dachte ich immer, die Jäger würden draußen schlafen und fressen, was auch immer sie fingen. Ich lag so falsch. Die meisten Rudel, die ich besucht hatte, lebten in Hütten und hatten Gärten und eine etablierte Gesellschaft. Und jedes Rudel hat mich binnen Sekunden ohne zu zögern bei sich aufgenommen. Ich nahm an, dass es half, dass sie meine Wolfsseite riechen konnten und ich fühlte mich, als ob ich dort hingehörte, da dies schon immer mein Zuhause war. Ich musste nur meinen Weg dorthin finden.

Ich blickte runter auf das grüne Feld, als ein weißer Hase vorbei hoppelte, während die Vögel in den nahen Kiefern zwitscherten. Ja, wenn es einen Himmel in ganz Haven gab, dann war es der Bau. Es war schlau von den Gestaltenwandlern, Eindringlinge fern zu halten, denn so konnten sie ihr einfaches und pures Leben unbeeinflusst von anderen leben, die ihre Bäume fällen und Tiere bis zum Aussterben jagen wollten.

Ein beengendes Gefühl umgab meinen Bauch und ich hielt die Luft an, bis es verging, und streichelte dabei meinen riesigen Bauch.

Eine weitere Überraschung... Ich wurde schwanger und da ich teils Gestaltenwandlerin war, hieß dies, meine Schwangerschaft dauerte nur sechs Monate. Verdammt, ich konnte es kaum erwarten zu werfen, denn ich hatte genug davon, herumzuwatscheln und wie ein Walross auszusehen. Dann würde ich Terra wieder einen Besuch abstatten. Für die letzten zwei Monate bestanden die Gestaltenwandler darauf, dass ich im Bau blieb, nah am Haus, beschützt. Da war noch jemand, um den ich mich kümmern musste, ein ungeborenes Kind.

Zuhause in Terra hatten die Königlichen eine entfernte

Cousine zur Priesterin gemacht und bis heute war sie ruhig, das hatte ich von Bee und Santos gehört. Die neue Priesterin von Terra hielt sich zurück. Es gab keine Angriffe auf Ansässige oder an Terra angrenzte Rassen mehr. Trotzdem hatte sie die verrückten Gesetze, dass es illegal war, Terra zu verlassen oder dass Besucher kommen, nicht außer Kraft gesetzt. Aber es gab weniger Wachmänner, die patrouillierten. Ein weiterer Sieg, den ich errungen hatte, war es, dass meine Gestaltenwandler dort die Zeit damit verbrachten, mein Geschäft wieder aufzubauen. Und in meinem Zustand ging ich sowieso nirgendwo hin.

Ich war alle paar Wochen in Kontakt mit Bee und Santos, nachdem ich Terra verlassen hatte.

Außer beim letzten Mal, als ich Santos sah, und er sagte, dass Bee immer wieder zu den White Peak Bergen ging. Beim letzten Mal aber vor zwei Wochen kam sie nicht mehr nach Hause. Darüber war ich besorgt. War sie in Ordnung?

Der Schmerz in meinem unteren Rücken wurde stärker und ich lief auf der Veranda umher, um mich von dem Schmerz abzulenken. Vorbei an der Bank und dem kleinen Picknicktisch mit den Stühlen. Es war schlimm genug, schwanger zu sein, und dann sogar noch als Gestaltenwandlerin, da ich keine Ahnung hatte, was mich erwarten würde.

„Kleines Lamm." Nero leistete mir draußen Gesellschaft, ein paar Schlappen in der Hand haltend. „Du solltest nicht barfuß hier herumlaufen."

„Mir geht es gut. Es kühlt mich ab, weil mir so heiß ist, dass ich brenne."

Er hob eine Augenbraue und ließ die Schlappen vor mir auf den Boden fallen. Gerade, als ich sie anzog, erschien Dagen mit einem Teller mit Eiertoast, genauso, wie ich ihnen beigebracht hatte, ihn zuzubereiten, während Oryn ihm mit einer Decke folgte.

Meine Männer. Sie verwöhnten mich bei jeder Gelegenheit und für die letzten beiden Wochen waren sie mir nicht von der Seite gewichen. Sie bestanden darauf, dass sie die Geburt unseres Kindes nicht verpassen wollten.

Wir wussten nicht genau, wessen Kind es war, aber das spielte auch keine Rolle, weil wir eine große Familie waren. Oryn hatte schon jedes denkbare Spielzeug geschnitzt, er war bereit Vater zu werden. Dagen nahm meine Hand, führte mich zum Stuhl und stellte den Teller mit Essen vor mir ab.

„Ein Mädchen könnte sich an diese Art des Verwöhnens gewöhnen", sagte ich.

Sie umgaben mich, jeder legte eine Hand auf meinen Bauch und Dagen kam näher, stahl einen Kuss von mir. „Du wirst von Tag zu Tag schöner. Wir lieben dich so sehr."

„Setz dich", bot Nero an, „ich massiere deine Füße."

„Wenn du mir das so anbietest." Ich lachte, gerade als etwas in meinem Unterbauch krampfte, mich nach Luft schnappen ließ und ich mich an ihren Armen festklammerte.

Ein plumpsendes Geräusch ertönte und Wärme verteilte sich über meine Beine.

„Ihre Fruchtblase ist geplatzt", schrie Oryn so laut, dass es der gesamte Wald hören konnte.

Alle meine Männer liefen los, als ob das plötzliche Ende der Welt bevorstand. Oryn rannte ins Haus für wer weiß was. Nero sprang zum Ende Veranda, schrie jemanden an, die Hebamme zu rufen, während Dagens Augen größer wurden und die Farbe aus seinen Wangen verschwand.

„Ich werde Vater!" Seine Worte klangen zittrig und ich hatte schwören können, er war der erste, der in Ohnmacht fiel. Warum auch immer hatte ich gedacht, dass es Nero war.

Ich hielt mich an seinem Arm fest und er zog mich an sich. „Sieht so aus", sagte ich.

Wir gingen nach drinnen, ich in Zeitlupe wie ein riesiger Wal. Das Gewicht des Babys fühlte sich, jetzt nachdem meine Fruchtblase geplatzt war, an, als läge ein Ziegelstein auf meinem Becken. Im Schlafzimmer erstreckte sich unser neues Bett über die gesamte Länge des Raums, mit ausreichend Platz, damit wir alle zusammen schlafen konnten. Schließlich kauerten sich Wölfe immer zusammen, also machte es nur Sinn, dass wir uns nahe waren.

Während manchen Nächten hatten wir verrückte Sexmarathons und die Männer genossen es zuzusehen, wie ich Zeit mit jedem von ihnen verbrachte und mich machte es unendlich an.

Eine plötzliche Wehe setzte ein und ich schrie auf, hielt meinen Bauch. Ich lehnte mich vorne über und klammerte mich am Ende des Schminktischs fest um den Schmerz zu lindern. Nicht in der Lage, mich zu bewegen oder zu atmen, während der Schmerz durch mich fuhr, zitterten meine Knie, bis die Wehe endlich abebbte.

Dagen massierte meinen Rücken. „Atme tief und langsam."

„Nero!", brüllte er. „Wo ist die Hebamme?"

Oryn kam mit einem Arm voller Handtücher und einem Eimer zurück, von dem ich annahm, dass er mit heißem Wasser gefüllt war. Er hatte den Anweisungen der Hebamme genau zugehört, was es zu tun galt, wenn die Geburt begann.

„Lass sie uns auf das Bett legen", sagte er.

Gemeinsam halfen sie mir auf die Matratze, als Nero ins Zimmer eilte.

„Die Hebamme ist auf dem Weg.“

Als eine weitere Wehe abklang, versuchte ich keuchend zu Atem zu kommen. Oryn tupfte mir mit einem feuchten Tuch über die Augenbrauen.

„Es sieht so aus, als ob wir ein Baby bekommen“, sagte ich. Und um mich herum starrten mich alle drei Männer mit Ehrfurcht in ihren Augen an. Wenn man bedachte, dass dies das erste Mal für mich war, konnte ich mich nicht glücklicher schätzen, als diese Erfahrung mit ihnen zu teilen.

Als die nächste Wehe kam, schneller und intensiver, schrie ich. „Scheiße! Das passiert jetzt.“ Es zerriss mich, von meiner Leiste strahlte der Schmerz in jede Faser meines Körpers.

Alle drei Männer rannten umher, jeder wie verloren in eine andere Richtung und dann rannten sie plötzlich alle gleichzeitig aus dem Zimmer. Zwischen den Schreien vor Schmerz konnte ich nicht anders und musste lachen. Sogar das Atmen fiel mir schwer und ich hechelte durch die Wehen, wie die Hebamme es mir vorgemacht hatte. Die Muskeln in meiner Gebärmutter krampften so stark, ich konnte nichts dagegen tun. Alles in mir drückte hinunter auf meinen Gebärmutterhals, der Druck wurde immer stärker, als ob ich jeden Moment platzen würde.

Zum Himmel, es gab kein Zurück mehr.

***

Zum ersten Mal seit der Geburt hatte ich den Bau verlassen und nach Terra zurückzukehren brachte bekannte Erinnerungen zurück, sowohl schreckliche, als auch schöne.

In dem Moment, als ich die renovierte *Kräuter-Schatztruhe* betrat, rang ich vor Aufregung nach Atem und klatschte. Es gab eine Theke in L-Form, mit einer neuen Abteilung, die für Geschmackstests gedacht war, da zwei Krüge mit mehreren Tassen dort standen. Die Regale an der hinteren Wand waren mit Spiegeln verkleidet, was den ganzen Laden größer erschienen ließ. Zu meiner Rechten stand eine Verkaufsvitrine voll mit Keramik-Teetassen. Sie wurden aus anderen Königreichen importiert. Und daneben war ein kleiner runder Tisch mit vier Sesseln. War das, damit ich meinen Kunden Tee servieren konnte? Was für eine fabelhafte Idee.

Oryn streifte an meinem Ellbogen vorbei. „Was denkst du?"

„Es ist unglaublich." Ich drehte mich zu ihm. Er wog unsere kleine Alexy im Arm, die an Oryns kleinem Finger nuckelte. Im Alter von nur einem Monat hatte sie bereits volles dunkles Haar und die strahlendsten blauen Augen.

„Hast du das gesehen?" Er zeigte mit dem Kinn auf die Wand hinter mir. Ich schritt weiter in den Laden und drehte mich um. Zwischen den Fenstern hing das Gemälde, das ich von meiner Großmutter im Wald gemalt hatte.

Mein Hals schnürte sich zu und ich wischte mir über meine Augen. „Ich weiß einfach nicht, was ich sagen soll."

Dagen betrat den Laden, hielt unser zweites Glück in den Armen, Jay, benannt nach Dagens Bruder. Dieser kleine Junge verschlief einfach alles und manchmal war es das Schwerste, ihn zum Essen zu wecken.

„Hast du schon hinter die Theke geschaut? Ich habe dort etwas für dich gebaut."

„Oh, wirklich?" Ich eilte dort hin und fand drei lange, tiefe Schubladen in die Theke eingebaut vor. Eine zog ich heraus und fand darin mindestens ein Dutzend Fächer vor, jedes davon mit unterschiedlichsten Kräutern beschriftet, die nur darauf warteten, befüllt zu werden.

Dagen stand neben mir. „Ich habe ein altes Kräuterbuch gefunden und habe versucht so viele Namen hinzuzufügen, wie ich finden konnte."

„Das ist fantastisch." Ich lehnte mich gegen seine Seite und klaute mir einen Kuss bevor ich ein Küsschen auf Jays Stirn drückte.

„Hey, vergiss nicht dir den Vorratsraum anzusehen, ich habe auch dort Hand angelegt", sagte Nero, unseren dritten Knirps haltend, welche verächtlich prustete. Wir hatten sie Autumn genannt, nach meiner Großmutter, und ich konnte darauf schwören, wenn sie mich ansah, konnte ich in ihren Augen eine alte Seele erkennen. Sie weinte nur selten und lachte mehr als alles andere.

Innerhalb kürzester Zeit wurde aus jemandem, der alles verloren hatte jemand, der eine Familie gewonnen hatte. Jetzt waren wir zu siebt. Ich liebte jeden einzelnen von ihnen und bezweifelte, dass unsere Leben jemals wie zuvor sein würden.

„Ich liebe euch alle so sehr", sagte ich und presste meine Hände gegen mein Herz. Die Tränen schossen mir in die Augen. „Ihr wisst gar nicht, wie viel mir das bedeutet."

„Oh, das wissen wir", scherzte Nero. „Jetzt schau dir das Hinterzimmer an."

„Okay, okay." Ich schlenderte nach hinten, nicht in der Lage zu glauben, dass dies mein Laden war, oder wie geschickt die Männer doch waren. Ich stieß die Tür zu einem dunklen Raum auf und in dem Moment, als ich das Zimmer betrat, stürzte sich Bee von hinter der Tür auf mich.

„Überraschung." Sie sprang mir in die Arme und wir beide stolperten rückwärts.

Ich schnappte nach Luft, das Herz schlug mir bis zum Hals. „Oh, scheiße."

„Mädchen, dachtest du, du könntest mich davon abhalten, mir die Kleinen anzuschauen?" Bee entriss sich meiner Umarmung und starrte mich an. „Wow. Du bist Mutter. Ich kann es immer noch nicht glauben."

„Wie lange hast du dich versteckt?" Sie zu sehen, nachdem ich so besorgt über ihr Verschwinden in den Bergen war, erleichterte mich ungemein. „Wo warst du die letzten Wochen? Santos und ich waren krank vor Sorge."

„Du wirst nicht glauben, was mir passiert ist! Ich habe dir so viel zu erzählen. Aber nicht jetzt. Später, in Ordnung?"

Ich nickte und wandte mich den Männern zu. „Habt ihr diese Überraschung organisiert? Sie gefällt mir."

Nero kicherte und Bee rannte zu ihm, nahm ihm Autumn aus den Armen und fing an, sich mit ihr in Babysprache zu unterhalten.

Bewegung zog meine Aufmerksamkeit zur Seite und ich drehte mich um, als nun auch Santos den Raum betrat.

„Buh!", sagte er und lachte.

Ich zog ihn in meine Arme und mein Hals war wie zugeschnürt. „Du warst auch an dem hier beteiligt, oder? Außerdem, womit hat Bee dich gefüttert, du bist größer als ich."

Er grinste. „Bee ist kaum zu Hause. Aber ihr Vater ist ein ausgezeichneter Koch und hat mich als Lehrling für seine Kreationen angenommen."

„Heißt das, du wirst nicht mehr für mich arbeiten?" Ich war enttäuscht.

Er sah den Raum an, dann zurück zu mir. „Du wirst mich nicht los. Erst recht nicht mit der neuen Einrichtung. Du brauchst jemanden, der den Laden führt."

Mein Herz schwebte auf Wolke sieben, jetzt da alle so nah zusammen bei mir waren.

„Okay, wer möchte einen Tee mit Schuss?", rief Bee von

der anderen Seite des Ladens. Dann eilte Santos in den Vorratsraum und kam mit zwei Kuchenplatten zurück.

„Wow, wer hat gebacken?", fragte ich und mein Blick fiel direkt auf Nero, der mir zuzwinkerte.

Dagen ging zum Essen, also nahm ich Jay auf den Arm und schloss mich der Heiterkeit an. Das war es, worum es im Leben ging. Zeit mit denen zu verbringen, die du liebst, zu lachen und meine kleinen Babys zu küssen. Ich sah hinab auf Jay, seine Augen hatten die Farbe von grünen Wiesen und ich streichelte mit meinem Finger über seine Nase.

Nero eilte in den Vorratsraum und kam mit einem Wagen zurück, der breit genug für alle drei Babys war. Er war mit Decken ausgekleidet.

„Schau, ich habe auch etwas gebaut. Wenn wir also im Laden sind oder im Haus deiner Großmutter im Wald, haben die Drillinge einen Schlafplatz." Er grinste und ich legte Jay hinein. Bee und Oryn taten es mir gleich und so lagen meine drei kleinen Babys da, Jay schlief noch immer, Autumn trat mit ihren Beinen und Armen, und Alexy lutschte an ihrem Daumen.

Jeder von ihnen hatte bereits seine eigene Persönlichkeit und mein Herz für sich gewonnen. Genau wie meine drei Gestaltenwandler. Sie umarmten mich, als wir so da standen und auf unsere kleine Familie herabblickten. Ja, das war vielleicht nicht die Zukunft, die ich mir ausgemalt hatte, mit drei Männern zusammen zu sein und dass ich in Wirklichkeit eine Wölfin war, aber es war besser, als ich es mir je erträumt hatte.

Und mit einem Blick auf mein Gemälde hatte ich schwören können, dass ich spürte, dass Großmutter auch mit uns dort war.

**Finde mehr heraus in 'Die Verfluchten von White Peak'**

Bist Du neugierig geworden und willst mehr über Bee und
ihre Abenteuer in den White Peak Bergen lesen, wo die
angsteinflößenden Bärenwandler leben?
Finde mehr heraus in 'Die Verfluchten von White Peak'.
**Die Schöne und die vier Biester. Ein tödlicher Fluch.
Ein gefallenes Königreich.**

Da die Magie im menschlichen Königreich verbannt
wurde musste Bee, eine mächtige Hexe ihre Dienste im
Geheimen anbieten. Als die Bitte, einen Fluch in den
gefährlichen Bergen bei den adligen Bärenwandlern zu
brechen Bee erreicht, zögert sie erst aber da es Winter ist
und das Geld knapp wird, sagt sie zu.

Im Schloss stellt Bee fest, dass die Dinge nicht so sind, wie
man sie glauben ließ. Der Fluch, den Bee brechen soll hat
seinen Höhepunkt erreicht und entzog dem Prinzen die
Lebenskraft während er ihn davon abhielt, seine
Gestaltenwandlerfähigkeiten zu kontrollieren. Er ist
unberechenbar, wütend und weit stärker, als sie erwartet
hatte. Seine Brüder, die sie beauftragt hatten, stellen sie
vor eine Herausforderung - es in Ordnung zu bringen oder
alles zu verlieren.

Schon bald breitet sich der Fluch im Schloss aus, befällt auch die Brüder. Es ist ein Rennen gegen die Zeit, angerichtet mit dunkler Magie, Intrigen und einer seltsamen Anziehungskraft, die sie die vier Brüder in einem anderen Licht betrachten lässt.

# ÜBER MILA YOUNG

Mila Young geht alles mit dem Eifer und der Tapferkeit ihrer Märchenhelden an, deren Geschichten sie beim Heranwachsen begleiten haben. Sie erlegt Monster, real und imaginär, als gäbe es kein Morgen. Tagsüber herrscht sie über eine Tastatur als Marketing Koryphäe. Nachts kämpft sie mit ihrem mächtigen Stift-Schwert, erschafft Märchen Neuerzählungen und sexy Geschichten mit einem Happy End. In ihrer Freizeit liebt sie es, eine mächtige Kriegerin vorzugeben, spaziert mit ihren Hunden am Strand, kuschelt mit ihren Katzen und verschlingt jedes Fantasymärchen, das sie in die Finger bekommen kann.

*Für weitere Informationen...*
milayoungarc@gmail.com

www.ingramcontent.com/pod-product-compliance
Lightning Source LLC
Chambersburg PA
CBHW050139120726
47903CB00002B/422